KB270244

죽은 군대의 장군

세계문학전집
081

Ismaïl Kadaré : Le Général de l'armée morte

죽은 군대의 장군

이스마일 카다레 장편소설

이창실 옮김

문학동네

“자, 그들을 데려왔습니다.

지세가 험한 데다 날씨가 궂어 몹시 애를 먹었지요……”

1부

1장

눈 섞인 비가 이국땅에 내리고 있었다. 콘크리트 활주로를 비롯해 비행장 건물과 경비대 모두 흠뻑 젖은 모습이었다. 눈이 녹아 주변 평야와 언덕들이 축축했고 시커먼 아스팔트 차도도 번들거렸다. 계절이 계절인 만큼 단조롭게 내리는 이 비를 무슨 공교롭고 처량한 일로 보기는 어려웠다. 어쨌거나 장군은 별로 놀라는 기색이 아니었다. 그는 지난 전쟁 동안 이 나라 방방곡곡에서 전사한 자국 군인들의 유해를 본국으로 되찾아 가기 위해 알바니아로 오는 중이었다. 양국 간 협상은 봄부터 시작되었지만, 칙칙하고 흐린 날들로 접어든 8월 말에 이르러서야 최종적으로 작성된 의정서에 조인이 이루어진 것이다. 바야흐로 가을이었다. 이즈음이 우기라는 것을 장군도 모르지 않았다. 출발 전 이 나라 기후에 대해 조사해둔 바에 따르면 1년 중 습하고 비가 많이 내리는 때였다. 그가 읽은 알바니아 관련 서적에서 이곳의 가을 날씨를 건조하고 화창하다고 소개했다 해도 그는 이 비를 기이한 현상으로 여기지 않았을 것이다. 오히려 반대였다. 날씨가 궂어야 맡은 임무를 제대로 완수할 수 있을 것이라 늘 생각해온 터였다.

그는 비행기의 둥근 창으로 위협적인 산들의 모습을 한참 동안 관찰했다. 뾰족한 산봉우리들은 당장이라도 기체 하부를 뚫고 들어올 기세였다. 어디를 둘러보나 들쭉날쭉한 풍광이었다. 안개 속으로 급강하하는 불길한 사면들, 그 심연의 밑바닥이나 가파른 비탈에 그가 꺼내 데려가려는 군대가 비를 맞으며 누워 있었다. 이국의 땅과 처음 대면한 순간 그는 형언할 수 없이 강렬한 공포에 사로잡혔다. 그의 임무에 수반된 비현실감이 수개월 전부터 마음속에 눈뜨게 한 공포였다. 군대가 저기 저 아래 있었다. 시간을 벗어난 곳에서 뻣뻣이 굳고 석회화되고 흙으로 뒤덮인 채. 이 군대를 흙에서 다시 일으켜 세우는 게 그의 임무였다. 두려움을 불러일으키는 과업이었다. 자연스러움을 거스르는 임무, 맹목적이고 은밀하며 부조리한 무언가를 감추고 있음직한 임무, 불의의 결과들을 내포하고 있음직한 임무였다.

저기 저 아래, 마침내 뚜렷하게 현실의 모습을 드러낸 땅은 안도감을 불러일으키기는커녕 오히려 두려움만 가중시켰다. 죽은 자들의 냉담에 이 땅의 냉담이 더해질 것이었다. 단순한 냉담이 아닌, 그 이상의 무엇이었다. 안개 속에 어지러이 펼쳐진, 고통으로 갈가리 찢긴 듯한 이 땅의 형세는 오직 적대감만을 뿜어내고 있었다.

한순간, 임무를 완수하는 것이 불가능한 일처럼 여겨졌다. 그러다 장군은 정신을 다시 가다듬으려 애썼다. 이 땅, 특히 산이 내보이는 적의를 임무에 대한 자부심으로 애써 잊으려 했다. 강연과 신문의 구절들, 짤막짤막한 회견, 송가, 영화의 장면들, 의례, 회고록의 몇 페이지, 교회 종소리…… 그의 의식 깊숙이 숨어 있던 다양한 요소들이 서서히 머리를 쳐들었다. 수많은 어머니들이 아들의 유해를 기다렸다. 이 유해를 봉환해 그들에게 돌려주어야 할 사람이 바로 자신이었다. 그는 이 성스러운 과업을 의연하게 완수하기 위해 최선을 다할 것이었다. 동족 중 단 한 명도 잊히거나 이 이국땅에 버려져서는 안 되었다. 아! 이 얼마나 숭고한 임무인가! "당당하고 고독한 한 마리 새처럼 비극적인 침묵의 산 위를 날아 그 목구멍과 발톱에서 우리의 가없은 청년들을 구해내어 오세요." 이곳으로 떠나오기 전 어느 지체 높은 귀부인이 그에게 해준 이 말을 그는 혼자 되뇌곤 했다.

비행이 이제 막바지에 이르고 있었다. 산들이 뒤로 물러서고 계곡과 평야가 내려다보이기 시작하자 장군의 마음이 다소 가라앉았다.

비에 젖은 활주로 위로 비행기가 착륙하며 좌우에서 붉은색과 연보라색 불꽃이 흩어졌다. 잎이 떨어진 나무들, 두터운 군용 외투를 입은 군인, 이 군인보다 더 굳어 보이는 또 다른 군인, 이들 모두가 공포에 질려 달아나는 듯 보였다. 장군 일행을 마중 나온 사람들만 서로 바싹 붙어 서서 기체를 향해 다가왔다.

장군이 먼저 비행기에서 내렸고 동행한 군종신부가 뒤를 따랐다. 습한 바람이 얼굴을 후려쳐 그들은 외투 깃을 세웠다.

15분 뒤 일행을 태운 차량은 티라나를 향해 전속력으로 달리고 있었다.

장군은 고개를 돌려 옆 좌석에 앉은 신부를 보았다. 신부는 무표정한 얼굴로 조용히 창밖만 내다보았다. 그는 신부에게 아무 할 말이 없다고 느끼고는 담배 한 대를 피워 물었다. 그리고 다시 차창 밖으로 시선을 돌렸다. 창유리에 구불구불 흘러내리는 빗물에 이국땅의 윤곽이 굴절되고 뒤틀려 보였다.

기관차 한 대가 멀리서 기적을 울렸다. 철도가 비탈에 가려 보이지 않았으므로 장군은 기차가 어느 방향으로 달리고 있는지 궁금해졌다. 그러나 점점 가까이 다가온 기차가 곧 그들이 탄 차를 천천히 추월하는 모습이 보였고, 장군은 마지막 객차가 안개 속으로 사라질 때까지 눈으로 기차를 좇았다. 곧이어 동행 쪽을 돌아보았지만 상대는 아까처럼 굳은 표정이었다. 장군은 신부에게 여전히 할 말이 없었다. 그렇다고 생각을 집중시킬 만한 주제도 남아 있지 않았다. 여행을 하는 동안 생각 거리를 모두 탕진한 참이었다. 따지고 보면 새로운 생각에 더이상 몰입하지 않는 쪽이 속 편했다. 피곤했고, 그냥 그렇게 있는 것으로 충분했다. 군복의 매무새나 제대로 잡혔는지 백미러로 확인하는 편이 나았다.

해가 저물 무렵 일행은 티라나로 들어섰다. 건물과 가로등, 공원의 헐벗은 나무들 위로 짙은 안개가 걸려 있는 것 같았다. 장군은 냉정을 되찾아가고 있었다. 가랑비 속에서 발길을 재촉하는 행인들의 모습이 차창 밖으로 보였다. 이 나라엔 우산이 참 많기도 하군요! 장군이 말했다. 침묵이 점점 부담스러워지자 그는 소감이라도 몇 마디 나누고 싶었지만, 굳게 다물어진 동행의 입을 어떻게 열 수 있을지 알 길이 없었다. 그가 앉은 자리에서 내다보이는 보도를 따라 성당과 회교 사원 하나가 잇달아 눈에 띄었다. 반대편 보도에는 공사 중인 건물들이 비계로 덮인 채 우뚝 서 있었다. 불 밝힌 기중기들은 안개 속에서 움직이는 붉은 눈의 괴물처럼 보였다. 장군은 성당과 회교 사원 쪽으로 신부의 주의를 끌어보려 했지만 상대는 전혀 관심이 없다는 표정이었다. 이 순간만은 세상 무엇도 신부를 이 무감각 상태에서 끌어낼 수 없을 것 같았다. 장군 자신은 이제 기분이 상당히 풀렸으나 함께 이야기를 나눌 사람이 없었다. 장군 일행을 수행하는 알바니아 관리는 신부 앞 좌석에 앉아 있었고, 공항에서 그들을 맞았던 내각의 대표와 의원은 다른 차로 따라오고 있었다.

다이티 호텔에 도착하자 장군은 곧 마음이 안정되었다. 그를 위해 예약된 방에 올라가 면도를 하고 군복을 갈아입었다. 그런 다음 가족과 통화하기 위해 전화교환대에 요청을 해두었다.

장군은 곧 로비로 내려와 신부와 세 알바니아인이 앉아 있는 테이블에 합류했다. 다양하지만 중립적인 주제가 오가는 대화가 전개되었다. 저마다 정치성이나 사회성을 띤 문제는 언급을 피했다. 장군은 호의적이고도 진중한 태도를 취한 반면 신부는 거의 말이 없었다. 과묵한 신부의 태도가 다소 의아심을 자아낼 만도 했지만, 장군은 자기들 두 특사 가운데 자신이 더 중요한 사람이라는 점을 인식시켰다. 장군은 전사자들의 매장과 관련하여 인류가 자랑스럽게 여기는 고귀한 전통에 대해 언급했다. 자국 전사자들의 장례를 엄숙히 치르기 위해 휴전을 체결한 그리스와 트로이 사람들의 이야기를 인용하기도 했다. 장군은 자신이 맡은 임무에 몹시 몰두해 있다는 인상을 주었다. 막중한 책임이 따르는 이 경건한 과업을 그는 성공적으로 완수할 것이었다. 수많은 어머니들이 아들을 기다렸다. 20년이 넘도록 피를 마르게 한 기다림이었다. 기다림의 성격이 다소 달라지기는 했다. 지금 그 어머니들은 살아 있는 아들을 기다리는 것이 아니었으니 말이다. 하지만 죽은 자들을 기다리는 것 또한 권리가 아니겠는가. 무능한 장교들이 전장에서 능수능란하게 지휘하지 못했던 이 아들들의 유골을 비탄에 빠진 어머니들에게 돌려줄 사람이 바로 자신이었다. 그는 이 일에 자부심을 느꼈고 어머니들을 실망시키지 않기 위해 최선을 다할 것이었다.

"장군님, 전화가 연결되었습니다……"

그는 자리에서 벌떡 일어섰다.

"잠깐 실례하겠습니다." 그는 좌중에 양해를 구한 뒤 성큼성큼 당당한 걸음걸이로 호텔 접수계 쪽으로 걸어갔다.

장군은 돌아올 때도 마찬가지로 도도한 걸음걸이였다. 얼굴이 만족감으로 환히 빛났다. 동석한 사람들이 코냑과 커피를 시켜두었고, 대화는 활기를 띠었다. 장군은 이 임무의 지휘관이 자신이라는 점을 또 한 번 환기시켰다. 대령 직급이긴 해도 신부는 단지 정신적 특사로 그곳에 왔을 뿐이었다. 지휘관은 장군이었고, 그렇기 때문에 코냑의 상표나 여러 국가의 수도, 담배 등과 같은 화제를 선택하는 특권도 그의 몫이었다. 그는 이 홀 안에서 진정으로 편안함을 느꼈다. 두터운 벽걸이 천으로 둘러싸인 라운지에는 이국적인 음악, 아니 이국적이라는 표현만으로는 무언가 부족한 듯한 음악이 흐르고 있었다. 장군은 쾌적한 분위기를 비롯하여 이 호텔 라운지에서 그를 감싸고 있는 모든 것에 느닷없이 애착을 느꼈다. 쿠션을 댄 안락의자는 물론, 보글거리며 유쾌하게 끓고 있는 커피메이커 소리까지. 스스로도 놀랄 정도였다. 그것은 애착을 넘어선 무엇이었다. 오랫동안 단념해야 할지 모르는 무언가에 대해 벌써부터 일종의 아쉬움이 드는 것인지도 몰랐다.

장군은 행복감으로 환히 빛났다. 이 난데없는 행복감이 어디서 온 것인지 장군 자신도 설명할 길이 없었다. 궂은 날씨로 험난했던 여정을 마치고 비로소 쉴 곳을 찾아낸 여행자가 맛보는 기쁨이었다. 테이블에 앉은 이 순간까지도 간간이 떠오르며 그를 불안에 빠뜨리는 위협적인 산들의 모습은 작은 호박색 코냑 잔이 몰아내주었다. "당당하고 고독한 한 마리 새처럼……" 갑작스레 힘이 솟구쳤다. 땅 밑에 묻힌 수만 병사의 시신이 오랜 세월 그가 오기를 기다렸으니, 새로운 구세주인 그가 마침내 그들을 진창에서 구해내어 가족의 품에 안겨주기 위해 여러 개의 지도와 명단과 정확한 정보를 갖추고 당도한 것이었다. 다른 장군들이 무수히 많은 병사들을 패배와 절멸로 이끌었다면, 자신은 남겨진 이들을 망각과 죽음으로부터 구하러 왔다. 이 묘지 저 묘지를 뛰어다니며 전장을 전부 뒤져 실종된 자들을 찾아낼 것이었다. 흙더미에 맞선 이 싸움에서 패배란 없을 터였다. 정확한 통계가 부여하는 마력을 갖춘 그가 아니던가.

그는 한 문명 대국을 대표하고 있었고, 더할 나위 없이 고귀한 임무를 짊어지고 있었다. 바야흐로 그가 완수하게 될 이 일에는 그리스와 트로이 사람들에게서 볼 수 있는 장엄함과 호메로스 풍 장례의 엄숙함이 깃들어 있었다.

장군은 술을 또 한 잔 가득 부어 마셨다. 오늘 밤을 기점으로 조국에서 밤낮없이 기다리게 될 사람들은 하나같이 그를 생각하며 말할 것이었다. 지금 이 순간 그는 찾고 있어. 우리가 산책을 하고 영화관이나 카페에 가는 동안에도, 그는 우리의 가엾은 자식들을 되찾기 위해 이국땅을 종횡무진 뛰어다니고 있어. 아, 이 얼마나 힘겨운 임무인가! 하지만 그는 멋지게 완수해내겠지. 헛된 파견이 되게 하지는 않을 것이야. 신께서 그를 도와주시기를!

2장

유해 발굴 작업은 10월 29일 14시에 시작되었다.

곡괭이가 둔탁한 소리를 내며 흙을 뚫고 들어갔다. 신부는 성호를 그었고, 장군은 경례를 붙였다. 시(市)에서 파견된 늙은 토목공이 또 한 차례 연장을 들어 힘껏 내리쳤다.

드디어 시작이다! 감격에 젖은 장군은 발밑에 구르는 축축한 첫 흙덩이를 바라보며 생각했다. 첫 번째 묘를 여는 중이었고, 주변에 선 사람들은 누구 하나 꼼짝도 하지 않았다. 금발에 얼굴이 여윈, 젊고 세련돼 보이는 알바니아인 기사가 수첩에 기록을 했다. 인부 중 둘은 담배를 피우고 있었고, 세 번째 인부는 파이프를 물고 있었다. 목을 접은 스웨터 차림의 가장 젊은 마지막 인부는 곡괭이 자루에 몸을 기댄 채 생각에 잠긴 모습으로 현장을 지켜보았다. 그들 모두 이 발굴 작업의 진행 방식을 이해하기 위해 첫 번째 묘가 열리는 과정을 주의 깊게 관찰하는 중이었다. 발굴 절차는 의정서 제4부속서 7항과 8항에 상세히 묘사되어 있었다.

장군은 인부의 발밑에 쉴 새 없이 쌓여가는 흙덩이들을 주시했다. 거무스레하고 푸석푸석한 흙에서 김이 모락모락 피어올랐다.

이것이 이국의 흙이군, 장군은 생각했다. 어딜 가나 볼 수 있는 검은 흙, 똑같은 돌멩이, 똑같은 나무뿌리, 똑같은 김이었지만, 그래도 이국의 것들이었다.

자동차들이 그들 뒤편으로 나 있는 차도를 획획 달리며 이따금 요란한 경적을 울려댔다. 군 묘지가 흔히 그렇듯 이 묘지도 도로변에 자리하고 있었다. 맞은편에는 소들이 풀을 뜯고 있었고, 간간이 소들의 울음소리가 계곡에 울려 퍼지곤 했다.

장군은 불안한 기색이었다. 흙은 계속 쌓여갔지만 반시간이 지난 뒤에도 늙은 인부가 디디고 선 구덩이는 무릎 깊이밖에 안 되었다. 잠시 쉬려고 구덩이에서 나온 인부는 자신이 곡괭이로 파놓은 흙을 동료 한 명이 삽으로 퍼내자마자 다시 내려갔다.

한 무리의 기러기가 하늘 높이 그들의 머리 위로 날아갔다.

말고삐를 쥐고 차도를 혼자 걸어가던 농부가 그들이 무슨 일을 하는지도 모르면서 외쳤다.

"힘내시오!"

구덩이 주변에 둥글게 모여 선 작은 무리 중 아무도 대답을 하지 않았고, 농부도 제 갈 길을 갔다.

장군은 파헤쳐진 땅과 차분하고 진지한 인부들의 얼굴을 차례로 살피며 생각했다.

저들은 어떻게 생각할까? 고작 자기들 다섯 명이 일단의 군대를 발굴해야 할 텐데……

그러나 인부들의 얼굴에서는 아무것도 읽을 수 없었다. 두 명은 다시 담뱃불을 붙였고 세 번째 인부는 여전히 파이프를 빨았다. 가장 젊은 마지막 인부는 조금 전처럼 곡괭이 자루에 몸을 기댄 채 멍하니 있었다.

이제 허리께까지 구덩이 속에 들어간 늙은 토목공은 기사의 설명을 듣고 있었다. 두 사람 사이에 잠시 대화가 오가는가 싶더니 토목공이 다시 일에 착수했다.

"그가 뭐라고 했습니까?" 장군이 물었다.

"잘 못 들었습니다." 신부가 대답했다.

그 자리에 있는 사람 모두 쥐죽은 듯 침묵을 지켰다.

"그래도 비가 오지 않아 다행입니다!" 신부가 말했다.

장군은 눈을 들었다. 뿌연 안개가 사방의 지평선을 흐려놓고 있었다. 멀리, 아주 멀리 보이는 어둑한 형체들은 안개 때문에 생긴 것인지 큰 산들인지 알 수 없었다.

흙이 파헤쳐질수록 인부 역시 점점 땅속 깊이 들어갔다. 장군은 곡괭이를 내리칠 때마다 그의 백발이 흔들리는 모습을 바라보았다.

능숙해 보이는군. 작업에 투입된 토목공들 가운데서 반장을 맡게 된 것도 그 때문이겠지만……

장군은 인부가 더 빨리 땅을 파 들어가기를, 가급적 빨리 묘들을 열어 죽은 자들을 전부 되찾을 수 있기를 바랐다. 그는 다른 인부들도

어서 빨리 작업에 참여하는 모습을 보고 싶었다. 그러면 그는 명단을 꺼내 들어 되찾은 병사의 이름에 작은 가위표를 하나씩 쳐나가고, 명단은 곧 가위표로 뒤덮일 것이었다.

곡괭이가 흙을 내리치자 땅속 깊은 데서 터져 나오는 듯한 둔한 소리가 났다. 갑자기 모든 감각이 곤두서며 장군의 몸이 푸르르 떨려왔다.

저기 저 밑에서 아무것도 찾아내지 못하면 어찌한단 말인가? 지도가 정확하지 않아 병사 한 명을 찾으려고 두세 군데, 아니 열 군데나 파헤쳐야 한다면!

"아무것도 찾아내지 못하면 어찌해야 하겠습니까?" 그가 신부에게 말했다.

"다른 곳을 파도록 해야겠죠. 필요하다면 품삯을 두 배로 주고서라도 말입니다."

"비용은 아무래도 상관없습니다. 우리 사람들을 모두 찾는 게 중요하지요."

"찾게 될 겁니다. 반드시 그렇게 될 겁니다."

그러나 장군은 당황한 음성으로 말을 이었다.

"여기는 싸움을 벌인 흔적이라곤 전혀 없어요. 평화롭게 풀을 뜯는 저 누런 소들이 밟아 다져놓은 땅 같단 말입니다."

"세월이 지났으니 그런 느낌도 당연합니다. 20년도 넘는 세월이 흘렀으니까요."

"따지고 보면 아주 긴 세월이에요. 제가 걱정하는 게 그겁니다."

"걱정하실 것 있겠습니까? 여긴 땅이 단단합니다. 일단 매장된 건 오랜 세월이 지나도 그대로 있게 마련이지요."

"맞습니다. 하지만 왠지 그들이 여기, 우리 바로 곁에 있다는 생각이 안 드는군요. 겨우 2미터 깊이에 말입니다."

"전쟁 당시 알바니아에 안 계셔서 그렇습니다."

"정말 그렇게 끔찍했습니까?"

장군의 물음에 신부는 머리를 끄덕였다.

이제 늙은 토목공은 몸 전체가 땅속으로 들어가다시피 했다. 그를 둘러싼 무리의 원이 더 바짝 조여졌다. 알바니아인 기사는 구덩이 위에서 허리를 잔뜩 구부리고는 토목공에게 무어라 쉴 새 없이 지시를 내렸다.

삽이 돌멩이에 부딪치며 둔탁한 소리를 냈다. 이곳으로 떠나오기 전 장군을 찾아온 퇴역 군인들이 들려준 짤막한 이야기들이 귀에 쟁쟁했다. 알바니아에서 전사한 전우들의 묘를 찾는 데 관심이 있는 사람들이었다.

내 단검이 돌멩이에 부딪쳐 나는 소리에 나 자신이 소스라치듯 놀라곤 했습니다. 땅을 가르려고 아무리 애를 써도, 흙과 맞서는 이 불공평한 싸움에서 임시변통인 내 도구는 무능했어요. 점토 한 줌을 간신히 떼어낸 뒤 아쉬운 마음으로 생각했지요. 아, 공병대에 배속되었더라면 삽이 있어 훨씬 빨리 땅을 팠을 텐데! 몇 발짝 떨어진 곳에 내 절친한 친구가 배를 깔고 널브러져 있었습니다. 물이 반쯤 찬 구덩이에 두 다리를 늘어뜨린 채 말이지요. 난 친구의 요대에 꽂힌 단검을 뽑아 양손으로 땅을 파기 시작했어요. 아주 깊은 구덩이를 파고 싶었습니다. 친구의 소원이었거든요. 내가 자네 곁에서 죽게 되면 땅속 깊이 묻어주게. 그 옛날 테펠레나에서처럼 개들이 내 몸을 찾아낼까 두려우니까. 자네도 그곳의 개들을 기억하지? 친구가 이렇게 묻기에 나는 담배를 빨면서 대답했습니다. 그럼, 기억하고말고. 그 친구는 이제 죽었고, 난 땅을 파면서 친구에게 말했지요. 걱정 말게. 자네를 위해 깊은, 아주 깊은 구덩이를 파줄 테니! 일을 마친 다음 땅을 판 표시가 나지 않게 최대한 평평하게 흙을 골랐습니다. 사람들이 와서 시신을 찾아내 파낼까 두려웠거든요. 그런 다음 요란한 기관총 소리를 등지고 어둠 속으로 멀어져갔습니다. 그렇게 걸어가다 방금 전 친구를 두고 온 칠흑 같은 야음을 또 한 번 돌아보며 마음속으로 친구에게 말했어요. 아무것도 두려워하지 말게. 사람들은 자네를 찾아내지 못할 거야.

"어쩌면 아무것도 찾아내지 못할 수도 있습니다." 장군이 초조함을 감추지 못하며 말했다.

"아직 실망하기는 이릅니다." 신부가 말을 받았다.

"하지만 전장에서 죽은 자들을 그렇게 깊이 매장하지는 않잖습니까."

"재차 매장되었는지도 모릅니다. 묻어놓은 시신을 파내어 다시 매장하는 경우도 있었으니까요. 심지어 세 번까지도 그러는 경우가 있었지요."

"그랬을 수도 있겠군요. 그래도 묘들이 이렇게 깊어서야 끝이 없겠는데요."

"인력을 보충해야 할 상황이 생길 수도 있습니다. 임시직으로라도 말입니다."

"한데 저 사람들은 대체 무얼 하고 있단 말입니까? 아직 아무것도

24

찾아내지 못했답니까?"

"이제 가장 깊은 곳까지 내려간 겁니다. 무언가 있다면 지금 나올 것이고 아니면 영영 나오지 않겠지요."

"출발이 안 좋을까 걱정됩니다."

"하층토 침하가 있었는지도 모릅니다. 지도에는 이곳이 지진대라는 표시가 되어 있지 않지만 말입니다."

기사가 구덩이 안쪽으로 더 깊숙이 몸을 숙였다. 다른 이들도 바짝 다가섰다.

"나왔습니다! 찾아냈어요!" 늙은 인부가 외쳤다. 구덩이 밑에서 머리를 숙인 채 소리를 지른 터라, 깊은 동굴에서처럼 둔탁하고 희미한 목소리가 올라왔다.

"찾아냈답니다." 신부가 인부의 말을 되풀이했다.

장군은 깊은 한숨을 내쉬었고, 멍하니 있던 다른 인부들도 정신을 차렸다. 곡괭이 자루에 몸을 기댄 채 생각에 잠긴 듯 서 있던 가장 젊은 인부도 동료 인부에게 담배 한 대를 얻어 불을 붙였다.

늙은 인부가 유골을 한 삽씩 떠서 구덩이 가두리에 올려놓기 시작했다. 특별할 것도 없는 유해였다. 부드러운 흙에 뒤섞인 유해는 흡사 마른 나뭇조각 같아 보였다. 갈아엎은 흙의 냄새가 주변에 감돌았다.

"소독제! 소독제를 가져오시오!"

기사가 외치자 인부 두 명이 갓길에 세워둔 차 뒤편 트럭 쪽으로 급히 달려갔다.

기사는 유골 속에서 찾아낸 작은 물체를 집게로 집어 장군에게 내밀었다.

"메달이군요. 만지지는 마십시오."

장군이 얼굴을 가까이 대고 살펴보니 성모의 모습을 금세 알아볼 수 있었다.

"우리 병사들의 메달입니다!" 장군이 중얼거렸다.

왜 우리가 이 메달을 걸고 다니는지 아나? 어느 날 그가 내게 물었습니다. 우리가 죽게 될 경우 사람들이 유해를 알아보게끔 하기 위해서야…… 그렇게 말한 뒤 그는 냉소 어린 미소를 지어 보였죠. 그런데 사람들이 정말 우리 유해를 찾아 나설 거라 생각해? 뭐, 언젠가 그런 일이 벌어진다 치자고. 하지만 그렇게 생각한다고 내게 무슨 위로가 될 것 같나? 전쟁이 끝난 뒤 유해를 찾아 나서는 일보다 더한 위선은 없어. 나라면 그런 호의는 사양하겠네. 내가 쓰러진 바로 그 자리에 날 가만히 내버려두었으면 해. 이 고약한 물건은 내다버릴 테야…… 그 후에 그는 정말로 메달을 던져버렸습니다. 더 이상 걸고 다니지 않았어요.

소독이 끝나자 기사는 유골의 치수를 하나하나 재고는 가늘고 긴 손가락 사이에 펜을 비스듬히 쥔 채 수첩에 대고 잠시 계산을 했다.

"신장 1미터 73."

"맞소." 명단에 나와 있는 수치와 일치하는 것을 확인한 장군이 답했다.

"유해를 수습하십시오." 기사가 인부들에게 지시했다.

장군은 늙은 토목공을 눈으로 좇았다. 지친 토목공은 길가에 놓인 돌 위로 가 앉더니 호주머니에서 담배쌈지를 꺼내 열심히 담배를 말았다.

저자는 왜 저런 식으로 날 쳐다보는 거지? 장군은 혼자 생각했다.

몇 분 뒤, 다섯 군데가 동시에 파헤쳐지기 시작했다.

삽입장

장군이 이마를 치며 말했다.

"더 이상 어디가 어딘지 모르겠습니다. 궁지에 몰렸어요."

"지도를 다시 보는 게 좋겠습니다."

"지도를 본들 이해할 수 있는 게 없습니다. 고도 수치가 뒤죽박죽입니다."

"퇴각 중에 급히 기록한 글에서 무얼 기대할 수 있겠습니까?"

"하기야."

"오른쪽으로 가보면 어떨까요? 이 들판 길은 어디로 향하는 겁니까?"

"이웃 농장 땅으로 이어집니다."

"그쪽으로 가보지요."

"헛수고일 겁니다."

"길이 온통 고약한 진창이군요!"

"어찌됐든 오른쪽으로 한번 시도는 해보죠."

"길이 이래서야 아무 데도 닿지 못할 겁니다."

"이젠 무얼 찾는다기보다 안개 속을 헤매는 것 같군요!"

"뭐라고요?"

"끔찍한 흙탕길이에요!"

"옴짝달싹 못 하게 되었군요."

발소리와 함께 불안한 목소리들이 들판에서 멀어져갔다.

3장

20일 후 그들은 티라나로 돌아왔다.

날이 저물어 있었다. 그들이 탄 초록색 차가 다이티 호텔 앞 커다란 나무 밑에 멈춰 섰다. 나무는 건물 앞에 장막처럼 가지를 드리우고 우뚝 서 있었다. 장군이 먼저 땅에 발을 내디뎠다. 초췌한 얼굴에 몹시 지치고 시달린 기색이었다. 멍한 그의 시선이 차에 쏠렸다. 흙은 좀 닦아내고 올 것이지…… 화가 치밀었지만 이제 막 숙소에 도착했는데 차가 더럽다는 이유로 운전수를 면박 줄 수는 없는 노릇이었다. 장군도 그걸 모르지는 않았다. 다만 그런 논리를 수긍하기가 영 마뜩지 않았던 것이다.

그는 재빨리 호텔 현관 앞 계단을 올라가 우편물을 찾은 뒤 가족과 통화할 수 있도록 부탁해놓고 천천히 방으로 갔다.

신부도 곧장 자신의 방으로 올라갔다.

두 사람은 각자 목욕을 하고 옷을 갈아입고는 한 시간 뒤 1층 라운지 테이블에 앉아 있었다.

장군은 코냑을, 신부는 코코아를 시켰다. 토요일이었다. 지하 나이트클럽에서 춤곡을 연주하는 소리가 올라왔다. 클럽으로 내려가거나 그곳에서 올라오는 젊은 연인들이 라운지 안쪽에 간간이 보이곤 했다. 로비에도 사람들이 오갔다. 어두운 색상의 벽걸이 천과 큼직한 소파로 장식된 라운지는 엄숙한 분위기를 풍겼다.

"첫 번째 발굴 작업이 마침내 끝났군요." 장군이 말했다.

해가 바뀌기 전에 작업을 종결지을 수 있을지에 대한 전망, 예기치 못한 난관들, 뜻밖의 악천후 등, 우울한 여행길 내내 수십 번은 오갔던 대화가 다시 시작되었다.

"산악지대에선 일이 쉽지 않겠죠."

"저도 그게 걱정입니다."

"내일은 지도를 다시 검토하겠습니다. 두 번째 작업 계획을 세워야 하니까요."

"날씨가 나쁘지 않아야 할 텐데요."

"불가피한 일이죠. 계절이 계절인 만큼."

신부는 엄지와 집게손가락으로 잔을 들고 천천히 코코아를 마셨다. 손가락이 길고 가늘었다.

잘생긴 남자야, 장군은 신부의 차갑고 단정한 옆모습을 주시하며 생각했다. 문득 의문이 떠올랐다. 신부는 대령의 미망인과 어떤 관계인 걸까? 두 사람 사이에 무언가 있는 것은 분명했다. 예쁘고 매혹적인 여자가 아니던가. 특히 수영복 차림일 땐…… 신부 이야기를 꺼내자 그녀가 저도 모르게 얼굴을 붉히며 눈을 내리뜨던 모습이 떠올랐다. 장군은 동반자의 얼굴에서 시선을 떼지 않은 채 또다시 생각했다. 대체 두 사람은 어떤 관계일까?

"그렇게 애를 썼는데도 Z대령의 시신을 찾지 못했군요." 장군이 무심한 어투로 말했다.

"희망이 전부 사라진 건 아니지요." 신부가 고개를 숙이며 대답했다. "전 꼭 찾으리라 믿습니다."

"어려울 겁니다. 어떤 상황에서 죽음을 맞았는지 모르니까요."

"물론 쉽지는 않겠죠." 신부도 무뚝뚝하게 동의를 표하며 덧붙였다. "그래도 이제 겨우 작업이 시작됐고 앞으로 시간이 많잖습니까."

죽은 대령의 미망인과 그의 관계는 어디까지 진척된 걸까? 장군은 머릿속에서 의문을 떨칠 수 없었다.

존귀하신 신부님께서 한 여자와 어디까지 일을 벌일 수 있는지 알고 싶어 좀이 쑤셨다.

"무슨 일이 있어도 대령의 유해를 찾아내야 합니다. 고위 장교들의 시신은 모두 오래전에 본국으로 송환되었어요. 대령의 시신만 제외하고 말입니다. 우리가 맡은 임무의 결과를 가족이 애타게 기다리고 있습니다. 특히 대령의 부인께서……"

"알고 있습니다." 신부가 말했다. "부인께서 걱정을 많이 하시죠."

"대령의 묘를 보셨습니까? 그의 가족들이 대단한 대리석 묘소를 만들었더군요."

"네. 이곳에 오기 전에 갔었지요."

"정말이지 웅장한 묘소더군요." 장군이 말을 이었다. "조각상도 있고, 둘레 화단엔 흑장미와 백장미가 심어져 있었지요. 묘는 비어 있지만요."

신부는 아무 대답도 하지 않았다.

두 사람은 한참을 말없이 앉아 있었다. 장군은 코냑을 홀짝이면서 주위를 둘러보았는데, 그 순간 주변 분위기가 얼마나 낯선지 가늠해볼 수 있었다. 돌연 온전히 혼자가 된 기분이었다. 죽은 동포들의 묘 한복판에 홀로 서 있는 느낌이랄까. '형제들'이 묻혀 있는 이 묘들의 환영을 머릿속에서 몰아내고 싶었다. 꺼져! 하고 외치며 어떡하든 벗어나고 싶은 마음뿐이었다. 그들 사이에서 3주를 헤매고 난 참이었다. 내리 3주 밤낮으로 매 시간 매 분 홀로 그들과 마주했다. 하지만 이제는 벗어나고 싶었다. 이 휴식의 날을 얼마나 간절히 기다렸던가. 토요일이었다. 쉬고 싶었다. 자신은 살아 있지 않은가. 그것은 자연에게서 부여받은 권리였다. 지하에서 악단의 연주 소리가 올라왔다. 저 밑에서 사람들은 먹고 마시며 춤을 추고 있지 않은가.

"우리에겐 휴식이 필요합니다." 말은 이렇게 하면서도 장군은 '휴식'보다는 '기분전환'을 생각하고 있었다.

"안 됩니다!" 신부가 눈길을 들며 말했다.

신부가 옳았다. 그는 외국 장군인 데다 정부가 부여한 임무를 띠고 있었다. 유달리 침울한 임무라는 점은 차지하고라도 말이다. 게다가 그는 지금 자신의 병사들과 서로 죽고 죽였던 사람들에게 둘러싸여 있지 않은가.

장군은 담배꽁초가 가득한 재떨이 위로 눈길을 떨구었다. 이제 막 시작된 이 기나긴 순례가 몇 주, 몇 달로 이어지는 동안 다시는 그 말을 입에 올리지 않을 것이었다. 잠깐 동안의 반항은 곧 기세가 꺾이고 말았다. 이제부터는 오직 그들과 함께할 것이었다. 언제나.

하지만 그는 정말 지쳐 있었다. 파헤쳐진 도로들과 곳곳에 겹쳐 쌓였거나 외따로 흩어진 흙무덤들. 어딜 가나 나타나 사기를 꺾어놓는 흙탕길과 반쯤 파괴된 참호들에다(해골만 남은 군인들처럼 이것들 역시 골격만 남아 있었다) 자국 병사들의 묘와 뒤섞여 혼란을 야기하는 타국 병사들의 묘. 보고서도 작성해야 했고, 시청 여러 부서에 영수증도 제출해야 했고, 은행에서 외화 입금 수속도 해야 했다. 수많은 골칫거리들이 한꺼번에 밀어닥쳤다! 무엇보다 자국 병사들의 시신을 타국 병사들의 시신과 구분해야 했다. 모순되는 증언이 튀어나오기 일쑤였고, 노인들은 다른 전쟁에서 벌어진 전투와 일화들을 뒤섞곤 했다. 그 무엇도 분명한 건 없었다. 오직 땅만이 진실을 간직하고 있었다.

장군은 술을 또 한 잔 가득 부어 마셨다.

"험상궂은 창고지기가 지키는," 그가 혼잣말처럼 작은 목소리로 중얼댔다. "거기 벌판의 창고는……"

티라나로 들어오기 전 그들은 창고 건물에 유해를 옮겨둔 상태였다(유골은 시 내부로 들여오지 못하도록 되어 있었다). 간이 창고는 의정서에 명시된 대로 외곽지대 공터에 그 용도로 지은 것이었다.

"창고에 창고지기…… 그리고 문 앞에 개라니!"

신부는 잠자코 있었다.

그들이 알바니아 관리들과 가진 첫 회담에서 특별히 난항을 겪었던 부분이 바로 도심을 가로질러 유해를 옮기는 문제였다. 알바니아 당국에서는 수락할 수 없다는 입장이었다. 강경한 입장을 견지한 장본인들조차 그 이유를 알지 못했지만 끝내 그런 식으로 결의가 굳어지고 말았다. 그래서 각 도시에 도착할 때마다 그들은 간선도로에서 벗어나 변두리 공터의 음산한 창고를 찾아야 했다. 지금 이 순간에도 그저 상상만으로도 짜증 섞인 한숨이 나왔다.

그는 또 한 번 주변을 둘러보았다. 늘 그렇듯 라운지 안은 조용했다. 좀 떨어진 한편에 등을 보이고 앉은 젊은 사람들만이 이야기를 나누다 간간이 웃음을 터뜨리는 정도였다. 맨 안쪽에는 약혼한 사이처럼 보이는 젊은 남녀 한 쌍이 나란히 앉아 있었다. 두 사람은 서로의 눈을 바라보며 이따금씩 몇 마디를 주고받았다. 외모가 반듯한 남자는 높고 비스듬한 이마와 넓은 아래턱으로 미루어 알프스 지방 출신일 것 같았다.

잇달아 장군의 시선은 바 뒤에 있는 종업원 쪽으로 향했다. 사과와 오렌지가 가득 담긴 두 개의 그릇 사이로 온화한 표정이 감도는 그의 둥근 얼굴의 윤곽이 잘려 보였다.

서류가방을 든 호리호리한 남자가 들어와 라디오 수신기 근처 한 테이블에 앉더니 종업원에게 말했다.

"늘 하던 걸로요."

종업원이 커피를 준비하는 동안 남자는 가방에서 큰 노트를 꺼내 무언가 적기 시작했다. 하관이 갸름하고 뺨이 평평한 남자였다. 담배를 빨자 두 뺨이 움푹 꺼졌다.

"저들이 알바니아인들이군요." 장군이 끊어진 대화를 다시 이어가

듯 말했다. "다른 이들과 똑같은 사람들이네요. 저들이 전시에 맹수처럼 사나워진다고는 아무도 믿지 않을 겁니다."

"아, 전장에선 저들이 얼마나 달라지는지 모릅니다!"

"그렇게 적은 수로 말이죠!"

"생각만큼 적지는 않습니다." 신부가 반박했다.

그때 이마가 비스듬한 또 다른 남자가 라운지 안으로 불쑥 들어왔다.

"우린 참 고약한 일을 떠맡았어요! 길이나 카페에서 누굴 보면 반드시 그 사람의 두개골 모양을 상상하게 된단 말입니다!"

"이렇게 말씀드려 죄송합니다만, 장군님은 과음을 좀 하신 것 같군요." 신부가 잿빛 눈으로 상대를 응시하며 다정하게 말했다.

그러고 보니 신부의 눈 색깔이 라운지 맨 안쪽에 놓인 텔레비전 수상기의 화면 색깔과 비슷했다. 고장 난 텔레비전 화면 색! 아니 그보다는, 도통 이해할 수 없는 한 가지 프로그램만 줄기차게 보여주는 화면 색에 가깝군.

그는 잠시 손에 쥔 투명한 술잔을 빙빙 돌리며 바라보았다.

"신부님 생각엔 제가 어떻게 하면 좋겠습니까?" 장군이 다소 격앙된 목소리로 물었다. "제게 어떤 충고를 해주시겠습니까? 돌아가면 아내에게 보여줄 사진을 찍을까요? 아니면 일기를 써서 이 나라의 진기한 점들을 기록해둘까요? 어떡하란 건지 말씀 좀 해보세요."

"할 말이 없습니다. 장군님이 과음을 하신 것 같다는 말씀을 드렸을 뿐입니다."

"전 신부님이 술을 마시지 않는 게 놀랍습니다. 아주 놀라워요!"

"전 술을 마셔본 적이 없습니다."

"그렇다고 지금 술을 마시지 말라는 법은 없습니다. 그러니 저처럼 하세요. 밤마다 술을 마셔서 그날 하루 본 일들을 잊어버리시란 말입니다."

"그걸 제가 왜 잊어야 합니까?"

"이 불행한 자들과 우린 한 동포인데, 연민을 느끼지 못한단 말입니까?" 장군이 자신의 서류가방을 손가락으로 톡톡 치며 말했다.

"절 모욕하지 마십시오. 저도 장군님만큼 조국에 애착을 갖고 있습니다."

그러자 장군이 미소를 지으며 받았다.

"그런데 말이죠, 지난 사흘 동안 우리가 나눈 이야기들을 떠올리니 이상하게도 현대 희곡에 나오는 대화들이 생각나는군요. 아주 지루한 대화들 말입니다."

신부의 얼굴에도 미소가 떠올랐다.

"그럴 수밖에 없겠죠. 그 누구의 이야기라도 일면 비극이나 희극의 대사를 닮게 마련이니까요."

"신부님은 동시대 희곡을 좋아하십니까?"

"네, 어느 정도는요."

장군은 한참 동안 신부의 눈을 뚫어지게 바라보다가 눈길을 돌렸다. 그러다 꿈에서 깨어난 사람처럼 불쑥 말했다.

"불쌍한 내 병사들! 그들을 생각하면 가슴이 찢어집니다. 다른 사람들이 버린 아이들을 정성껏 돌보는 양아버지가 된 심정입니다. 때론 이 아이들에게 친자식보다 더 큰 애정을 느끼곤 합니다. 하지만 그들을 위해 제가 무얼 할 수 있습니까? 어떻게 하면 복수를 할 수 있겠습니까?"

"저 역시 가슴이 아픕니다." 신부가 말했다.

"우린 무기력합니다. 가진 거라곤 명단과 보고서밖에 없으니 그들의 죽음을 추적할 따름이지요. 그들 한 명 한 명을 찾아내야 할 의무를 지고 말입니다. 이 지경에 이르다니 처량합니다."

"운명이지요."

신부의 말에 장군은 고개를 끄덕였다.

또다시 희곡 대사로군, 장군이 생각했다. 이 신부는 참 목석같단 말이야. Z대령의 아름다운 미망인과 함께 있을 때에도 그런지 궁금하군!

장군은 그녀 앞에 무릎을 꿇을 때 신부가 수단을 여미는 모습을 상상해보았다.

그녀는 그저 신부가 마음에 들었던 걸까, 아니면 어떤 사심이 있어 그에게 이끌린 걸까? 둘 사이에 정말 무슨 일이 있었던 걸까?…… 하긴 그게 대체 나와 무슨 상관인가!

텔레비전에서 들려오는 목소리가 주의를 끌었다. 장군은 귀를 기울였다. 알바니아어는 거친 언어라는 생각이 들었다. 발굴 작업을 도우러 온 마을 사람들이 묘지에서 이 언어로 말하는 소리를 종종 듣곤 했다. 죽은 군인들도 분명 이 언어를 들었을 테지. 이 치명적인 언어를…… 때마침 뉴스가 방영되고 있는 것 같았다. 친숙한 단어들이 귓전에 와 닿았다. 텔아비브…… 본…… 라오스……

얼마나 많은 도시들이 지구상에 흩어져 있는 것인가! 그의 마음은 또다시 다양한 나라에서 알바니아로 온 군인들에게 향했다. 녹슨 함석 표지판과 십자가, 땅 위에 남은 무덤의 흔적들, 서투른 글씨로 쓰인 이름들. 그러나 대다수의 묘에는 신원을 확인할 만한 어떤 표시도 없었고, 설상가상으로 그가 찾는 시신 대부분은 공동 묘혈에 한데 던져져 흙으로 덮인 상태였다. 진흙땅에 잠들지 못하고 명단에만 존재하는 이들도 있었다.

그중 한 명의 유해를 남부의 어느 작은 마을 박물관에서 찾아낸 일이 있었다. 고향 마을의 역사 찾기에 열심이던 주민 몇몇이 설립한 박물관이었다. 그들은 오래된 성채의 지하 감방을 조사하던 중 다른 유물들 사이에서 인간의 유골을 발견했다. 유골의 출처를 두고 몇 주 동안 카페에 모여 의논을 한 끝에 이 아마추어 고고학자들은 매우 다양한 가설을 내놓았다. 유해 발굴단이 이 마을에 도착했을 즈음에는 그중 두 명이 잡지 기고를 목표로 과감하고도 현학적인 주제의 기사를 작성하던 중이었다. 그런데 기사가 우연히 박물관을 둘러보다가 메달을 걸고 있는 해골을 한눈에 알아본 것이었다. (이 아마추어 학자들은 메달의 출처를 두고 일리아인들의 장신구 혹은 로마 시대의 동전이라는 두 가지 가설을 제시한 참이었다.) 기사의 박물관 방문으로 수많은 억측이 종식되었고, 다만 한 가지 의문점만이 남겨졌다. 문제의 군인은 이 얽히고설킨 성채의 미로 속으로 어떻게, 왜 침투했던 것일까?

장군이 신부에게 의문을 환기시켰다. 그러나 신부는 이 일화를 잘 기억하지 못했다.

"이해합니다." 장군이 말했다. "무수한 이야기들을 떠올리다 보면 이상하게도 그 얘기가 그 얘기 같아지지요. 그 이름이 그 이름 같아지는 것처럼. 병사들의 명단이 어찌나 긴지 아무것도 기억나지 않는 것 같은 느낌이 들 때도 있습니다……"

"다른 병사들과 별반 다르지 않은 병사였을 겁니다." 신부가 결론을 지었다.

"이 이름들과 신상기록 카드들이 다 무슨 소용이란 말입니까? 해골 더미에 무슨 이름이 남아 있겠습니까?"

신부가 고개를 끄덕였다. 네, 하지만 어쩌겠습니까, 라고 말하는 듯.

"똑같은 종류의 메달을 걸고 있으니 이름도 다 같은 셈이지요."

신부는 이제 아무 대답도 하지 않았다.

나이트클럽에서 연주 소리가 계속 들려왔다. 장군은 쉴 새 없이 담배를 피웠다.

"끔찍합니다. 저들이 우리 사람들을 죽일 수 있었다니." 장군이 꿈을 꾸듯 말했다.

"그러게 말입니다."

"우리도 이 나라 사람들을 많이 죽였죠."

신부는 입을 다물었다.

"사실입니다. 우리도 이 나라 사람들을 많이 죽였어요. 그들의 묘지가 온 나라 곳곳에 흩어져 있습니다. 어딜 가나 우리 병사들의 외딴 묘지만 보였다면 처량하고 굴욕적인 노릇이었겠지만."

장군의 생각에 동의하는지 안 하는지, 신부는 말없이 고개만 끄덕였다.

"변변찮은 위로죠."

신부는 또다시 고개를 끄덕였다. 하지만 어쩌겠습니까, 라고 말하는 듯.

"신부님 생각을 모르겠군요. 그게 우리한테 위로가 된다고 생각하시는 겁니까, 아닙니까?"

신부가 맞붙이고 있던 양 손바닥을 떼어놓으며 말했다.

"전 종교인입니다. 살인을 인정할 순 없지요."

"아!"

그 순간 약혼한 사이처럼 보이는 남녀가 자리에서 일어나 라운지를 나갔다.

"우린 잔인하게 서로를 죽였습니다." 장군이 말을 이었다. "저 악마들은 싸움을 좋아했어요."

"이해할 수 있는 일입니다. 저들은 의식적으로 용기를 발휘한 게 아니었습니다. 다만 뿌리 깊은 심리 작용의 문제이지요."

"무슨 말씀인지 모르겠습니다."

"간단한 문제입니다. 전쟁이 일어났을 때 어떤 이들은 소신대로 행동하죠. 그 소신이 확실하든 그렇지 않든 말입니다. 그러나 본능의 부추김을 받아 행동하는 사람들도 있습니다."

"계속하십시오." 신부가 주저하는 기미를 보인다고 생각한 장군이 말했다.

"알바니아인들은 거칠고 후진한 민족입니다. 아이가 태어나기 무섭게 사람들은 요람에 총을 갖다 두지요. 이 무기가 삶의 일부가 되도록 말입니다."

"알 만하군요. 저들은 우산도 총처럼 들지 않습니까!"

"어린 시절에 이미 인성의 일부이자 삶의 구성요소가 되어버린 총은 알바니아인들의 심리에 직접적인 영향을 미치게 됩니다."

"그렇군요!"

"무언가를 애지중지하다 보면 당연히 그걸 사용하고 싶은 마음이 들겠지요. 그렇다면 총은 무슨 용도로 가장 먼저 쓰이겠습니까?"

"그야 사람을 죽이는 일 아니겠습니까."

"맞습니다. 알바니아인들은 늘 죽고 죽이는 데 마음이 당겼던 사람들이에요. 상대할 적을 찾아내지 못했을 땐 자기들끼리 죽였죠. 그들 사이에 성행하는 친족 간 복수에 대해 들어보신 적이 있습니까?"

"네."

"그들을 폭력으로 내모는 것은 일종의 유전적 본능입니다. 본성이 요구하고 강요하는 겁니다. 평화로운 시기에 알바니아인들은 겨울철 뱀처럼 동면을 하면서 둔해지지요. 싸움을 해야 활기가 되살아나는 사람들입니다."

장군은 고개를 끄덕였다.

"이 나라에서 전쟁은 일상적인 환경입니다. 이곳 사람들이 그렇게 사납고 위험한 이유가 그거예요. 일단 뛰어들면 한계를 모르는 것도 그렇고요."

"그렇다면 파괴 혹은 자멸을 갈망하는 이 민족은 사라질 운명이겠군요."

"자명한 이치죠."

장군은 또다시 술 한 잔을 마셨다. 그러더니 혀가 꼬인 소리로 불쑥 물었다.

"알바니아인들을 미워하십니까?"

느닷없는 질문에 신부는 부자연스러운 미소를 띠며 반문했다.

"아닙니다. 그건 왜 물으시죠?"

장군이 신부의 귀 쪽으로 몸을 기울였다. 술 냄새가 훅 끼쳐오자 신부는 흠칫 몸을 뒤로 뺐다.

"왜라니요?" 장군이 목소리를 낮추며 말했다. "신부님도 저처럼 저들을 미워한다는 걸 잘 압니다. 하지만 당장은 이런 말을 하지 않는 게 낫겠군요."

4장

　　두 사람은 밤 인사를 나누고 헤어졌다. 자기 방으로 돌아온 장군은 문을 닫은 뒤 갓 램프의 빛이 떨어져 내리는 작은 탁자에 앉았다. 늦은 시각이었지만 잠이 오지 않았다. 탁자 위에 놓인 서류가방에 자기도 모르게 손이 갔다. 그는 가방에서 죽은 군인들의 명단을 꺼내 들척이기 시작했다. 두툼한 꾸러미의 서류는 네댓 장 혹은 열 장씩 철이 되어 있었다. 장군은 서류를 훑어보며 각 명단에 대문자로 쓰인 제목들을 몇 번이고 다시 읽어보았다. 명예 연대, 제2사단, 강철 사단, 제3 알프스 대대, 제4경호 연대, 승리 사단, 제7보병 사단, 청색 대대(보복 부대)…… 마지막 명단에서 그는 잠시 멈추었다. Z대령의 이름이 맨 앞에 등장하고 알파벳 순으로 다른 전사자들의 이름이 이어졌다. 중대와 소대로 나뉘어 장교, 하사관, 사병 들의 이름이 나와 있었다.

청색 대대라니, 멋진 이름이군.

명단이 작성되기 시작한 것은 봄이었다. 정부 청사의 길쭉한 사무실에서 최신 유행의 옷차림과 머리 모양을 한 젊은 타자수들이 커다란 통유리창 옆에 앉아 가느다란 손가락으로 타자기 자판을 두드려 작성한 명단이었다. 탁탁탁…… 마스카라를 칠한 그녀들의 무심한 눈길 아래서 기총소사가 벌어지고 있었다.

그는 이름이 적힌 기본 명단들은 따로 떼어놓고, 여백에 짧은 메모와 빨간색 작은 가위표가 가득한 명단들을 꺼냈다. 유해 발굴에 도움이 되는 다양하고 구체적인 정보가 포함된 것들이었다. 군인들은 소속 부대가 아닌 사망 장소에 따라 분류되어 있었고, 이름 옆에는 사망 장소의 지형학적 고도 및 사망자의 신장과 치아 상태가 명시되어 있었다. 유해가 발견된 자들의 이름에는 빨간색 작은 가위표가 처져 있었는데 아직 그 수가 적었다.

그는 기본 명단에 이 결과를 옮겨 적고 첫 번째 발굴 작업의 종합 평가서를 작성해야 한다는 사실을 떠올렸지만 이미 너무 늦은 시각이었다……

하지만 달리 무얼 해야 할지 몰라 그는 무의식중에 읽던 서류를 다시 들고 읽었다. 자세한 정보가 담긴 명단들에는 장소명마다 괄호 안에 번역이 뒤따랐다. 농아(聾啞)의 구덩이, 새색시 개천, 다섯 개의 우물, 시편 성당, 셰로 어머니의 무덤, 올빼미 크레바스…… 계곡과 고개, 고원, 하천, 도시의 이름 모두가 이국적이고도 불길한 느낌을 자아냈다. 이 장소들이 저마다 다른 방식으로 전사자들을 나누어 갖고 있는데 이제 그가 이들을 탈취하러 온 것 같은 기분이었다.

또다시 그의 시선이 한 서류 위에서 멈추었다. '실종자 명단'이었다. 여기서도 Z대령의 이름이 선두를 장식했다. '1미터 82센티, 오른쪽 첫 번째 앞니가 금니.' 장군은 명단을 끝까지 훑어 내려갔다. 1미터 74센티, 앞어금니 두 개가 없음. 1미터 65센티, 위턱 어금니가 없음. 1미터 90센티, 앞니가 금속 가공의치. 1미터 71센티, 빠진 치아 없음. 2미터 10센티! 분명 이 명단에서 키가 가장 큰 사람인 것 같군. 그런데 모든 병사 가운데 가장 큰 사람의 신장이 얼마인지는 누가 알지? 가장 작은 사람의 신장이라면 내가 잘 알지. 1미터 51센티. 그게 규칙이니까. 키가 가장 큰 축은 주로 제4경호 연대 소속, 가장 작은 축은 알프스 엽보병. 한데 머릿속을 스치는 이 망상들은 다 뭐란 말인가!

그는 불을 끄고 잠자리에 들었다. 그러나 잠을 이룰 수가 없었다. 저녁 늦게 그 빌어먹을 커피를 마시는 게 아니었어, 하는 후회가 들었다.

장군의 눈길은 대로를 지나는 차들의 전조등 불빛이 간간이 훑고 지나가는 흰 천장에 고정되었다. 완전히 내려지지 않은 블라인드를 통과한 빛이 천장에 줄무늬를 그리고 있었다. 마치 낯선 이들이 차례로 엑스선 검사를 받는 촬영기의 화면을 보고 있는 느낌이었다.

명단들이 저기, 탁자 위에 흩어져 있다고 생각하니 몸서리가 쳐졌다. 아내를 데려왔으면 좋았을걸. 그러면 이 순간 여기 어둠 속에 나란히 누워 나지막이 이야기를 나누며 걱정거리들을 털어놓을 수 있었을 텐데. 하지만 아내도 겁을 먹을지 모르지. 내가 알바니아로 떠나오기 직전 며칠 동안 그랬듯이.

출발하기 전 며칠은 평소의 삶과는 아주 다르게 새롭고 기이한 일들로 가득했었다. 날씨가 다시 고약해진 참이었다. 장군이 바다에서 막 돌아왔을 때, 첫 번째 방문객이 그의 앞에 나타났다. 서재에서 책을 읽고 있는데 누가 장군을 찾아와 응접실에서 기다린다고 하녀가 알려왔다.

남자는 창가에 서 있었다. 바깥에서는 해가 저물고 있었고, 움직이는 형상의 그림자들이 공간을 가로질러 얼이 빠진 듯 방황하고 있었다. 방문객은 문이 열리는 소리를 듣고 뒤돌아보며 장군에게 인사를 건넸다.

"방해가 되어 죄송합니다." 방문객이 둔탁한 음성으로 말했다. "장군께서 곧 알바니아로 떠나 거기 잠들어 있는 우리 군인들의 유해를 찾아오실 거라는 말을 들었습니다."

"그렇습니다. 보름 후에 출발하지요."

"장군께 부탁이 있습니다." 남자는 이렇게 말하며 호주머니에서 구겨진 알바니아 지도를 꺼냈다. "저는 사병으로 이 나라에 종군했었습니다. 2년 동안요."

"어느 부대였습니까?"

"강철 사단 제5대대 기관총 소대입니다."

"하고 싶은 말씀이 뭡니까?"

낯선 남자는 낡은 지도를 펼쳐 몸을 숙이고 무언가를 찾더니 한 지점에 집게손가락을 갖다 댔다.

"바로 이곳에서 한겨울에 대규모 전투가 벌어졌습니다. 저희 대대가 알바니아 유격대원들에게 패했고, 간신히 죽음을 면한 이들은 그날 밤 사방으로 흩어졌어요. 전 부상당한 전우와 함께 있었지요. 이 친구는 날이 새기 직전에 숨을 거두었는데 저는 폐허가 된 한 마을 어귀까지 그를 끌고 갔습니다. 그 마을의 작은 성당 뒤에 혼자서 시신을 정성껏 묻은 다음 떠났어요. 그게 전부입니다. 아무도 이 무덤의 존재를 알 리 없죠. 그래서 장군님을 찾아온 겁니다. 그곳을 지나시게 되거든 제 전우의 유해를 찾아주십사고."

"이름이 분명 실종자 명단에 올라 있을 겁니다. 이 명단들은 아주 정확하니까요. 어쨌거나 절 찾아오시길 잘했습니다. '실종자'들을 찾기란 여간 어려운 일이 아니잖습니까. 이런 경우 성공 여부는 종종 우연에 좌우되곤 하지요."

"제 나름대로 간략하게 그려둔 게 있습니다." 낯선 남자는 이렇게 말하며 호주머니에서 종이 쪼가리 하나를 꺼냈다. 종이에는 성당처럼 생긴 무언가가 펜으로 서툴게 그려져 있고, 그 뒤쪽으로 두 개의 화살표 아래 붉은 잉크로 '묘'라는 글자가 쓰여 있었다. "근처에 샘이 있습니다. 조금 더 가면 오른편에 실편백나무 두 그루가 서 있죠. 바로 여기에……" 그는 지도 위 성당 근처에 새로운 표시를 그려 넣었다.

"알겠습니다. 고맙습니다."

"고마운 사람은 접니다. 제 가장 절친한 친구였거든요."

남자는 무언가 더 자세한 말을 하려는 듯싶었지만 진지하고 엄숙한 장군의 표정에 기가 꺾였고, 그렇게 자리에서 물러났다. 장군이 그의 신분이나 직업을 알아낼 틈도 없었다.

그것은 시작에 불과했다. 매일 오후가 되면 쉴 새 없이 초인종이 울려댔고, 응접실은 새로운 방문객들로 가득 찼다. 여자들, 죽은 군인들의 늙은 부모, 퇴역 군인 등 각양각색의 사람들이 찾아왔다. 하나같이 소심한 몸가짐에 똑같은 얼굴 표정들이었다. 지방 도시에서 온 사람들은 불편해하는 기색이 더 역력했고, 사정을 설명하는 데에도 몹시 어려움을 겪었다. 이들이 알바니아에서 죽은 친지에 대해 제공하는 정보들은 개략적이고 불분명했다.

장군은 사람들이 말하는 내용을 모두 수첩에 기록하며 언제나 같은 말을 되풀이했다.

"걱정 마십시오. 육군성에서 작성한 명단은 아주 정확하니까요. 그래도 알려주신 정보들은 기록해두겠습니다. 유용하게 쓰일 겁니다."

그러면 그들은 감사의 뜻을 전한 뒤 돌아갔으며, 다음 날도 똑같은 상황이 반복되었다. 흠뻑 젖은 비옷을 입고 온 이들도 있었는데, 그런 사람들은 두꺼운 양탄자 위를 아무리 조심스럽게 걸어도 신발 자국을 남기고 말았다. 어떤 이들은 친지들의 이름이 명단에서 빠졌을까봐 걱정했고, 또 다른 이들은 최고사령부로부터 받은 전보를 꺼내 전사자가 '영예로이 죽은' 날짜와 장소를 보여주기도 했다. 아들을 찾을 수 있다고 확신하지 못하는 늙은 부모들은 장군에게 온 힘을 쏟아달라는 당부를 남긴 뒤 절망한 모습으로 돌아갔다.

저마다 소소한 개인사가 있었고, 장군은 그들이 들려주는 이야기를 차례로 참을성 있게 경청했다. 재혼을 한 부인은 새 남편 몰래 전남편이 맞은 운명을 알고 싶어 했고, 스웨터에 더플코트 차림으로 온 스무 살 젊은이는 전사한 아버지를 한 번도 본 적이 없다고 했다.

출발 전 마지막 주에는 방문객의 수가 더 늘었다. 참모부에서 돌아온 장군은 응접실이 사람들로 꽉 차 있는 것을 보았다. 진찰을 기다리는 환자들로 넘쳐나는 병원 복도 같은 분위기였지만, 더 무거운 침묵이 감돌았다. 방문객들은 바닥에 깔린 양탄자 무늬에 시선을 박은 채 몇 시간이고 말없이 기다렸다.

멀리서 온 농부들은 들고 온 보따리들을 발치에 내려놓고 앉아 있었다. 차에서 내리는 장군의 눈길을 맨 먼저 끄는 것은 철책에 기대어 세워진 자전거들이었다. 간혹 보도에 자동차가 주차되어 있는 경우도 있었다. 장군은 곧장 응접실로 향했다. 농부들의 축축하고 투박한 모직 외투에서 나는 시큼한 냄새가 우아한 귀부인의 향수 냄새와 뒤섞여 훅 끼쳐오곤 했다. 장군이 들어서면 모두 아무 말 없이 공손히 자리에서 일어섰다. 그들 중 누구도 이럴 때 어떤 의례적인 말을 해야 하는지 알지 못했다.

장군이 식사를 마치고 응접실로 돌아오면 방문객들은 차례로 각자의 사정을 털어놓았다. 하나같이 비슷비슷한 사연들이었다! 그들에게서 듣는 이야기에 너무 익숙해진 나머지 전날이 또 한 번 반복되는 기분이었다. 아들이나 남편이 맞은 운명을 걱정하는 여자들은 오열을 참지 못했고, 장군도 점점 신경이 곤두서기 시작했다.

"그만!" 하루는 우는 여자에게 대고 장군이 소리쳤다. "한탄이나 하려고 여기 온 게 아니잖습니까! 아드님은 전장에서 쓰러졌어요. 조국이 보낸 그곳에서요."

어느 날은 장군이 집 안에 발을 들여놓기 무섭게 키가 큰 어떤 남자가 문지방에서 소리쳤다.

"장군이 맡은 임무는 어리석은 속임수에 불과합니다!"

장군은 분노로 얼굴이 파랗게 질려 대응했다.

"파렴치한 변절자의 말투로군! 나가시오!"

그 주가 절반쯤 지났을 때, 어린 소녀를 데리고 온 한 노파가 기다리고 있었다. 장군은 쇠진해 보이는 노파 쪽으로 곧장 걸어갔다.

"내 아들이 지금도 거기 있소이다." 노파가 힘없는 목소리로 말했다. "하나밖에 없는 아들이."

노파는 호주머니에서 작은 주머니를 꺼내 떨리는 손으로 그것을 열었다. 그리고 세월에 누렇게 바랜 전보를 집어 장군에게 내밀었다. 전보에는 군 최고사령부가 전사자의 죽음을 부모에게 알리는 통상적인 문구가 쓰여 있었다. 전보의 내용을 읽어 내려가던 장군은 마지막 문장에서 눈길을 멈추었다. '…… 스탈린그라드에서 영예로이 전사함.'

"죄송합니다만 할머니, 제가 가는 곳은 러시아가 아니고 알바니아입니다."

노파는 광채가 사라진 눈빛으로 잠시 장군을 바라보았는데, 그가 하는 말을 이해하지 못하는 것 같았다.

"이렇게 간청을 드릴 테니," 노파가 말을 이었다. "부디 이 노인네의 아들이 어디서 어떻게 죽었는지 알아봐주시겠소? 마지막 순간 누가 곁에 있었고 마실 거라도 주었는지, 마지막 소원이 무엇이었는지."

장군은 자신이 가는 곳은 러시아가 아니라는 점을 다시 이해시키려 했다. 그러나 노파는 여전히 말귀를 못 알아듣고 계속 부탁을 했다. 응접실에 있던 사람들 모두 말없이 서로를 바라보기만 했다.

"안심하세요, 할머니." 마침내 누군가 다정한 음성으로 끼어들었다. "할머니 소원을 들어주기 위해 장군님이 최선을 다할 겁니다."

그러자 노파는 감사의 말을 전한 뒤 그곳을 나갔다. 허리를 잔뜩 구부린 채, 한 손은 지팡이를 짚고 다른 한 손은 같이 온 어린 소녀의 어깨 위에 올려놓은 모습으로.

이틀 뒤 오후에는 아주 우울한 얼굴의 한 남자가 모두가 떠나기를 기다리며 남아 있었다.

"나도 장군이었소." 남자는 노기가 묻어나는 음성으로 말했다. "알바니아에 종군했었지."

두 사람은 잠시 경멸의 눈빛으로 서로를 노려보았다. 한 사람은 앞에 있는 자가 패전한 장군이라는 이유로, 또 한 사람은 상대가 평화시의 장군이라는 이유로.

"무얼 원하십니까?" 평화시의 장군이 냉정한 목소리로 물었다.

"사실 원하는 건 없소. 당신에게서 그 어떤 믿음직한 태도도 기대하지 않는다는 말이오. 솔직히 말해 당신을 전혀 신뢰하지 않아요. 이 모든 일이 우스꽝스러울 따름이니까. 하지만 당신은 임무를 맡은 이상 끝까지 밀고 가야겠지. 제기랄!"

"좀 더 분명하게 말씀해주시겠습니까?"

"더 덧붙일 말은 없소. 그저 경고하고 싶을 뿐이지. 조심하시오. 머리를 꼿꼿이 세우고 절대로 그 사람들 앞에서 고개를 숙여선 안 돼요. 그들이 신경을 자극하고 빈정댈지 몰라도 대응할 수 있어야 해. 방심해선 안 되지. 그들은 우리 병사들의 유해를 능욕하려 할 거요. 난 그들을 잘 알아요. 우리를 종종 비웃곤 했지. 그래, 그 당시에도 이미 우리를 무시했던 자들이오. 그러니 이제 그들이 무슨 짓거리를 할 수 있을지 상상해보시오!"

"그런 행동은 절대로 용납하지 않을 겁니다!"

상대가 연민 어린 표정으로 그를 바라보았다. 가엾은 사람! 이라고 말하는 듯이. 이윽고 남자는 인사도 하지 않고 나가버렸다.

출발을 앞둔 마지막 사흘 동안에도 장군의 응접실은 계속 만원이었다. 이 모든 준비 작업에 지친 장군은 한시바삐 달아나고 싶은 심정이었다. 아내 역시 극도로 신경이 예민해져 있었다. 어느 날 밤 나란히 누워 함께 이야기를 나누던 아내가 속마음을 털어놓았다.

"이 임무를 거절할 순 없나요? 집 안에 죽음이 들어와 있는 느낌이에요."

가까스로 아내를 진정시키긴 했지만, 그 자신도 그날 밤 거의 눈을 붙일 수 없었다. 다음 날 전쟁터로 떠나야 하는 사람이 된 기분이었다.

출발 당일 아침에도 그는 마지막 방문객을 맞아야 했다. 아침 일찍 공항에 나가야 했으므로 일찌감치 채비를 했다. 차고 문을 열려고 정원으로 나간 장군은 노인과 젊은 남자가 철문에 몸을 기대고 잠들어 있는 것을 발견했다. 두 사람은 두터운 담요로 몸을 감싼 채 웅크리고 있었다. 외진 국경지대에서 온 할아버지와 손자인 그들은 몇 날 며칠을 여행해 마지막 야간열차를 타고 그곳에 닿은 참이었다. 하지만 그 시각에 초인종을 누를 용기는 없어 보도에 몸을 누인 채 날이 밝기를 기다리며 선잠이 든 것이었다.

장군은 이제까지 수없이 되풀이해온 말을 마지막으로 또 한 번 되뇌었다. "명단이 아주 상세하게 작성되어 있습니다. 염려 마세요. 우리가 찾아낼 겁니다." 시골에서 온 노인은 머리를 끄덕이며 감사의 뜻을 전하면서 담요를 주워 들었다. 삐걱대는 문소리에 깜짝 놀라 손

자와 함께 잠에서 깨어나는 순간 담요가 발밑으로 떨어져 내렸던 것
이다.

　장군이 알바니아로 떠나기 전 마지막 두 주는 그렇게 마무리되었다.

5장

그들은 다시 길을 떠났다. 가랑비가 내리고 있었다. 벌써 몇 주째 마을이 드문드문 들어선 황량한 지대를 헤매는 중이었다. 그들이 탄 차가 앞서 달렸고, 인부들과 발굴에 필요한 도구들을 실은 트럭이 그 뒤를 따라갔다. 도로에는 사람들의 왕래가 잦았다. 몸에 꼭 끼는 두꺼운 검정 모직 옷을 입은 농부들이 양방향으로 쉴 새 없이 오갔다. 걷거나 말을 타거나 트럭 뒤에 올라탄 모습들이었다. 장군은 울퉁불퉁한 지형을 주의 깊게 살펴보면서, 이 나라를 무대 삼아 치러진 전쟁에서 맞붙었던 다양한 군대가 어떤 전술을 펼쳤을지 상상해보려고 애썼다.

한 마을의 중심가 부근에 있는 가판점에서 신문을 팔고 있었다. 많은 사람이 매대 주위에 몰려 있었다. 선 채로 신문을 읽는 사람도 있었고 걸어가며 훑어보는 이들도 있었다.

“알바니아인들은 신문을 많이 읽는군요.” 장군이 불쑥 말을 내뱉었다.

곁에 있던 신부가 무기력 상태에서 깨어나 대답했다.

“정치에 관심이 많은 사람들이니까요. 소련과 불화를 겪은 이후로 유럽에서 완전히 고립된 처지예요.”

“늘 그래왔잖습니까.”

“지금은 봉쇄 상태에 있지요.”

“이렇게 작은 나라가 봉쇄의 대상이 되다니…… 묘한 일입니다!”

“그렇습니다. 이런 상황을 견뎌내기 힘들 겁니다.”

“별난 국민이죠! 어쩌면 무력보다는 아름다움에 굴하는 사람들이 아닐까요?”

장군이 이렇게 말하자 신부는 웃음을 터뜨렸다.

“왜 웃으십니까?”

신부는 대답은 하지 않고 계속 웃기만 했다.

장군은 안개 속에 잠긴 우울한 풍경을 바라보았다. 벌거벗은 산등성이와 땅 위에 무수히 널린 온갖 크기의 돌들을 보고 있노라니 난데없이 깊은 슬픔이 밀려왔다. 벌써 일주일째 이런 자갈투성이 산비탈들만 시야에 잡히고 있었다. 황량하고 무미건조한 이 외관 뒤에 어떤 끔찍한 비밀이 숨겨져 있는 것만 같았다.

“비극적인 나라예요.” 장군이 다시 말을 이었다. “저들의 의상에서도 비극적인 면모가 보이고요. 저 검은 외투들을 보십시오. 여자들의 치마도……”

“저들이 부르는 노래는 또 어떻고요? 듣다 보면 이루 말할 수 없이 비통한 기분이 듭니다. 이 나라의 운명과도 관계가 있어요. 수세기에 걸쳐 이들만큼 슬픈 운명을 감수해야 했던 국민도 없으니까요. 사람들이 이렇게 거칠고 무뚝뚝한 것도 그 때문이죠."

차가 산길을 달려 내려갔다. 추운 날씨였다. 트럭 엔진이 으르렁대는 소리가 간간이 들렸다. 산비탈에 커다란 공장이 지어지고 있었다. 안개가 자욱하게 긴 황폐한 풍경 속에서 대규모 건설 현장이 모습을 드러냈다.

"구리 제련 공장입니다." 신부가 설명해주었다.

이따금 사거리에 이를 때마다 도로를 향해 총안이 뚫려 있는 사각형, 원형 혹은 육각형 보루가 나타났다. 커브를 틀 때면 차가 사정권에 들었고, 장군은 물이 뚝뚝 듣는 좁고 기다란 빈 구멍들을 눈여겨보았다.

통과했군! 사정권을 벗어날 때마다 장군은 마음속으로 이렇게 외쳤다. 그러나 다시 커브를 돌면 또 다른 보루가 땅에서 솟아난 듯 불쑥 모습을 드러냈고, 그들이 탄 차는 다시 포화의 위협 아래 놓였다. 장군은 차창에 흐르는 빗물을 바라보고 있었는데, 간혹 졸음에 빠질 때마다 차창이 총탄 세례를 받아 산산이 부서지는 듯한 모습에 소스라치듯 깨어나곤 했다. 그러나 폐쇄된 보루들은 한없이 고요했다. 멀리서 총안의 위치에 따라 이 보루들을 주의 깊게 관찰하면, 때로는 차갑고 오만해 보이고 때로는 그 표정을 헤아리기 어려운 이집트 조각상들이 생각났다. 총안이 세로로 길게 나 있으면 보루는 무슨 악령을 연상시키는 사납고 위협적인 표정을 띠었고, 구멍이 가로로 나 있으면 그 묘한 표정에서 무관심과 경멸이 느껴졌다.

일행은 정오가 다 되어 평지에 이르렀고, 도로 양편으로 집들이 이어지는 한 마을에 도착했다. 비는 그쳐 있었다. 늘 그렇듯 아이들이 차 주위로 모여들었다. 아이들은 서로를 외쳐 부르며 사방의 인접한 길들에서 한길을 향해 달려왔다. 트럭이 차 뒤에 몇 미터 간격을 두고 정차했고, 인부들이 차례로 땅 위로 뛰어내려 그 자리에서 몸을 움직이며 뻣뻣해진 다리 근육을 풀었다.

지나가던 마을 사람들이 멈춰 서서 이 외국인들을 쳐다보았다. 그들은 이 사람들이 찾아온 이유를 아는 것 같았다. 그 사실은 그들의 얼굴, 특히 여자들의 얼굴에서 읽을 수 있었다. 이제 장군은 이 해독 불가능한 주민들의 눈초리에 익숙했다. 우리를 보면 저들은 침략을 떠올리겠지. 전투가 치열했던 곳일수록 사람들의 표정은 더한층 불가해했다.

마을 변두리 방치된 땅에 무덤들이 즐비했다. 묘지에는 군데군데 파손된 작은 담장이 둘러쳐져 있었다. 장군은 한기를 느끼며 긴 비옷으로 몸을 감쌌다. 저만치 꼼짝 않고 서 있는 신부는 검은 십자가처럼 보였다.

자국 군대가 어떤 식으로 포위를 당했을지 쉽사리 이해할 수 있었다. 그들은 분명 하천에 가로놓인 다리를 건너려고 했을 것이고, 거기서 모두 붙잡히고 만 것이다. 그들을 이 벌집 속으로 몰아넣은 어리석은 장교는 대체 누구였을까? 이 점에 대해 비문은 아무것도 고지하는 바가 없었다.

알바니아인 기사는 통상적인 절차를 밟기 시작했다. 멀찌감치 떨어진 곳에 다른 무덤들이 보였다. 이 무덤들은 마을 경계지역에 자리하고 있었고, 붉은 별을 하나씩 이고 있었다. 장군은 이 나라 사람들이 '순교자들의 묘지' 라 부르는 알바니아 유격대원들의 묘소를 한눈에 알아보았다. 그곳에 자국 병사 일곱 명이 알바니아인들과 나란히 매장되어 있었다. 붉은 별 장식이 된 작은 함석판에 병사들의 이름과 국적, 동일한 사망일이 오자투성이의 철자로 기록되어 있었다. 한 돌판 위에는 이런 글귀가 새겨져 있었다. '1943년 3월 17일, 이 외국 병사들은 알바니아 유격대원 편에 서서 청색 대대와 맞서 싸우다 장렬히 전사했다.'

"이번에도 청색 대대군요." 장군이 묘지 사이로 난 오솔길을 걸으며 말했다. "Z대령의 두 번째 흔적을 찾아낸 셈입니다. 명단대로라면 이 대대에 소속되어 있던 두 명의 병사가 이 마을에 묻혀 있을 겁니다."

"대령과 관련된 사항을 알아내야 합니다." 신부가 말했다.

일행이 지출 명세서를 작성하는 데 정신이 팔려 있는 동안 어느새 마을 사람들이 묘지 언저리에 모여들어 있었다. 아낙네 몇이 앞쪽으로 비어져 나오는가 싶더니 그다음엔 아이들이 앞으로 밀치고 나왔다. 아이들은 선 채로 서로의 귀에 대고 무어라 속삭이며 금발의 작은 머리를 흔들어댔다. 일행이 묘지 안에서 오가는 모습을 모두들 눈으로 좇고 있었다.

작은 통을 등에 진 노파가 마을 사람들 쪽으로 걸어오더니 낮은 목소리로 물었다.

"저들을 데려가려누?"

"네, 데려갈 겁니다." 여러 목소리가 작은 소리로 답했다.

그러자 노파도 어깨에 짐을 진 채로 다른 사람들처럼 이 광경을 지켜보기 시작했다. 잠시 뒤 노파가 몇 발짝 앞으로 나와 인부들에게 말했다.

"다른 이들과 혼동하지 말라고 저이에게 단단히 일러두시오. 그들에겐 우리 사람들에게 하듯 우리 식으로 애도를 표했으니까!"

장군과 신부가 돌아보았을 때 노파는 이미 뒤돌아서서 가고 있었다. 등에 진 작은 통이 흔들리는가 싶더니 어느새 노파는 길 너머로 사라졌다.

묘지를 따라 늘어선 마을 사람들은 너무 조용해서 그 자리에 없는 것 같았다. 그들은 이 낯선 남자들이 추운 날씨 탓에 외투 깃을 세우고 무언가를 찾는 듯하면서도 헛되이 오가는 모습을 낱낱이 지켜보았다.

"두 묘지의 작업은 내일 시작될 겁니다." 장군이 말했다. "오늘은 청색 대대 소속 병사 두 명을 찾아낼 거고, 추락한 조종사도……"

마을 사람 모두 이 비행사와 관련된 이야기를 알고 있었다. 비행기 잔해가 마을 건너편 작은 숲 속에 흩어져 있었다. 비행사는 농부들의 손에 의해 그의 비행기 근처에 묻혔는데, 이제 무덤에서는 시신의 머리 쪽을 가리키는 듯싶은 커다란 돌 외에는 아무 흔적도 찾아볼 수 없었다. 기체는 녹슨 고철 더미에 불과한 모습이었다. 다소나마 쓸모가 있어 보이는 부품들은 마을 사람들이 조금씩 떼어간 뒤였다. 전시에 양초 대신 쓸 수 있는 타이어와 고무조각을 비롯해 다양한 용도로 쓰이는 무거운 금속 부품에 이르기까지.

곧 인부 두 명이 땅을 파기 시작했고, 나머지 인원은 다시 마을로 향했다.

비는 오래전에 그쳤지만 길에는 트랙터와 짐수레 바퀴 자국마다 물이 가득 고여 있었다. 아직 흠뻑 젖어 있는 절반쯤 사용된 건초 더미들이 군데군데 눈에 띄었다. 멀리 실편백나무들 사이로 낡은 성당의 종탑이 보였고, 그 너머 들판에서 요란한 트랙터 소리가 희미하게 들려왔다.

일행은 차 안에서 간단히 식사를 한 다음 조합 회관으로 커피를 마시러 갔다. 회관 안은 담배연기가 자욱했고 빈자리도 거의 남아 있지 않았다. 볼륨을 최대로 높인 작은 라디오 수신기가 날카로운 소리를 질러대고 있었고 마을 사람들 역시 목청을 돋우고 있었다. 머리칼이 볕에 바래고 살갗이 쭈글쭈글한 것으로 보아 평지 사람들이라는 것을 알 수 있었다. 음색도 산악지대 사람들과는 사뭇 달라 더 부드럽고 듣기가 좋았다.

장군은 커피를 홀짝이며 벽에 붉은 글자로 쓰인 슬로건들을 눈으로 훑었다. '제국주의' '수정주의' '공산당 총회' 같은 단어들만 이해할 수 있었다. 짧은 인용문 밑에 엔베르 호자*라는 이름도 눈에 띄었다.

잠시 뒤 기사가 회관으로 와 일행과 합류했다. 그는 굵은 골이 진

* 알바니아의 정치인(1908~1985). 제2차 세계대전 동안 파시스트 이탈리아와 나치 독일에 맞서 알바니아 민족해방전선을 이끌었으며, 1943년부터 사망할 때까지 공산주의 정당인 알바니아 노동당의 제1서기로 알바니아를 다스렸다. 엄격한 스탈린주의를 신봉한 그는 공산주의 국가 가운데서도 유례가 없는 폐쇄정치를 실시했고, 이에 알바니아는 서방은 물론 구소련, 유고슬라비아, 중국 등 다른 공산주의 국가들과도 차례로 관계가 끊겨 경제적인 어려움을 겪게 되었다. 특히 소련이 체코슬로바키아와 헝가리 등지에 군대를 투입하자 소련을 적대시하여 해안을 포함한 국토 곳곳에 보루와 방공호를 설치하고 전 국민에게 무기를 지급했다. 1967년에는 알바니아를 무신주의 국가로 선포하기도 했다.

코르덴 웃옷을 입은 청년을 대동하고 있었다. 두 사람은 장군이 앉아 있는 테이블로 걸어왔고, 기사가 청년과 장군을 서로 소개시켰다.

청년은 휘둥그런 회색 눈으로 이방인을 응시하다가 다시 기사를 바라보았다.

기사가 말했다.

"이번 주에 마을 근방의 군(軍) 묘지 두 군데를 발굴할 예정입니다. 우리한테도 인부들이 있지만 작업을 서두르기 위해, 가능하다면 마을 사람들의 손을 좀 빌렸으면 하는데요."

청년은 당혹스러운 듯 부루퉁한 표정을 짓고 있다가 입을 열었다.

"한데 마을 남자들 모두가 아주 바빠요. 한창 밭갈이 철인 데다 올해는 담배와 목화도 작황이 안 좋고, 또……"

"며칠만 도와주면 됩니다." 기사가 말을 잘랐다. "조합원들에겐 보수도 꼬박꼬박 치를 거고요. 무덤 한 기를 열 때마다 이분들이(기사는 장군과 신부를 눈길로 가리켰다) 30레크를 지불할 거예요. 그 묘에 저 나라 군인의 유해가 묻혀 있다면 50레크를 지불할 거고요."

"섭섭지 않게 해드리겠소." 장군이 거들었다.

"그런 문제가 아닙니다." 조합장인 청년이 말했다. "제가 알고 싶은 건, 정부의 인가를 받은 일인지…… 그러니까……"

"염려 마세요." 기사가 끼어들었다. "총리실에서 발급한 허가증이 있습니다. 보세요……"

청년은 그가 내민 서류를 읽더니 잠시 생각하는 것 같았다.

"사나흘간 열 명의 일손을 제공할 수 있을 듯합니다."

장군은 감사의 말을 전했고, 기사와 청년은 자리에서 일어났다.

마을에는 이곳에서 전사하여 매장된 청색 대대 소속의 병사 두 명에 대해 아는 이가 아무도 없었다.

장군은 기사와 함께 한 시간이 넘도록 지도의 표시들을 살피며 정확한 묏자리를 파악하려고 애썼다. 그리고 마침내 성공했다. 조합의 송아지 외양간이 바로 그 자리였다. 두 사람은 조합원들을 대동하고 그리로 갔고, 인부들은 추정 장소에서 가축을 몰아낸 다음 땅을 파기 시작했다. 송아지들이 순하고 고운 눈으로 침입자들을 바라보았다. 외양간 안에는 기분 좋은 건초 냄새가 감돌았다.

해가 지기 전에 조종사와 두 병사의 유해가 나왔다. 조종사의 유해는 어렵잖게 찾아냈지만 두 병사의 유해는 여러 군데 구덩이를 파낸 후에야 찾을 수 있었다. 일행이 떠난 외양간 바닥은 마치 폭격을 당한 것처럼 파헤쳐진 모습이었다.

인부들은 서두르지 않고 구덩이를 메웠다. 그들은 마을에서 묵을 예정이었다. 장군과 신부, 기사는 그곳에서 30킬로미터 떨어진 소도시에서 밤을 보내기로 결정했다.

길을 나섰을 때에는 이미 어둠이 내려 있었다. 차는 느릿느릿 달렸다. 전조등 불빛이 길가에 죽 늘어선 포플러나무들을 비추었다. 들에서 돌아오는 수레와 갈대 울타리가 높이 쳐진 농장의 마당도 보였다.

"멈춰요!" 신부가 갑자기 소리쳤다. 차가 자국 군인들이 묻혀 있는 묘지 앞을 다시 지나가던 순간이었다.

운전수가 제동을 걸었다.

"무슨 일이죠?" 기사가 물었다.

신부가 묘지 구내의 작은 담벼락에 쓰인 낙서를 손가락으로 가리켰다.

차가 멈추자 신부가 차에서 내렸다. 장군도 차 문을 거칠게 닫은 뒤 신부를 바짝 뒤쫓아 갔다. 기사 역시 차 밖으로 나와 섰다.

"뭐라고 적은 겁니까?" 장군이 담벼락을 가리키며 큰 소리로 물었다.

이것이 우리 적들이 맞은 운명이다!

목탄을 이용하여 큼직한 대문자로 어설프게 쓴 글이었다.

기사가 어깨를 들썩한 뒤 말했다.

"누가 오늘 오후에 쓴 겁니다. 아침엔 깨끗했거든요."

"그건 우리도 알고 있소." 장군이 말했다. "하지만 이해가 안 가는군요. 당신네 정부에서 이런 수치스러운 도발 행위를 조장하는 의도가 뭔지."

"수치스러울 것까지는 없을 듯합니다만." 기사가 침착하게 장군의 말을 받았다.

신부는 호주머니에서 노트를 꺼냈다. 담벼락에 쓰인 문구를 적어두려는 것 같았다.

"수치스럽지 않단 말이오?" 장군이 항의조로 말했다. "우리 전사자들이 묻힌 묘지 담벼락에 저런 글을 써놓고서도! 보고를 하겠습니다. 심각한 도발 행위예요. 추악한 행동이란 말입니다!"

그러자 기사가 격앙된 표정으로 돌아보며 말했다.

"20년 전 당신들이 한 짓을 생각해보십시오. 우리 동지들의 가슴에 파시스트 슬로건을 걸어놓은 채 그들을 목매달지 않았습니까. 그래놓고 어린아이의 낙서가 분명한 이런 문구 하나로 발끈하는 겁니까!"

"20년 전 일을 얘기하는 게 아니지 않소!" 장군이 말을 가로막았다.

"그래도 그건 아무도 부인 못 하는 진실입니다."

"대체 20년 전 일어난 일이 무슨 상관이라는 거요?"

"그리스와 트로이 사람들을 쉴 새 없이 들먹이시면서 20년 전 일을 언급하지 말라시는 이유가 뭡니까?"

"아무짝에도 쓸모없는 논쟁은 그만둡시다. 그럴 계제도 아니고."

세 사람은 빠른 걸음으로 차 있는 곳으로 돌아왔다. 돌풍이 일기라도 한 듯 차 문이 하나씩 세차게 닫혔고, 운전수가 차를 출발시켰다. 그러나 5분도 못 가 다시 차를 세워야 했다.

마을을 벗어나 나무다리를 건너자 바퀴 빠진 수레가 도로를 막아서고 있었다. 농부 두 명이 주변을 분주히 오갔다.

바퀴를 제자리에 끼우려고 애쓰던 농부가 기사에게 물었다.

"어디서 오는 길인가?"

기사가 대답하자 농부가 말을 이었다.

"오늘 아침 당신들이 여기 온 이유를 알게 됐어. 마을 여자들은 온통 당신네 이야기뿐이지. 차들이 도착하는 걸 본 순간부터 말이네."

"제기랄, 좀 밀어봐!" 끙끙대며 바퀴와 씨름하던 다른 농부가 소리를 질렀다. 그러나 농부는 아랑곳하지 않고 차분하게 말을 이었다.

"여자들이 그러던데, 외국인 전사자들을 무덤에서 꺼내 자국으로 이송할 거라더군. 발리스트*들도 파내서 아주 멀리 외국 땅으로 데려간다 하고. 정말인가?"

기사가 웃음을 터뜨렸다.

---

* 알바니아의 민족주의, 반공산주의 세력을 일컫는다. 제2차 세계대전 때 적국에 협력했다는 비난을 받기도 한다.

"한두 번 들은 얘기가 아니야." 농부가 말을 이었다. "살아 있을 때처럼 죽어서도 적과 함께하게 되었다고. 어제의 변절자가 오늘도 변절자로 남게 되었다고 말일세. 마을에선 모두 그렇게 말하고 있어."

기사가 다시 한 번 큰 소리로 웃으며 대답했다.

"근거 없는 소문입니다. 죽은 발리스트들에겐 아무도 관여하지 않아요."

"어서 밀란 말이야, 젠장!" 그 순간 다른 농부가 또 한 번 소리를 질렀다.

수레바퀴는 여전히 지탱을 못 했다. 멀리서 개 짖는 소리가 들렸다. 들에서 한 남자가 손에 초롱을 들고 걸어왔다. 초롱의 불빛이 겁을 먹은 듯 조심스럽게 흔들렸다.

"바퀴가 말썽이오?" 가까이 다가온 남자는 초롱을 쳐들더니 놀란 표정으로 자동차와 외국인들을 주시했다.

그렇게 잠시 그 자리에 서서 상대를 빤히 바라보던 남자는 밤 인사를 남기고 멀어져갔다. 남자의 손에 들린 환한 초롱불이 흔들릴 때마다 길가에 말없이 늘어선 건초 더미에 빛의 반점이 아롱졌다.

개들이 계속 짖어댔다.

"자넨 지금도 이런 일을 하나?" 농부가 기사에게 물었다.

기사는 머리를 끄덕이고는 잠시 뒤 덧붙여 말했다.

"그러고 보니 벌써 한참 됐네요."

농부가 한숨을 크게 내쉬며 받아쳤다.

"그리 유쾌한 일은 아닌 것 같군."

운전수가 휘파람으로 최신 유행곡을 불었다.

"자, 밀어!"

이 소리와 함께 마침내 바퀴가 고정되었다.

"안녕들 하신가!"

들에서 돌아오는 마을 사람 몇몇이 어깨에 괭이를 짊어진 채 인사
를 건넸다.

수레가 길을 터주자 차는 지체 없이 출발해 대로로 나섰다.

10월의 밤이 들판 위로 내려왔다. 어둠 속에서 나오려고 안간힘을
쓴 달이 마침내 안개와 부드러운 구름층 사이로 밝은 빛을 쏟아붓고
있었다. 광막한 들판 한 끝에서 다른 끝까지 은은한 달빛이 골고루 천
천히 스며들었다. 이제 하늘은 매끄러웠으며, 지평선과 들판, 도로는
우윳빛 반점으로 가득했다.

그런 가을밤이었어요. 무심하고도 비통한 달빛이 집요하게 물들여놓는
바람에 하늘은 묘한 형색을 띠었죠. 맨땅에 등을 대고 누운 우리는 모두 같
은 생각을 하고 있었을 겁니다. 세상에! 하늘이 참 묘하기도 하지!

6장

차가 알브투리스트 호텔 앞에 멈춰 섰다. 젖은 거리, 네온으로 환히 밝혀진 진열창 앞으로 드문드문 행인들이 지나가는 것이 보였다. 차가운 밤바람이 얼굴을 후려지차 여행객들은 서둘러 호텔 로비 안으로 달려 들어갔다. 성수기가 지난 터라 호텔에는 빈방이 많았다.

장군은 창가로 다가가 커튼을 걷었다. 멀리 보이는 들판은 여전히 기묘하게 밝은 달빛으로 물들어 있었다. 그는 커튼을 닫고 담뱃불을 붙였다.

신부가 문을 두드렸다.

"보름 전 산에서 만난 사령관이 아래 레스토랑에 와 있습니다."

밑에서 그들을 기다리던 기사도 같은 소식을 전했다.

"저들 역시 이 도시에서 발굴 작업을 하고 있는 것 같습니다."

보름 전, 일행은 넓은 고원을 낀 도로를 달리고 있었다. 장군은 졸음이 오지 않아 구석에 조용히 앉아 있었는데, 그때 문득 이상한 광경을 목격했다.

산허리에서 그들의 토목공들과 흡사한 이들이 땅 네댓 군데를 파고 있었다. 저만치 도로에 차 한 대가 보였다. 조금 떨어진 곳에는 짐칸에 덮개를 씌운 트럭 한 대가 대기 중이었다. 두 대의 차량은 장군의 차량과 똑같았다. 비옷으로 몸을 감싼 군복 차림의 남자가 국방색 승용차 옆에 서 있었고, 길가에는 검은 옷을 입은 남자가 차도에 등을 돌리고 서 있었다.

저게 뭐지? 장군은 여전히 멍한 상태였다. 내가 꿈을 꾸고 있는 건가?

마치 자신과 신부를 비롯해 자신의 인부들을 보고 있는 기분이었다. 그는 눈을 부릅뜨고 차창에 서린 뿌연 김을 손으로 닦아보았다. 환영은 분명 아니었다.

"이쪽을 좀 보시지요." 그가 신부에게 속삭였다.

장군이 말한 쪽을 돌아본 신부 역시 흠칫 놀라는 기색이었다.

"차를 세우시오." 장군이 운전수에게 말했다.

차가 멈춰 섰다. 장군은 팔을 뻗어 오른쪽을 가리키며 기사에게 말했다.

"저 위에 있는 사람들 좀 보시오."

고개를 돌린 기사는 더 잘 보려고 실눈을 떴다.

"저들은 누구요? 뭘 하는 겁니까?" 장군이 물었다.

"보아하니 우리와 같은 일을 하고 있군요. 땅을 파고 있습니다."

"말도 안 되는 소리, 어떻게 우리한테 통보도 않고 이런 일을 한단 말이오!"

"자기네 나라 사람들을 찾는 거니까요."

"맙소사, 마치 환영을 보고 있는 것 같군."

"우리 정부가 저 나라 정부와 협약을 맺은 건 1년 전입니다. 한데 저들이 준비가 늦어지는 바람에 지난여름에야 작업을 시작했지요."

"그렇군. 저 사람 역시 장군이오?"

"네, 사령관입니다. 또 한 사람은 그 나라 어떤 도시의 시장*이라더 군요."

장군이 미소를 지으며 말했다.

"이제 이슬람 수도자를 대동한 터키 장성만 있으면 되겠군."

"그리 된다 해도 놀랄 일이 아닙니다. 언젠간 터키인들도 자국 군 인들을 찾으러 올 테니까요."

장군이 기사와 이야기를 나누는 동안 길가에 서 있던 두 외국인이 돌아서서 의아한 눈길로 그들을 바라보았다.

"내립시다." 장군이 차 문을 열며 말했다. "동지들을 만났잖습니까. 서로 안면을 익혀서 나쁠 건 없겠지요."

"그럴 필요가 있을까요?" 신부가 끼어들었다.

"작업하면서 얻은 경험을 서로 나눌 수 있을 겁니다." 장군이 웃으 며 대답했다.

가까이 가서 보니 상대편 장성은 오른팔이 없었다. 하나뿐인 왼손

---

* bourgmestre. 벨기에, 네덜란드, 스위스, 독일 등지의 시장을 가리킨다.

에 큼직한 검정 파이프가 들려 있었다. 함께 있는 민간인은 머리가 벗어진 뚱뚱한 사내였다.

양쪽 간에 소개가 끝나자 서툰 영어로 대화가 잠시 오갔다. 그사이 두 트럭 운전수는 소소한 도움을 주고받고 있었다.

10분 뒤 장군 일행은 그렇게 안면을 익힌 사람들에게 작별을 고하고 다시 길을 떠났다.

두 일행 간의 첫 만남은 그러했다.

“저기 있군요.” 장군이 신부와 함께 레스토랑으로 들어서며 말했다.

그들은 고갯짓으로 인사를 나누었다.

세 사람은 모두 말이 없는 가운데 저녁식사를 들었다. 기사와 신부가 간간이 이야기를 나누는 게 전부였고, 장군은 얼굴을 찌푸린 표정으로 부루퉁한 인상을 주었다.

식사를 마치자 기사는 곧 자기 방으로 올라갔고 장군과 신부는 호텔 로비로 돌아왔다. 사령관과 시장이 한쪽에서 담배를 피우고 있었다.

“저희는 저녁마다 이곳으로 옵니다.” 시장이 말했다. “이 도시에서 일주일 남짓 지냈는데 매일 저녁 이렇게 시간을 보내지요. 달리 갈 데가 있어야죠. 여름엔 이곳도 쾌적한 곳이라 들었어요. 몇 군데 오락시설도 문을 연다더군요. 하지만 계절이 계절인 만큼 지금은 외국인 관광객들도 없는 데다 밤낮으로 차가운 강바람이 불어닥치니……”

“좀 더 일찍 올 수 있었습니다.” 사령관이 말을 이었다. “그런데 축구 선수권 대회가 아직 끝나지 않았던 상태라, 그전엔 운동장을 파헤칠 수 없다며 허가를 내주지 않더군요.”

"그런 괴상망측한 방해가 또 어디 있겠습니까!" 시장이 한탄을 터뜨렸다.

그러자 사령관이 받아 말했다.

"따지고 보면 이해가 갑니다. 물론 경기장은 건드리지 않고 가두리만 파면서 일을 시작할 수도 있었을 겁니다. 하지만 우린 유골을 찾느라 여념이 없는데 골이 터질 때마다 관중석에서 박수를 쳐댄다면 그리 유쾌한 일은 아니었겠죠."

"관중들도 경기가 치러지는 동안 쩍 벌어진 구덩이들이 눈앞에 보이는 게 즐겁진 않았을 테고요." 장군이 생각을 말했다.

"그랬을지도 모르지요." 사령관이 받았다. "손에 장을 지진다고 할 수야 없겠습니다만."

장군의 시선이 파이프를 쥔 상대의 손에서 그가 입은 외투 오른쪽 소매로 옮겨갔다. 빈 소매 끝자락이 오른쪽 호주머니 속에 박혀 있었다.

팔꿈치 부위에서 팔이 잘린 게 틀림없어. 한동안 이 생각이 뇌리에서 떠나지 않았다.

"어떻게 묘지 구역에 경기장을 만들 수 있었을까요?" 신부가 말했다. "국제법 규정에 어긋나는 일입니다. 항의라도 해보시지 그랬습니까."

"항의했었지요." 사령관이 대답했다. "하지만 우리 군인들의 시신을 묻은 게 이 지방 사람들이 아니라 우리 군대였다더군요. 게다가 한밤중에 일이 이루어져서 아무도 아는 사람이 없었다고 하고."

"그다지 신빙성 없는 해명이에요." 시장이 투덜댔다.

"저도 같은 생각입니다. 손에 장을 지진다는 말은 않겠습니다만." 사령관이 받았다.

장군의 시선이 또다시 상대의 빈 소매에서 멎었다.

"저희는 한 번도 겪어보지 않은 일이군요." 장군이 말했다.

"한데 지금 발굴 작업을 하시는 곳은 어디인가요?" 시장이 물었다.

장군이 정확한 지명을 대자 사령관이 말을 이었다.

"상세한 명단을 갖고 계시다고 들었습니다. 저희에겐 고작 구두 증언을 기초로 작성된 명단뿐인데요."

"암중모색이죠!" 시장이 거들었다.

"어려움이 많겠습니다."

"네, 아주 어렵습니다. 수백 구의 유해를 찾아낸들 대부분 확인이 안 될 수도 있으니까요."

"자세한 명단이 없다면 쉽지 않은 일입니다."

"전사자 각각의 신장이나 치아 상태에 대한 정보를 분명 갖고 계시겠죠?"

"네." 신부가 대답했다.

"또 그쪽 군인들은 모두 메달을 소지하고 있다던데요?"

"그렇습니다."

"저희 명단에는 전사자의 신장조차 적혀 있지 않습니다. 그러니 작업이 쉬울 리 없죠."

"다행히 요대에 금속 버클이 달려 있어 큰 도움이 되고 있습니다." 시장이 끼어들었다.

그 순간 두 젊은이가 로비로 들어와 호텔 정원을 향해 난 큰 유리문 옆에 자리 잡고 앉았다. 그쪽으로 강이 있는 것 같았다.

"유해를 다룰 때 어떤 상표의 소독제를 쓰십니까?" 시장이 물었다.

"유니버설 62를 씁니다."

"잘 듣는 약품이죠. 그래도 제일 좋은 건 흙이에요."

"맞습니다. 하지만 흙도 제 기능을 발휘하지 못할 때가 있으니까요."

"부패하지 않은 시신을 찾아낸 경우도 있었습니까?"

"물론입니다!"

"저희도 마찬가지예요."

"위험천만한 일이죠."

"그렇습니다. 감염의 위험이 늘 도사리고 있으니까요. 오랜 세월 잠복해 있던 세균이 유해를 파내는 순간 갑자기 독성을 되찾게 되는 거죠."

"그런 어이없는 사고를 당한 적이 있으십니까?"

"아뇨, 아직은."

"커피 드시겠습니까?" 사령관이 물었다.

"아닙니다. 이만 자러 올라가봐야겠습니다."

"저도 그러렵니다." 시장이 말했다. "써야 될 편지도 한 통 있고요."

신부와 시장은 두 장성에게 밤 인사를 건넨 뒤 검붉은 벨벳 카펫이 깔린 계단을 걸어 올라갔다. 로비는 고요했다. 두 젊은이만 맞은편 구석에서 이야기를 나누고 있었다. 간간이 그들의 이야기 소리가 귓전을 스쳤다.

장군의 시선이 큰 유리문 쪽으로 쏠렸다. 유리문 너머로는 칠흑 같은 밤이 펼쳐져 있었다.

"저희는 이미 지쳤습니다. 또 어떤 골칫거리들이 기다리고 있을지 누가 알겠습니까."

"지세가 험하지요."

"정말 그렇습니다. 전 이 임무를 기회로 산악전 전술과 관련된 몇 가지 연구를 하고 있어요. 한데 도무지 극복할 수 없는 장애물들에 부딪히는군요. 이런 땅에선!"

상대가 이 주제에 전혀 관심을 보이지 않자 장군은 다소 놀랐다.

"이상한 일이 있습니다." 사령관이 입을 열었다. "저희가 발굴 작업을 하는 경기장을 매일같이 찾아오는 아가씨가 있습니다. 하루도 빠짐없이 찾아와 훈련 중인 약혼자를 기다리는 거예요. 비가 오는 날엔 푸른 비옷을 입고 오죠. 이 아가씨는 관중석 기둥 사이 한쪽에 조용히 서서 선수들이 잔디 위에서 뛰는 모습을 바라봅니다. 빈 경기장은 우울하고 음산한 느낌을 자아내지요. 계단식 시멘트 관중석은 빗물에 번들거리고 경기장 주변엔 온통 구덩이가 파헤쳐져 있어요. 유쾌한 광경이라곤 푸른 비옷을 입은 이 아가씨뿐이죠. 저만치 인부들이 작업을 하고 있는 동안, 저는 그 여자에게 정신이 팔려 시간을 보낸답니다. 이 도시에서 제가 찾아낸 유일한 기분전환 거리입니다."

"땅속에서 유해를 꺼내는 걸 보면서 여자가 무서워하지는 않던가요?"

"전혀요. 그저 경기장 쪽으로 고개를 돌리고 약혼자가 공을 좇아 뛰는 모습을 지켜보죠."

두 사람은 안락의자 깊숙이 몸을 묻고 한참 동안 아무 말 없이 담배만 피웠다.

장군이 마침내 웃으며 말문을 열었다.

"우린 세계 제일의 묘 파는 일꾼들입니다! 죽은 자들이 어디에 묻혔건 반드시 찾아낼 겁니다. 우릴 피해갈 순 없어요!"

그러자 상대가 장군의 표정을 살피며 털어놓았다.

"그거 아십니까? 저는 며칠째 밤마다 똑같은 악몽을 꿉니다."

"저도 그렇습니다. 악몽을 꾸죠……"

"지금 발굴 작업을 진행 중인 그 경기장인 것 같아요. 실제 경기장보다 더 넓어 보이긴 하지만요. 계단식 관중석은 사람들로 꽉 차 있는데, 저희는 경기장 한복판을 파고 있습니다. 관중 속에 푸른 비옷을 입은 그 아가씨도 끼어 있지요. 새로운 묘가 열릴 때마다 수많은 관중이 미친 듯이 박수를 쳐댑니다. 온 경기장이 들썩이며 일어나 병사의 이름을 연호하는 겁니다. 전 죽은 자의 신원을 확인하겠다는 희망으로 귀를 기울이지만 함성은 입을 틀어막은 웅웅 소리로만 들리고, 시끌벅적한 소음 탓에 어떤 이름도 알아들을 수가 없게 되고 맙니다. 매일 밤 이런 꿈을 꾼다고 상상해보십시오!"

"알 만합니다. 시신을 확인하는 데 몰두해 있어서 그렇겠지요."

"네, 그 말이 맞습니다. 제겐 큰 근심거리죠."

장군은 자신도 종종 비슷한 꿈을 꾼다는 사실이 떠올랐다. 꿈속에서 늙은 장군은 자기 나라 군인 묘지의 묘지기가 되어 있었다. 그가 알바니아에서 수습해온 유해들을 다시 매장해놓은 아주 넓은 공동묘지였다. 수많은 사람들이 손에 전보를 들고 무덤사잇길을 오가며 두리번거렸다. 그러나 자신들이 찾는 묘가 눈에 띄지 않자 험상궂은 표정으로 머리를 마구 흔들어대기 시작했다. 그는 공포로 심장이 얼어붙는 것 같았다. 그런데 그 순간 신부가 교회 종을 울렸고, 사람들은 모두 사라졌다. 그도 잠에서 깨어났다.

자신이 꾼 꿈 이야기를 하려던 장군은 순간 마음을 바꾸었다. 순전히 꾸며낸 이야기로 여겨질 수도 있을 것 같아서였다.

"결코 쉽지 않은 일이 우릴 기다리고 있습니다." 장군이 불쑥 입을 열었다.

"그렇죠. 우리더러 같은 전쟁을 또 한 번 치르라는 것 같습니다!"

"원래 전쟁보다 더 혹독할 수도 있습니다!"

두 사람 모두 잠시 침묵을 지켰다.

"부당하고 도발적인 일을 겪으신 적은 없습니까?" 장군이 물었다.

"없습니다. 딱 한 번 아이들이 저희에게 돌을 던진 적은 있습니다만."

"돌멩이를 갖고 덤벼들었다고요?" 장군은 웃음을 터뜨렸다. 그러고는 상대의 귀에 대고 장난기 어린 목소리로 덧붙였다. "무슨 잘못을 범하셨는데요?"

"민감한 문제였습니다. 알바니아인들의 묘를 우리 쪽 사람들 묘로 착각하고 잘못 여는 바람에……"

"아! 그것 참……"

"네, 몹시 난처한 사건이었습니다. 다시는 생각도 하고 싶지 않군요. 커피나 마십시다."

"밤새 잠을 못 이룰 텐데요."

"오히려 잘됐죠. 그러면 악몽을 꾸지도 않을 테니까. 반복되는 일들이 모두 그렇듯 그것도 이젠 넌더리가 납니다!"

“그건 그렇습니다.”
그들은 커피 두 잔을 시켰다.

삽입장

또 무슨 말을 써야 할지 모르겠소. 나머지는 모두 지루한 일과에 불과해요. 비, 진흙덩이, 명단, 보고서, 온갖 종류의 통계와 계산, 기술상의 우울한 문제들…… 이 모두가 말이오. 한데 요 며칠 사이 내게 이상한 현상이 일어나고 있소. 누군가를 보면 마음속에서 나도 모르게 상대의 머리칼, 두 뺨과 눈을 차례로 제거하는 습관이 생겼다오. 이런 것들이 상대의 깊은 내면을 들여다보지 못하게 방해하는 불필요한 요소라 여겨지거든. 치아(유일하게 지속되는 부속물인)가 붙어 있는 두개골, 상대의 얼굴이 이렇게 보인다오. 이해할 수 있겠소? 칼슘의 왕국에 발을 들여놓은 이 기분을!

7장

　"전쟁이 시작되었을 무렵 일어난 일이지요." 카페 주인이 서툰 영어로 이야기를 시작했다. 그는 수년간 뉴욕의 한 술집에서 일한 사람이었는데, 묘한 말투에서 야간 업소의 시끄럽고 나른한 분위기가 동시에 느껴졌다. 장군은 석조 가옥들이 들어선 오래된 도시인 이곳의 주민에게서 어느 매춘부와 관련된 이야기를 듣고 싶은 참이었다. 사람들 말로는 이 카페 주인만큼 그 사연을 잘 아는 사람이 없다고 했다. 다만 말을 좀 더듬는 데다 영어가 서툴렀다.

　하지만 말을 좀 더듬고 영어를 훼손하는 게 뭐 그리 대수인가. 장군은 생각했다. 참사의 징조가 보이는 이야기를 푸는 마당에.

　도시 외곽의 군 묘지에서 장군이 그 매춘부의 이름을 발견한 것은 그날 아침이었다. 여자의 유해를 찾기는 처음이었고, 사람들이 그 여자가 거기 묻힌 사연을 언급하자 장군은 그녀의 이야기를 더 알고 싶은 호기심이 일었다.

사실 멀리서도 이미 그 하얀색 묘비가 눈에 띄던 참이었다. 거무스레하게 썩은 나무 십자가들로 둘러싸여 더한층 시선을 끌었다. 대조적으로 십자가들은 더 삐딱해 보이고, 전투모들은 더욱 녹이 슬어 보였다.

"대리석 묘비군요! 고위 장군의 묘일까요? Z대령의 묘일지도 모릅니다!"

그들은 곧장 묘에 다가가 비문을 읽었다. '조국을 위해 죽다.' 비문에는 여자의 이름과 성, 출생지가 적혀 있었다. 장군과 동향이었지만 장군은 이 사실을 입 밖에 내지 않았다.

"막 시작되었을 무렵이에요." 카페 주인은 마치 수많은 청중 앞에 선 사람처럼 말했다. 이 이야기를 들려줄 기회가 잦았던지라 개인적 견해는 줄곧 괄호 안에 넣어가면서 자신만의 독특한 화법을 구사했다. 그렇다고 그런 웅변술의 흔적이 과장된 언변으로 이어지지는 않았다. "전 그 소식을 맨 처음 접한 사람들 중 하나였지요. 그런 이야기들에 제가 뭐 특별히 관심이 있었던 건 아닙니다. 그저 카페에서 일하다 보니 이 도시와 관련된 사건이라면 제일 먼저 알게 되곤 했어요. 그날 그런 일이 또 한 차례 닥친 거죠. 누구한테서 비롯됐는지 모르는 그 소문이 퍼진 날 카페는 만원이었습니다. 그리스 전선으로 떠나기 전 술을 진탕 마시고 마을 호텔에서 묵은 군인이 하나 있었는데, 그이가 소문의 출처라는 설이 있었어요. 그런 일만 찾아다니는 라메 스피리라는 자가 퍼뜨렸다는 말도 있었고요. 어찌 됐든 그런 건 별로 중요하지 않았죠. 너무 놀라고 당황한 나머지, 군인이 됐건 건달 라메 스피리가 됐건, 소문의 출처 같은 건 안중에 없었으니까요.

사실 그 당시 우린 웬만한 일엔 놀라지 않았어요. 전쟁 중이라 듣도 보도 못했던 믿기지 않는 이야기들을 매일 들어야 했으니까요. 박격포와 고사포가 긴 포신을 자랑하며 우리 시가를 지나는 모습을 처음 목격한 이후로 더 이상 놀랄 일은 없을 거라 생각했어요. 엄청난 굉음에 마을 전체가 내려앉는 줄 알았거든요. 그 후 머리 위에서 벌어진 공중전을 경험하고 나서는 더더욱 그랬지요. 잇달아 닥친 다른 일들은 말할 것도 없고요.

그러다 한동안은 도시 어귀에서 격추된 영국 비행기의 조종사 얘기뿐이었어요. 그의 손을 직접 목격했어요. 조종사의 몸에서 남은 거라곤 그것뿐이었는데, 불에 탄 셔츠 조각과 함께 시청 광장에 전시됐었거든요. 누렇게 변한 나무토막 같았죠. 사람들이 미처 빼내지 않은 반지가 약지에 끼워져 있었고.

매일 듣는 게 그런 이야기였다니까요. 해서 웬만큼 이상한 사건이 아니고서야 시큰둥한 반응을 보일 수밖에 없었는데, 나 참 이곳에 갈봇집이 들어선다는 소문엔 모두 말문이 막혔어요. 상상을 초월하는 일이었거든요. 너무 놀라 마을 사람들 대부분은 믿으려 하지 않았고요. 오래된 도시인지라 유구한 세월 동안 별의별 기능을 해왔지만, 그것만은 도무지 있을 수 없는 일이었어요. 명예를 생명처럼 여겼던 마을이 이제 와서 그런 모욕을 감수해야 하다니, 앞으로 어떻게 해야 하냐며 사람들은 불안해했어요. 적군의 점령과 외국 군대로 득시글거리는 병영, 폭격과 굶주림만으로는 충분하지 않다는 듯 유례없이 끔찍한 무언가가 우리의 삶을 침범한 거였죠. 그것 역시 폭격이나 병영, 궁핍한 생활과 마찬가지로 전쟁의 또 다른 양상이라는 걸 우린 몰랐던 거예요.

소문이 퍼져 나간 다음 날, 원로들로 구성된 대표단이 시청으로 갔습니다. 그날 저녁에는 또 다른 무리가 카페에 모여, 티라나에 있는 파시스트 총독에게 전달할 청원서를 작성했지요. 그들은 몇 시간이고 저기 보이는 테이블에 둘러앉아 한 장 한 장 글을 써내려갔습니다. 그동안 다른 사람들은 빙 둘러서서 커피를 마시거나 담배를 피웠고, 저마다 볼일을 보러 나갔다가 되돌아와서는 편지가 얼마만큼 완성되었는지 물었어요. 여자들은 걱정이 되어 남편들이 과음을 하는 건 아닌지 확인하려고 아이들을 보냈죠. 국왕도 아니고 대리인인 총독에게 편지 한 통 쓰는 게 그렇게 까다로운 일이라고는 좀처럼 상상하기 힘들었거든요.

그날 밤은 전에 없이 카페 문을 늦게 닫았습니다. 마침내 편지가 완성되었고, 누군가 내용을 낭독했어요. 전부 기억나지는 않아요. 쭉 열거된 여러 가지 이유로 선량한 시민들은 총독께서 이 도시에 갈봇집을 열기로 한 결정을 취하해주시기를 청원한다는 내용이었다는 것밖에는. 우리 도시가 시대의 어둠 속에서 길을 잃고는 있지만 고귀한 전통을 자랑하는 유서 깊은 곳인 만큼 그 명예를 지켜달라고 말이죠.

다음 날 편지가 발송되었습니다.

그런 청원을 원치 않는 주민들도 있었어요. 편지가 됐건 청원서가 됐건 점령군에 그런 걸 보내는 자체를 반대하는 사람들이었지요. 하지만 우린 그들의 생각을 무시했어요. 우리를 위해 어떤 조치가 내려

질 거라는 기대가 컸습니다. 아직 전쟁 초기라 이해하지 못한 일들이 많았으니까요.

두말할 필요도 없겠지만 청원은 받아들여지지 않았습니다. 며칠 뒤 전보가 도착했지요. '전략적 차원의 공창(公娼)이 허용될 것임—끝.' 맨 처음 공문을 읽은 늙은 우체국 직원은 이 표현의 의미를 바로 파악하지 못했어요. 당시 통용되던 괴상망측해 보이는 암호문이라는 주장도 있었죠. 전보에는 '알바니아 민족'이라는 표현도 있었는데, 그건 뭐 시장님의 뚱보 사모님이랄지 그런 의미의 말처럼 들렸죠. 다른 표현들도 그랬고요. 상황이 이렇다 보니 갈봇집이 들어서는 문제를 두고 전전긍긍할 필요는 없다는 의견도 나왔어요. 우리가 몰라서 그렇지 제2전선이 들어서는 게 분명하다고!

하지만 위안이 되는 이런 생각은 얼마 가지 못했어요. 모든 게 확실해졌으니까요. 갈봇집은 갈봇집이지 제2전선이 아니었던 거죠.

며칠 뒤에 몇몇 자세한 정보가 입수됐습니다. 시설을 개설하는 것은 점령군이었고, 여자들은 외국에서 온다고 했습니다.

이곳에서는 온통 그 이야기뿐이었어요. 드물긴 했어도 이민 갔다 돌아온 사람들이 호기심을 충족시켜주었죠. 사람들은 테이블에 둘러앉아 그들이 들려주는 일화들을 경청했어요. 진짜인지 가짜인지 알 수는 없었지만 말입니다. 그들은 일본이나 포르투갈의 사창가를 마치 자기들 호주머니 속처럼 꿰뚫고 있는 것 같았어요. 온 세상 매춘부들의 이름을 죄다 아는 것 같았죠.

이야기를 듣는 사람들, 특히 장성한 아들을 둔 사람들은 불안하고 놀란 표정으로 고개를 저었어요. 집에 있는 여자들도 근심 걱정으로 마음이 타들어갔죠. 남편과 아들 중 누구를 더 염려하는지는 알 수 없었지만요. 주임신부들은 이 사건을 불길한 징조로 보고, 주께서 더 가혹한 벌을 내리실지 모른다는 몹시 우울한 예감에 가슴 졸이며 시달렸지요. 물론 남몰래 기뻐하는 주민들도 있었어요. 보란 듯이 드러낼 배짱은 없었지만, 세상엔 별의별 인간들이 다 있으니까요. 마누라와 사이가 좋지 않은 남편들도 있고, 천성적으로 여자라면 사족을 못 쓰는 치들도 있죠. 무엇보다 온종일 연애소설 나부랭이에 빠져 있다가 밤이 되면 시간을 어디 쓰면 좋을지 모르는 젊은 총각들도 있었고요. 이제 자기네 여자가 생기게 됐으니 외국 군인들이 우리 여자들한테 집적대지 않을 거라는 말로 위안을 삼거나 다른 이들을 안심시키려는 이들도 있었지만, 사람들의 불안한 마음을 잠재우기란 쉬운 일이 아니었어요.

마침내 '여자들'이 도착했습니다. 카키색 군용차를 타고요. 그 광경이 어제 일처럼 눈에 선하군요. 어둠이 막 깔리기 시작한 무렵이었어요. 카페는 만원이었는데, 손님들이 자리에서 일어나 창가로 다가가 시청 광장이 있는 쪽을 내다보는 겁니다. 처음엔 영문을 몰랐어요. 잇달아 거리로 뛰어나가는 사람들도 있었고, 무슨 일이 벌어진 건지 묻는 사람들도 있었어요. 카페 안이 텅 비다시피 했어요. 결국 저도 호기심을 누르지 못하고 밖으로 나갔죠. 맞은편 카페에서 나온 구경꾼들이 광장으로 모여들어 보도에 선 채로 그 광경을 지켜보았습니다. 트럭이 시청 맞은편 위령비 바로 앞에 섰고, 곧이어 여자들이 차에서 내리더니 놀란 시선으로 주위를 빙 둘러보았죠. 모두 여섯 명이었는데 긴 여행 탓에 지치고 경직된 모습이었어요. 구경꾼들은 무슨 희귀

한 동물 구경이라도 하듯 눈이 휘둥그레져 있었습니다. 반면 여자들은 재잘대며 멍한 미소를 머금은 채 나른한 표정으로 그들을 바라보았죠. 석조 가옥들이 들어선 이상한 도시에 난데없이 닿게 되어 놀랐던 건지도 몰라요. 땅거미 질 무렵 우리 도시는 왠지 모를 환상적인 분위기를 발산하거든요. 성채의 버팀벽이 그렇고, 하늘 높이 치솟은 사원들의 뾰족한 양철 첨탑이 일몰 속에 조용히 반짝이는 모습에서도 그런 분위기를 느낄 수 있죠.

그사이 사람들이 광장을 가득 메우고 있었어요. 아이들이 군인들한테서 배운 몇 마디를 여자들에게 던졌어요. 다른 사람들은 말없이 지켜보기만 했죠. 그 순간 우리가 마음속으로 무슨 생각을 하고 있었는지 말하긴 어려울 겁니다. 하지만 그날 저녁 한 가지 사실만은 분명히 깨달았죠. 눈앞에서 벌어지고 있는 이 광경은 도쿄나 호놀룰루의 매음굴에 대해 들었던 모든 이야기와는 너무도 거리가 멀다는 것. 귀가 따갑도록 들었던 이야기들과는 무언가가 판이하게 달랐어요. 훨씬 심각하고 처참했죠.

여자들은 외국인 몇 사람과 시청 관리를 따라 온순한 가축 떼처럼 호텔로 향했고, 아이들이 뒤를 졸졸 따라갔어요. 기이한 여자 손님들은 그날 밤 그렇게 호텔에서 묵었죠.

다음 날, 여자들은 시내 한복판에 있는 어느 집에 짐을 풀었습니다. 작은 정원으로 둘러싸인 이층집이었어요. 민간인과 군인용 시간표가 적힌 게시판이 문에 걸렸죠. 우리가 이 게시판을 본 건 나중 일이었어요. 처음 며칠은 마치 흑사병이 휩쓸고 지나간 듯 거리가 한산했거든요. 그 근방에 사는 사람들이 제일 골치를 앓았지요. 할 수만 있다면 이사를 했고, 안뜰이 있는 집 사람들은 뒷문을 터서 이웃한 거리로 다녔어요. 안 그런 사람들은 그럭저럭 이 불행을 감수했고요. 노인들, 특히 고집불통인 할머니들은 집 안에 틀어박혀 나오지를 않았어요. 친구분들에게 난 당신 집에 갈 수 없어, 당신도 날 보러 올 생각 마시우, 라는 전갈을 보냈어요. 관 속에 누워 묘지로 향하기 전에는 집 밖으로 나오지 않겠다고 맹세를 하면서 말이에요. 다른 관 하나가 일상의 흐름을 교란시키지 않았다면 정말 그렇게 되었을 겁니다. 그 이야긴 나중에 하겠지만……

그 골목길은 더럽혀진 것처럼 보였어요. 혐오감이 어찌나 컸던지 그 일이 일단락된 뒤에도 그 길을 지날 때마다 묘한 느낌이 들곤 하더군요. 능욕당한 여자가 오랜 시간이 지난 뒤에도 오명의 흔적을 지니고 있듯이 말이죠.

정말이지 우울한 날들이었습니다. 저마다 근심이 가득했어요. 이 도시에 매춘부가 존재한 적은 한 번도 없었거든요. 질투를 하거나 바람을 피워 가정불화가 일어나는 경우도 드물었어요. 그런데 하루아침에 도시 한복판에 검은 오점이 박혀버렸지 뭡니까. 소식을 처음 접했을 때 받았던 충격은 이제 그것이 현실로 이루어져 맛보아야 하는 당혹감에 비하면 아무것도 아니었습니다. 남자들은 일찌감치 귀가했고, 카페도 초저녁부터 손님들의 발길이 끊겼죠. 어쩌다 남편이나 아들의 귀가가 늦어지기라도 하면 어머니나 아내 들은 미칠 듯이 걱정을 했어요. 그 '여자들'은 동네 한복판에 자라난 일종의 종양이었지요. 사람들은 마음을 다스릴 수 없었고, 장정들의 시선에선 불안한 기색이 가시지 않았습니다.

처음엔 물론 아무도 그곳을 찾아가지 않았어요. 그 여자들도 당황했을 게 분명해요. 여자한테 그토록 관심이 없다니 이상한 민족이라고 생각했겠죠. 이 나라에 있는 이상 자신들은 이방인이며 점령군과 똑같이 간주된다는 걸 이해했을 수도 있고요.

예상했던 대로 그곳을 맨 처음 찾아간 사람은 건달 라메 스피리였어요. 그날 오후 삽시간에 소문이 퍼졌고, 그가 거기서 나올 무렵에는 이웃한 집들의 창문마다 사람들이 내다보고 있었죠. 눈앞에서 그리스도가 부활하기라도 한 것처럼 말입니다. 하지만 라메 스피리는 눈 하나 깜짝 않고 뽐내며 걸어갔어요. 심지어 십자형 창가에 팔꿈치를 괴고 그가 멀어져가는 모습을 지켜보던 갈봇집 여자에게 손짓을 해 보이기까지 했죠. 그 순간 한 노파가 창문 너머로 그에게 물 한 양동이를 쏟아부었는데 목표물을 맞히지는 못했습니다. 늙은 여자들은 뺨을 실룩거리며 '여자들'을 향해 저주를 퍼부었어요. 이곳 여자들이 흔히 그러듯 상대를 향해 팔을 쭉 펴고, 손을 들고, 손가락을 쫙 벌리면서. 하지만 '여자들'은 이런 몸짓의 의미를 파악하지 못한 듯 웃기만 했죠.

처음엔 사정이 이랬습니다. 그러다 사람들도 새로운 상황에 적응하게 됐죠. 우리를 그토록 엄청난 불안에 빠뜨렸던 그 집에 어둠을 틈타 몰래 찾아가는 사람들도 생겼어요. 결국 그 여자들이 우리의 삶 속에 발을 들여놓게 된 것이었습니다.

저녁때면 그녀들은 종종 발코니에 모습을 드러냈지요. 담배를 피우면서 멍한 표정으로 주변 산들을 바라보았어요. 멀고 먼 자기네 나라 생각을 하고 있었을 겁니다. 그렇게 그녀들은 한참을 어슴푸레한 빛

속에 남아 있었죠. 회교 사원 첨탑 위에서 수도자가 단조로운 목소리로 저녁 기도를 외고 사람들이 모두 귀가를 한 뒤에도.

얼마 지나자 사람들의 반감이 사라졌습니다. 심지어 그 여자들을 동정하는 사람들까지 생겨났어요.

사람들도 조금씩 그들의 존재에 익숙해갔어요. 상점에서, 혹은 주일날 성당에서 우연히 마주쳐도 기분 나빠 하지 않았죠. 할머니들을 제외하고요. 이들은 영국군의 폭탄이 그 저주받을 집 위로 떨어지기를 밤낮으로 기도했으니까요.

여자들 자신도 그렇게 되기를 바란 날들이 분명 있었을 겁니다.

이탈리아–그리스 전선이 코앞이었고, 밤이면 대포 소리가 들려왔어요. 우리 도시는 최전방으로 지원을 떠나는 신규 부대와 최전방에서 돌아오는 부대 모두에 숙영지를 제공했습니다.

그 집 문에는 종종 '내일 민간인은 받지 않습니다' 라고 쓰인 게시판이 걸렸고, 그러면 사람들은 다음 날 군대 이동이 있다는 사실을 모두 알게 됐습니다. 전혀 필요 없는 고지이긴 했죠. 낮 시간에, 더욱이 군인들이 있을 때 그곳을 드나드는 민간인은 하나도 없었으니까요. 물론 아무 때나 제집처럼 드나드는 라메 스피리는 제외하고요.

당시 우리는 전선에서 돌아온 더럽고 텁수룩한 군인들이 줄 지어 서 있는 모습을 보려고 간혹 이 길로 다니곤 했어요. 비가 와도 그들은 열에서 벗어나지 않았어요. 그들을 참호에서 내모는 게 구불구불 끝없이 이어지는 이 처량한 대열에서 내모는 것보다 쉬웠을 겁니다. 빗속에서 이어지는 지루한 기다림을 달래기 위해 그들은 음담패설을 주고받거나 이를 잡거나 욕을 해댔어요. 안에서 몇 분을 보내게 될지를 두고 다투기도 했고요. '여자들'이라고 그 일이 좋았을 리 없지만 그래도 과업은 완수해야 했죠. 따지고 보면 그 여자들도 전쟁에 동원된 처지였으니까요.

오후 늦게 대열이 줄어들고 마지막 군인이 들어가면 거리는 다시 조용해졌죠. 이런 피곤한 하루가 지나고 다음 날이면 여자들은 녹초가 되어 있었습니다. 밀랍처럼 창백한 안색에 그 어느 때보다 멍한 표정이었어요. 전선에서 돌아온 군인들이 빗물이나 진흙, 소실된 참호 따위의 괴로운 짐을 이 불쌍한 여자들에게 모두 쏟아놓은 것 같았죠. 그렇게 무거운 짐을 부린 그들은 가볍고 흡족한 마음으로 떠났지만 여자들은 이곳에 남아 있었어요. 전선에서 멀지 않은 이 도시에서 다른 군인들을 기다렸죠. 퇴각의 쓰라림을 마지막 한 방울까지 빨아들이기 위해.

이런 상태가 오래도록 이어지고 특별한 일이라곤 일어나지 않을 수도 있었을 겁니다. 삶은 지속되어야 할 테니까요. 여자들도 길고 긴 저녁 기도를 외는 수도자의 목소리와 함께 우울한 하루가 마감되는 걸 지켜보면서 전쟁 내내 우리 도시에 머무를 수도 있었겠죠. 긴 대열을 이룬, 얼마 안 있어 어딘지 모를 곳으로 흩어지게 될 군인들을 맞으면서 말이에요. 그런 식으로 삶이 흘러갈 수도 있었을 겁니다. 어느 날 라미즈 쿠르티의 아들이 파혼을 하지만 않았다면요.

크지 않은 도시라 그런 유의 사건은 큰 파장을 일으키게 마련입니다. 전국적으로 여기만큼 이혼율이 낮은 도시나 마을은 거의 없는 게 사실이죠. 라미즈의 아들이 약혼녀와 헤어진 건 대단한 스캔들이었어요. 라미즈 쿠르티의 일가친척 모두가 그의 집에 모여 이 사건을 두고 고민했죠. 그 아들에게 온갖 협박을 가하며 약혼녀와 다시 만나도록 강요했어요. 그러나 라미즈의 아들은 꿈쩍도 안 했습니다. 가족의 간청에 굴복할 생각이 조금도 없었어요. 더 답답한 건 그가 갑자기 마음이 식은 이유를 털어놓으려 하지 않는 거였어요. 그걸 알아내려고 가족이 아무리 애를 써도 소용이 없었어요. 라미즈의 아들은 온종일 낙담한 모습으로 말없이 생각에 잠긴 채 지냈습니다. 무슨 주문에 걸린 사람처럼 눈에 띄게 마르고 창백해져갔죠.

그러는 동안 처녀 쪽 가족이 해명을 요구했어요. 남자 쪽만큼이나 대가족인 여자 쪽 가족도 한데 모여 사건을 두고 토론했죠. 라미즈 쿠르티에게 두 번이나 심부름꾼을 보내 파혼의 이유를 물었어요. 그러나 아무 이유가 없다는 게 답변이었고, 심부름꾼은 언짢은 채로 돌아와야 했습니다. 이제 말 대신 무기에 의존해야 할 시간이 닥쳤다는 의미였어요. 실제로 발포가 있기도 했지요. 두려워하며 예상했던 것과는 전혀 다른 상황에서 벌어진 일이긴 했지만.

바로 그즈음이었어요. 두 가문이 요람에 있는 자녀들을 약혼시키면서 맺었던 오랜 우정이 적대감으로 돌변할지도 모르는 상황에서, 양측의 대표자들이 최종 논쟁을 벌이던 와중에 파혼의 진짜 이유가 밝혀졌어요. 터무니없이 단순한 만큼이나 수치스러운 이유였지요. 라미즈 쿠르티의 아들이 갈봇집 여자한테 반해버렸다지 뭡니까.

훗날 우리는 머리를 쥐어짜며 그들의 관계를 추측해보곤 했습니다. 그는 정말 그 여자를 사랑했을까? 아니면 여자 쪽에서 그에게 반했던 걸까? 두 사람 사이에 무슨 일이 있었는지는 알 수 없어요. 진실은 밝혀지지 않았으니까.

소문이 퍼진 바로 그날 해 질 무렵, 초췌한 얼굴에 모자도 쓰지 않은 라미즈 쿠르티가 손에 지팡이를 들고 동네를 내려가 갈봇집으로 향했습니다. 차갑게 굳은 시선으로 그렇게 걸어갔어요. 몸짓 하나하나가 추위에 얼어붙은 것 같았죠. 얼굴이 창백한 이 노인이 지팡이로 정원의 철문을 열고 들어오는 모습을 보고 그 집 여자들이 얼마나 놀랐을지 상상해보세요. 노인이 현관 앞 계단을 올라오자 베란다에 앉아 있던 여자들 중 한 명이 함박웃음을 지으며 내려갔어요. 그런데 어쩐 일인지, 장난기 어린 상상으로 여자들의 입술 위에 머물던 미소가 딱 멎고 갑자기 쥐죽은 듯한 정적이 감돌았어요. 노인이 자기 아들과 관계가 있는 '그 여자'를 지팡이 끝으로 가리켰던 겁니다(머리칼을 보고 알아본 것 같아요). 여자는 그냥 평범한 손님인 줄 알고 고분고분 자기 방으로 향했고, 노인이 그 뒤를 따라갔죠. 여자가 옷을 벗기 시작했어요. 그러다 고개를 들었는데 노인의 얼굴에서 이상한 표정을 발견한 거예요. 육욕과는 전혀 무관한 가면 같은 표정이었죠. 여자는 공포에 질려 소리를 질렀어요. 여자가 그러지만 않았어도 노인이 방아쇠를 당기지 않았을지 모릅니다. 무감각 상태에 빠져 있던 노인이 그 소리에 정신이 번쩍 든 거예요. 그는 세 차례 방아쇠를 당긴 뒤 총을 버리고 자리를 떴어요. 비명을 질러대는 여자들 사이로, 술 취한 사람처럼.

라미즈 쿠르티는 사흘 뒤에 교수형에 처해졌습니다. 그 아들은 사라졌고요.

때는 10월이었고 차가운 바람이 주변 산간의 협로에서 불어왔습니다. 그럼에도 희생된 여자의 장례식은 꽃과 화환, 음악과 예포 속에서 진행되었어요. 파시스트 점령군들이 거리나 카페에서 군중을 동원해 강제로 장례행렬에 참여시켰죠. 우리는 침묵 속에 걸어갔어요. 바람이 얼굴을 후려쳤습니다. 시신이 놓인 아름다운 붉은 관이 군용 차량에 실려 있었죠. 군악대가 장송곡을 연주했고, 죽은 여자의 친구들은 눈물을 흘렸어요.

이 도시 주민들이 외국 여자, 더군다나 그런 신분인 여자의 영구차를 따라가는 일은 처음이었어요. 우린 몽유병자처럼 걸어갔죠. 가슴 한구석이 텅 비는 것 같았어요. 저는 하늘 높이 떠 있는 구름을 올려다봤습니다. 그렇게 걸어가면서 그녀의 운명을 생각했죠. 무슨 운명의 장난으로 그 가엾은 여자가 철모 쓴 군인들을 따라 그 먼 나라에서 여기까지 오게 된 건지, 그들을 좇아 이 마을 저 마을을 헤매다 이 도시에 이르러 다른 이들을 파멸로 이끌며 자신도 삶을 마감하게 되었는지.

그녀는 군 묘지에 묻혔고, 묘에는 오늘 아침에 보신 대리석 묘비가 세워졌어요. 묘비에는 병사들의 무덤 머리에서 보게 되는, '조국을 위해 죽다' 라는 관례적인 문구가 새겨졌습니다.

며칠 뒤 수도에서 명령이 떨어졌고, 그 집은 문을 닫았습니다. 그 추웠던 날 아침의 광경이 어제 일처럼 눈에 선하군요. '여자들' 이 손에 짐가방을 들고 시청 광장에 서서 자신들을 데려갈 차량을 기다리고 있었습니다. 행인들이 보도에 멈춰 서서 그들을 바라보았어요. 여자들은 추운 날씨 탓에 외투 깃을 세우고 서로 몸을 바싹 붙인 채 서 있었습니다. 그 어느 때보다 더 넋이 나간 멍한 표정이었어요.

여자들이 트럭 위로 오르고 차량이 움직이기 시작하자 몇몇이 그들에게 주저하듯 희미한 손짓을 해 보였죠. 그녀들도 손짓에 답례를 했는데, 매춘부들이 하는 그런 몸짓이 전혀 아니었어요. 원한과 크나큰 낙담이 엿보이는, 아주 다른 무언가가 느껴졌어요. 우린 그렇게 그들을 바라보며 서 있었지만 조금도 마음이 편치 않았어요. 그 여자들이 떠나면 잔치를 열어 자축할 거라고 생각해왔는데 막상 닥치고 보니 전혀 그렇지가 않았던 거죠. 그들이 떠난다고 우리가 얻을 게 무엇이 었겠습니까? 그들이 떠나는 건 사실이었지만, 그밖에 달라지는 건 하나도 없었어요.

이 불쌍한 여자들이 어디로 파송됐는지는 아무도 모릅니다. 분명 최전방으로 가는 부대와 거기서 돌아오는 부대가 하룻밤 묵어가는, 전선 부근의 또 다른 작은 도시쯤이었을 테죠. 또다시 그녀들의 삶은 더럽고 지친 군인들의 긴 대열로 채워졌을 겁니다. 군인들은 축축하고 고통스러운 전선의 온갖 비애를 그녀들에게 쏟아부었을 테지요."

<h1 style="text-align:center">8장</h1>

장군은 자신의 텐트 입구에 서서 잿빛 지평선을 바라보았다. 안개의 장막이 가파른 사면을 오르락내리락하며 이따금 어떤 부분을 감싸 안았다가 또 다른 부분들을 드러내 보이기도 했다.

묘지는 경계가 확실치 않았다. 주변을 구불구불 흐르는 시냇물이 사방의 흙을 침식해 저 아래 계곡 쪽으로 실어가버린 참이었다. 땅을 파야 할 곳에 작은 깃발들이 꽂혀 있었다. 간혹 이곳저곳에 사람들의 무리가 형성되면 장군은 그것으로 새로운 유해가 발굴되고 있다는 것을 알았다. 가장 젊은 인부가 스프레이를 갖다 대며 발굴된 유해에 소독제를 살포했다. 기사가 몸을 숙여 유골의 길이를 재는 동안 신부는 이름을 찾아내 작은 가위표를 쳤다. 어쩌다 신장이 기록과 일치하지 않으면 물음표를 추가했다.

무리가 흩어지지 않고 미적거릴 때면 장군은 생각했다. 유골의 키를 다시 재는 모양이군. 명단에 물음표 하나가 또 추가되겠어.

그러고 나면 스웨터 차림의 젊은 인부가 급히 텐트로 달려가 비닐 가방을 들고 나왔다. 테두리는 검고 흰 줄이 두 개 쳐진 예쁜 푸른색 가방이었는데, 주문 제작한 올림피아 상표였다. 기사는 길고 가느다란 손가락으로 집게를 들고는, 메달을 집어 철제 상자 속에 던져 넣었다.

어느 날 메달 소지 여부를 확인하는 부대 검열이 있었죠. 동료 병사 하나가 메달을 버렸다는 사실이 상부에 보고됐어요. 부관이 그의 전투복 상의 호크를 끌러 가슴을 헤쳐 보이게 하고는 물었죠. 메달은 어쨌나? 모르겠습니다, 잃어버렸나 봅니다…… 잃어버렸다고? 네놈이 내다버린 걸 내가 모를 줄 알아? 쓸모없는 놈! 너 같은 건 개죽음을 당할 거다. 아무도 네 시체를 알아보지 못할 거라고. 그런데도 사람들은 우릴 비난하겠지. 자! 걸어! 영창이다! 이틀 뒤, 그 병사는 다른 메달을 걸게 됐지요.

반대로 무리가 흩어지면 유해는 비닐 가방 안에 수습됐고 가방에 명단상의 번호와 군번이 기록된 라벨이 부착되었다는 뜻이었다. 그러고 나면 토목공이 가방을 직접 트럭까지 날라 왔고, 축축한 땅에 내리박히는 규칙적이고 희미한 곡괭이 소리가 다시 들려왔다.

졸음이 밀려왔다.

이번엔 누구를 발굴한 걸까? 묘지 한복판에 사람들이 다시 모여 선 것을 보자 장군은 궁금해졌다. 시신이 새로이 발굴될 때마다 장군은 응접실에 모여 있던 조용하고 우울한 수많은 얼굴들이 머릿속에 떠올랐다. 바닷가에서 휴가를 보내고 돌아온 직후, 악천후가 계속되던 날들이었다. 장군을 찾아온 사람들은 하나같이 그들의 친지에 대해 말했다. 이야기를 길게 늘어놓는 사람들이 있는가 하면 말수가 적은 축도 있었고, 사진을 한 아름 갖고 오기도 했다. 어린 시절 찍은 것이나 약혼식 사진, 아니면 친구들과 술집 테이블에 앉아 있는 사진 등 대부분 쓸모없는 사진들이었지만 말이다. 묵직한 편지 다발을 가져온 이들이 있었던 반면, 육군성에서 발송한 짤막한 전보 외에는 아무것도 없는 이들도 있었다.

장군은 외투로 추운 몸을 감싸고 북동쪽으로 시선을 돌렸다.

그곳 사거리에 집단 학살 희생자들의 위령비가 있었다. 버려진 낡은 물레방아 옆 실개천에서 찰랑대는 물소리가 들리는 곳이었다.

안개의 장막이 하나씩 걷힐 때마다 그는 흰 석판으로 덮여 우뚝 솟은 위령비가 모습을 드러내기를 기다렸다. 뒤쪽으로 어느 낡은 가옥의 내려앉은 아치문과 잔해, 검게 그을린 돌무더기가 보이기를, 더 멀리 마을 어귀로는 불에 타 버려진 물레방아와, 유일하게 불에 타지도 파괴되지도 않은 채 그 옆으로 흐르는 실개천을 볼 수 있기를 기다렸다. 비석 정면에는 어설프게 조합된 대문자로 다음과 같이 새겨져 있었다. 추악한 청색 대대가 이곳을 지나며 마을을 불태우고 주민들을 학살했다. 그들의 손에 여자들과 아이들이 살해당했고 남자들은 전신주에 매달렸다. 그렇게 죽어간 이들을 추모하며 이 위령비를 세운다. 마을은 저 아래 계곡으로 옮겨졌지만 전신주들은 같은 자리에 그대로 남아 있었다. 발치에 역청이 칠해지고 군데군데 비스듬한 버팀대가 떠받치고 있는

전신주들. Z대령이 손수 남자들을 매달았다고 하는 전신주들. 땅의
기복에 따라 높낮이가 조금씩 다르고, 예나 다름없이 전선들이 허공
을 가로지르고 있는 전신주들이었다.

그러나 이 전신주들 역시 안개의 장막에 가려져 있었고, 장군이 있
는 자리에서는 아무것도 보이지 않았다. 거대한 흰 천이 저 멀리 위령
비와 전신주, 낡은 물레방아와 반쯤 허물어진 아치문들 위로 마치 성
대한 개막식이 시작되기 직전처럼 펼쳐져 있었다.

"감기 드시겠습니다." 텐트 안으로 들어가던 신부가 말했다. "날씨
가 아주 습하군요."

장군이 그를 따라 들어갔다. 점심식사 시간이었다.

"일은 잘 마무리되었습니까?"

"네." 신부가 대답했다. "내일 마을 사람들이 와서 급류 저편 기슭
에서 작업하는 걸 도와주면 나흘 뒤엔 이곳을 떠날 수 있겠습니다."

"남자들이 오겠죠. 여자들은 안 올 겁니다. 묘를 여는 걸 불경한 일
로 여길 테니까요."

"어쩌면 여자들도 올지 모릅니다. 이 일에서 은밀한 만족감을 느낄
지도 모르죠."

"그렇지 않을 겁니다. 무덤 여는 일이 뭐 그리 즐거운 일이라고요."

"일종의 늦은 복수라고나 할까요."

장군이 어깨를 으쓱하자 신부가 말을 이었다.

"게다가 돈벌이가 되는 일이니까요. 우리가 보수를 충분히 주는 만
큼 마을 사람들도 우리 일을 하고 싶어 합니다. 며칠 일하면 작은 라
디오 한 대를 살 수 있으니까요. 정말 갖고 싶어들 하는 물건이거든

요."

"그런 것 같았습니다." 장군이 하품을 하며 대답했다. "이젠 텐트 생활도 진력이 나기 시작하는군요."

"날씨도 나날이 추워지고 있고요. 이 구역에 텐트를 치는 일은 이번이 마지막이었으면 좋겠네요."

"작업할 곳이 아직 한 군데 더 남은 것으로 압니다. 지금은 용도가 변경된 전략도로 근방의 산꼭대기 어디쯤입니다."

"그런가요?"

"네. 그 도로의 통제를 담당했던 군인들의 묘예요." 장군이 말했다. "이 작업은 내년으로 미루어야 할까요? 아직 결정을 못 내렸습니다. 이런 날씨에 거기까지 올라간다는 게 유쾌할 리 없죠."

그 순간 부릉대는 엔진 소리가 들렸다. 신부가 무슨 일인지 보려고 밖으로 나갔다.

"뭡니까?" 신부가 돌아오자 장군이 물었다.

"별일 아닙니다. 새 소독제를 갖고 왔군요."

장군은 보온용기들을 꺼냈다. 두 사람은 말없이 마른 음식으로 요기를 했다. 곧이어 장군은 야전침대 위에 몸을 뉘었다. 신부는 책을 들고 읽기 시작했다.

이 판국에 책이라니. 장군은 기괴한 물건을 보는 듯한 느낌이 들었다. 장군 역시 시도는 해보았지만 불가능했다…… 책 몇 권 가져가요. 출발 전날 아내가 조언을 해주었다. 슬픈 이야기 말고요. 피로를 풀어주는 책이 좋겠네요. 그럼 연애소설은 어떨까? 그가 웃으며 묻자 아내는 대답했다. 안 될 것도 없죠. 추리소설 같은 게 도움이 될 거예요!

신부는 대령의 미망인과 어떤 관계인 걸까? 장군은 비스듬히 늘어진 텐트 자락을 바라보며 생각했다. 정말 매력적인 여자였어! 그는 목덜미에 두 손을 꼈다. 시선이 향해 있는 천이 얼굴 위에서 조용히 흔들렸다. 비가 다시 내리기 시작했다. 하늘이 파랬지. 새파랬어. 그는 머리 위로 비스듬히 늘어진 연보라색 천을 응시하며 생각했다. 파란 하늘 밑에 서 있는 그 여자가 너무 예뻐서 흥분을 감추지 못하고 자문했었지. 왜 이런 여자들이 존재해야 하는 거냐고.

그 장면이 훨씬 먼 과거로부터 떠오르는 것 같은 느낌이 들었다. 불과 작년 8월의 일 같지가 않았다. 피로로 동공이 확대된 눈처럼 붉은 해가 뜨겁게 타오르던 오후 끝 무렵, 수평선 멀리 저녁의 색채들이 희미하고 아직은 불완전하게 아른거리던 시각이었다. 바닷가는 산책하는 사람들로 붐볐다. 그들 일행은 호텔 테라스에 앉아 지는 해와 배, 바다 위를 나는 갈매기들을 바라보고 있었다. 그곳에서 바라보는 석양은 날마다 감동이었다. 해가 바다 속으로 모습을 감추고 해안을 따라 호텔의 큼지막한 간판들과 그보다는 작고 세로로 긴 나이트클럽 간판들에 불이 들어오고 나서야 그들은 자리에서 일어나 아이들과 해변을 산책했다.

그날 오후 테라스는 만원이었고, 유리잔들에 반사된 햇살이 주홍빛으로 반짝였다. 무슨 말을 하고 있었는지는 기억나지 않았다. 저무는 해와 함께 소멸되는, 테이블 위 빈 병만을 남기고 사라지는 그런 흔한 내용이었으니까.

장군은 문득 옆 테이블의 누군가가 자신을 집요하게 주시하고 있다는 느낌을 받았다. 천천히 고개를 돌리는 순간 그 여자의 시선과 처음으로 마주쳤다. 잇달아 노부인과 한 남자, 또 다른 남자의 시선이 잡혔다. 이 사람들은 그를 두고 이야기하는 게 분명했다. 그들은 자기들끼리 고개를 끄덕이더니 다시 끈질기게 그를 바라보았고, 그사이 젊은 여자는 희미한 미소를 짓고 있었다. 잠시 뒤 두 남자 중 한 명이 불쑥 자리에서 일어나 다소 어색한 기색으로 다가와 말했다.

"장군님!"

그렇게 그는 Z대령의 가족을 알게 되었다. 그들이 이 해변에 온 것은 오직 장군을 만나기 위해서였다. 젊고 예쁜 여자는 대령의 미망인이었고, 노부인은 어머니, 두 남자는 사촌들이었다.

"장군께서 이 성스럽고 숭고한 임무를 맡으셨다고 들었습니다." 노부인이 말했다. "이렇게 뵙게 돼서 얼마나 기쁜지 모르겠습니다."

"그 일 때문에 저희가 여기 온 겁니다."

"전쟁이 끝날 때까지 줄곧 아들을 찾았어요." 노부인이 말을 이었다. "아들의 자취를 쫓아 세 차례나 사람을 파견했지요. 매번 빈손으로 돌아왔지만요. 네 번째 사람은 돈을 빼돌리고 사라졌어요. 그러던 참에 장군께서 그 나라에 가신다는 말을 듣고 다시 희망이 솟더군요. 그래요, 장군님, 저흰 이제 장군께 희망을 걸었습니다. 모든 희망을요!"

"최선을 다하겠습니다, 부인. 노력을 아끼지 않을 겁니다."

"참으로 젊고 미덕을 골고루 갖춘 아들이었죠." 노부인이 눈물을 글썽이며 말을 이었다. "군인의 자질을 타고났다고들 했어요. 조문 왔던 육군성 관리도 그렇게 말했고요. 너무나 큰 손실이었어요. 모두에게 아주 잔인한 손실이었죠. 하지만 제 아들이고 보니 누구보다 마음이 아픈 사람은 접니다. 물론 너도 그렇겠지만, 베티, 용서하렴……그 애가 알바니아에서 보름 휴가를 받고 집에 돌아와 있던 마지막 날들을 너도 기억하지? 단 보름이었어. 시간이 촉박했기 때문에 서둘러 너희 두 사람의 결혼식을 치렀지. 그 애는 몹시 중요한 직책을 맡고 있던 터라 그 저주받은 나라에서 더 오래 떠나 있을 수 없었어. 너도 기억하지, 베티?"

"네, 어머님, 어떻게 잊을 수 있겠어요?"

"그 애가 군복을 꿰어 입는 동안 넌 계단 위에서 흐느껴 울고 있었지. 난 널 안심시키려 했고, 나 역시 진정하려고 애썼어. 그때 갑자기 전화가 걸려왔어. 육군성에서 온 전화였지. 반시간 뒤면 비행기가 이륙한다고. 그 불쌍한 녀석은 계단을 부리나케 달려 내려가 우리 두 사람에게 입을 맞춘 뒤 떠나버렸어." 노부인은 이렇게 말한 뒤 장군을 돌아보며 덧붙였다. "아, 죄송합니다. 이렇게 감정을 주체하지 못하다니, 제가 너무 예민하죠. 늘 그랬거든요……"

이어지는 며칠 동안 그들은 서로를 더 잘 알게 되었고, 대령의 가족은 장군의 가족과 어울렸다. 함께 테니스를 치고 수영을 하고 요트를 탔으며, 밤에는 해안의 나이트클럽으로 춤을 추러 갔다. 장군의 아내는 새롭게 맺은 이 친분을 별로 달가워하지 않았지만, 평소처럼 도통 내색하지 않았다. 하지만 남편이 대령의 미망인과 수시로 물가를 산책하는 모습에 기분이 언짢았고, 이 여자에 대한 남편의 태도가 도통 마음에 들지 않았다. 한참 동안 둘이 무슨 말을 그렇게 하는 거죠? 대령에 대해선가요? 그게 전부예요?…… 그렇소. 대령에 대한 얘기요.

그러면 안 되오?…… 늙은 모친이 온종일 그런 이야길 한다면 모를까, 그 여자가 그러는 건…… 당신답지 않은 얘기요. 처지가 딱한 사람들이 내게 도움을 요청하고 있지 않소. 친절한 모습을 보여줘야지…… 아! 친절이라고요…… 왜 그런 식으로 빈정대는지 모르겠군. 죽음의 그림자가 하염없이 주위를 맴돌고 있는 때에 이런 일을 두고 빈정대는 건 옳지 않아요…… 알았어요, 알았어! 하지만 집착이 과해요. 20년 전에 죽은, 보름밖에 함께 살지 않은 남편한테 그렇게 집착하는 데는 한 가지 이유밖에 없겠죠…… 아, 당신이 무슨 말을 하려는 건지 알겠소. 늙은 백작부인의 재산, 유산을 말하는 거겠지. 됐어요, 그런 이야기는 더 듣고 싶지 않소. 내겐 대령의 유해를 찾아와야 할 임무가 있소. 나머지 일에 대해선 아무것도 알고 싶지 않아요!

그 후 베티가 난데없이 이틀 동안 자취를 감추었다. 다시 돌아온 그녀의 시선에는 엄청난 피로가 뒤섞인 냉랭한 기운이 감돌았다.

"어디에 있었습니까?" 호텔 앞에서 그녀와 마주친 장군이 물었다.

수영복 차림의 여자는 선글라스를 가면처럼 쓰고 있었다. 군종신부의 이름을 댈 때 햇볕에 그을린 그녀의 얼굴이 붉어지는 것을 장군은 놓치지 않았다.

그녀는 신부를 찾아가 아들의 유해를 찾는 데 각별히 신경을 써줄 것을 부탁해보라는 시어머니의 간청이 있었다고 했다. 그래서 신부를 만났고, 시어머니도 이젠 마음이 안정되었고 또……

하지만 장군은 상대의 말을 듣고 있지 않았다. 여자의 벗은 몸을 도취된 눈으로 바라보고 있었다. 이 여자와 신부의 관계를 두고 마음속에 처음으로 의문이 일었던 순간이기도 했다.

햇빛 가득한 날들이 그렇게 흘러갔다. 대령의 노모는 참모부의 최연소자였던 아들의 여러 미덕에 대해, 또 유서 깊은 자신의 가문에 대해 거드름을 피우며 쉴 새 없이 늘어놓았다. 베티는 가끔씩 해수욕장에서 사라지곤 했는데, 그녀가 그 멍하고 피로에 젖은 표정으로 다시 나타날 때마다 장군의 머릿속에는 동일한 의문이 떠올랐다.

그들 일행은 호텔의 널찍한 테라스에서 오후를 보내곤 했다. 그즈음 사교 관계를 맺게 된 영화배우 한 사람이 장군에게 말했다.

"장군님, 이 해변에서 장군님보다 더 기이한 사람은 없을 겁니다. 신비한 베일이 장군님을 감싸고 있어요. 이 찬란한 날들이 지나고 나면 그곳 알바니아로 시신을 수습하러 떠나실 거라 생각하니 온몸에 전율이 입니다. 장군님을 보고 있으면 고등학교 때 배운 어느 독일 민요시의 영웅이 떠오릅니다. 시인 이름은 잊어버렸지만…… 그래요, 정확하게는 무덤에서 일어나 달빛 아래 말을 달리는 영웅이지요…… 간혹 장군님이 밤중에 제 방 창문을 두드릴 것 같은 기분이 들어요. 아, 정말 소름끼치는 일이에요!"

장군은 얼빠진 사람처럼 웃음을 터뜨렸지만, 함께한 일행은 황홀한 표정으로 일몰을 바라보고 있었다. 대령의 어머니는 줄곧 아들 이야기만 하며 같은 말을 되풀이했다.

"지상의 모든 아름다운 것들에 얼마나 예민하게 반응하는 아이였다고요!"

그러면서 노모는 손수건으로 눈물을 훔쳤다.

베티는 변함없이 매력적이고 신비로웠고, 하늘도 변함없이 파랬다. 때때로 수평선 여기저기에서 비를 가득 머금은 먹구름이 일어나 동쪽으로 떠갔다. 알바니아가 있는 쪽으로……

　장군은 자리에서 일어났다. 텐트 안에는 아무도 없었다. 천 위로 떨어지는 빗물 소리는 더 이상 들리지 않았다. 다시 작업이 시작된 것 같았다. 그는 밖으로 나왔다. 흙더미가 여전히 짙은 안개에 묻혀 있었다. 나지막이 나는 참새들을 잠시 눈으로 좇고 있었는데, 순간 안개의 장막이 북동쪽으로 움직이고 있다는 느낌이 들었다. 위령비가 서 있는 곳이었다. 전선이 허공을 가로지르고 있는 전신주들과 함께.

9장

신부는 석유램프에 불을 붙여 작은 탁자 위에 놓았다. 비스듬히 드리워진 텐트 자락 위에 그와 동료의 그림자가 반으로 꺾여 흔들렸다.

"어휴, 매서운 추위네요! 빌어먹을 습기가 뼛속까지 스며드는군요."

장군의 푸념에 신부는 통조림을 따면서 말했다.

"내일까지만 잘 버티면 될 겁니다."

"벌써 내일이었으면 좋겠군요. 여기서 달아나고 싶으니까요. 미개인처럼 사는 것도 이젠 지긋지긋합니다. 목욕을 하고 싶은 마음도 간절하고."

"날씨가 이렇게 춥지만 않아도 좋겠죠."

"여름에 했어야 할 작업이에요."

그럴 수 없는 일이었다는 것을 장군도 잘 알고 있었다. 하지만 이렇게라도 울적한 심정을 토로하고 나면 기분이 나아지는 느낌이었다.

"이런 일을 하기에 알맞은 날씨는 아닙니다." 신부가 말했다. "당시에 협상이 너무 지연됐어요. 정부 간 교섭이라는 게……"

"차라리 악마의 교섭이라 해두죠."

장군은 묘지의 상세도를 탁자 위에 펼치고는 연필로 몇 군데 표시를 했다.

"우리와 같은 작업을 하는 그 두 사람은 어디 있을까요?" 신부가 물었다.

"아직 그 경기장에서 발굴 작업을 하는 중인지 모르죠."

"그 사람들에겐 쉽지 않은 일일 겁니다. 계획성이 전혀 없어 보이더군요."

"그에 비하면 우린 만사가 순조롭죠. 우리보다 더 최신식일 수는 없을 겁니다!" 신부가 대답을 않자 장군이 덧붙였다. "몰골이 아주 흉하긴 하지만 말입니다!"

텐트 밖 칠흑 같은 어둠 속에서 노랫소리가 들려왔다. 처음엔 낮고 희미하던 목소리가 점점 더 커지더니, 가을저녁 비바람처럼 텐트에 닿아 흩어졌다. 새로운 무게를 감당하지 못한 천 위로 전율이 훑고 지나가는 것 같았다.

"인부들이 노래를 부르는군요." 장군이 지도에서 눈길을 들면서 말했다.

두 사람은 잠시 귀를 기울였다.

"알바니아 일부 지역에선 흔한 일입니다." 신부가 입을 열었다. "서너 명만 모여도 곧 합창이 시작되거든요. 오래된 관습이지요."

"토요일 저녁이라 노래를 부르는 건 아닐까요?"

"그럴 수도 있겠죠. 게다가 오늘이 품삯을 받는 날이거든요. 지나가는 농부한테서 분명 라키 한 병을 샀을 겁니다."

"가끔씩 술잔 기울이기를 즐긴다는 건 저도 눈치 챘습니다." 장군이 말했다. "사실 지금 하는 일에 지쳐 있기도 하겠죠. 집을 떠나온 지도 벌써 오래고."

"저들은 술을 마시면 보통 이야기를 나누곤 합니다. 제일 나이 많은 인부가 전쟁에서 있었던 일화들을 들려주더군요."

"유격대원이었나 보죠?"

"그랬을 겁니다."

"그렇다면 이 일을 하며 그 시절을 다시 살고 있는 셈이겠군요."

"그럴 테지요. 이런 때에 노래를 부른다는 건 이 사람들에게는 영혼의 욕구와도 같은 겁니다. 옛 시절의 군인에게 과거의 적을 무덤에서 꺼내는 일보다 더 만족스러운 일이 있을까요?"

노래가 길고 나른하게 이어지는 동안 반주와도 같은 합창이 선율을 부드럽게 감쌌다. 마치 따뜻한 외투가 어둡고 습기 찬 밤으로부터 선율을 보호해주는 것 같았다. 그러다 합창이 사라지고 그 한복판에서 한 줄기 목소리가 솟구쳤다.

"그 사람이군요." 장군이 말했다. "들리세요? 어떤 노래인가요?"

"오래된 군가입니다." 신부가 대답했다.

"장중한 노래군요. 가사가 들리십니까?"

"물론이죠. 아라비아 사막에서 죽은 알바니아 병사에 관한 노래입니다. 나라가 터키의 지배를 받던 시절 알바니아인들은 제국의 영토

중에서도 아주 외진 지방에서 군 복무를 해야 했거든요."

"아, 전에 한 번 말씀하신 적이 있습니다."

"원하시면 가사를 옮겨보겠습니다."

"기꺼이 듣겠습니다."

신부는 잠시 말을 멈추고 주의 깊게 노래를 경청했다.

"그대로 옮기기는 어렵습니다만, 대략 내용은 이렇습니다. '그곳에서 내가 목숨을 잃었다오, 친구들이여, 아라비아 벽지에서……'"

"그러니까 사막을 배경으로 한 노래군요." 장군이 꿈을 꾸는 듯한 목소리로 말했다. 기억 속에서 모래밭이 반짝이는 카펫처럼 끝없이 펼쳐졌다. 25년 전 부관의 군복을 입고 그랬듯이 그는 이 카펫 위로 발걸음을 떼어놓았다.

신부는 계속해서 가사를 옮겼다.

"'내 어머니께 가서 안부를 전해주오. 검정 수소를 팔라고 말해주오……'"

바깥에서는 노랫소리가 끝없이, 끝없이 이어지고 있었다. 당장이라도 끊어질 성싶다가 곧 다시 이어졌고, 반주처럼 따르는 부드러운 합창 속에 감싸이는 것 같다가 비스듬한 텐트 자락에 와 부딪쳤다.

"'어머니가 나에 대해 묻거든……'"

"어머니가 물으면 뭐라 대답해야 한답니까?"

신부는 잠시 더 귀를 기울이다 대답했다.

"대충 이런 내용이군요 '어머니가 묻거든 아들은 세 명의 아내를 맞았고, 결혼식에 수많은 사람이 초대되었다고 전해주오.' 바꿔 말하면 세 발의 총탄을 맞았고, 무수한 까마귀 떼가 시신 위로 날아들었다는 의미입니다."

"정말 끔찍한 내용이군요!"

"제가 미리 말씀드리지 않았습니까."

밖에서는 노랫소리가 용수철처럼 팽팽하게 늘어났다 끊어졌다.

"곧 다시 부를 겁니다. 한번 시작하면 좀처럼 그만두지 못하는 사람들이니까요."

신부의 말대로 단조로운 노랫소리가 이웃 텐트에서 다시 들려왔다. 늙은 인부의 찢어질 듯 비통한 목소리가 솟구치는가 싶더니 다른 목소리가 그 소리를 받았고, 잇달아 여러 명의 노랫소리가 긴 외투처럼 선율을 감싸 조화롭고 숭고한 분위기를 만들어내며 어둠 속에 울려 퍼졌다.

두 사람은 한참 동안 잠자코 귀 기울이고 있었다.

"이번 노래는 주제가 뭡니까?" 마침내 장군이 물었다.

"2차 대전입니다."

"일반적인 전쟁 이야기인가요?"

"제가 듣기엔, 우리 군대에 포위당한 뒤 죽음을 맞은 한 공산주의자에 관한 노래예요. 그 사람에게 바치는 노래죠."

"혹시 탱크를 향해 돌진했다던 그 청년 아닌가요? 두세 군데서 흉상이 보이던……"

"아닌 것 같은데요. 노래를 더 들어보면 알겠죠."

이웃 텐트에서 다시 노랫소리가 들려왔다.

"한없이, 한없이 가라앉는 이들 노래에는 비통한 무언가가 있네요……" 장군이 생각을 털어놓았다.

"그렇습니다. 정말로 비통한 노래죠. 지난 세대의 원초적인 목소리예요."

"저로선 듣는 것만으로도 전율이 입니다. 공포스럽다는 게 맞겠군요."

"민간에서 전해 내려오는 이들의 영웅담이 모두 그렇습니다." 신부가 말했다.

"이 사람들이 노래로 말하려는 게 무언지는 악마만이 알 테지요. 땅을 파고 들어가기는 어렵지 않지만 이들의 영혼을 꿰뚫어보는 건 어림없는 일입니다!"

장군의 말에 신부는 아무 답변도 하지 않았다. 텐트 안에 한참 동안 침묵이 감돌았다. 바깥에서는 조금 전의 선율들처럼 노랫소리가 계속 이어졌다. 장군은 이 소리들이 사방에서 포위해 들어오는 듯한 느낌을 받았다.

"한참을 계속할까요?" 장군이 물었다.

"전들 알겠습니까? 새벽까지 계속할지도 모르죠."

"잘 들어두세요. 노래 속에 혹 우리에 대한 언급이 나오면 메모해두시고요."

"물론입니다." 신부는 이렇게 말한 뒤 손목시계를 흘긋 내려다보며 덧붙였다. "시간이 많이 늦었군요."

"잠이 오질 않습니다. 술이라도 한잔하죠. 우리도 노래하고 싶은 생각이 들지 모르잖습니까!"

신부는 술은 마시지 않는다는 의미로 어깨를 으쓱했다.

장군은 아쉬운 표정으로 고개를 저었다.

"술을 배우는 데 이보다 더 좋은 기회는 없지 않겠습니까. 겨울, 산 중의 텐트, 고독……"

바깥에서 노랫소리가 고조되었다 작아지는가 싶더니 다시 커졌다. 장군은 가방에서 술병을 꺼냈다.

"섭섭하군요. 그럼 혼자 마시겠습니다." 그는 잔에 술을 부었다. 장군의 길쭉한 그림자가 텐트 안쪽 자락에서 이리저리 흔들렸다.

신부는 잠자리에 들었다.

장군은 연거푸 두 잔을 가득 부어 마신 다음 석유 버너에 불을 붙여 커피포트를 올려놓았다. 이미 오래전부터 혼자 있을 때는 스스로 커피를 끓이는 습관이 들어 있었다. 그날따라 커피 맛이 썼다.

장군은 멍한 상태로 잠시 팔짱을 끼고 앉았다가 텐트 밖으로 나와 입구에 서 있었다. 가랑비가 쉴 새 없이 내리고 있었다. 밤이 너무나 어둡고 고요해 마치 딴 세상에 와 있는 기분이었다. 토목공들의 노래는 몇 분 전에 그쳤지만, 노래가 다시 시작될지 모른다는 왠지 모를 두려움이 엄습해왔다.

과연 잠시 뒤 어둠 속에서 노랫소리가 화살처럼 다시 솟구쳤다. 늙은 토목공의 목소리가 동료들의 목소리에서 분리되어 점점 크게 들렸다. 목소리는 뚝 그쳤다가 잠시 머뭇거리는가 싶더니 느닷없이 갈라져 작아지면서 다른 목소리들 사이로 사라져갔다. 아궁이의 잉걸불 사이로 튀는 불똥처럼.

멀리서 섬광이 번쩍이며 일순간 저 밑에 자리한 흰 텐트를 환히 비추었다. 그 옆 경사지에 비스듬히 서 있는 트럭이 당장이라도 아래로 굴러 떨어질 것 같았다. 그러나 이 모두가 다시 어둠 속에 잠겼다.

장군은 의미를 파악하려고 애쓰며 노래에 귀 기울였다. 다른 노래들처럼 슬프고 엄숙한 분위기가 감도는 노래였다. 영원히 안녕, 안녕……

죽은 동지들을 추억하는 노래인가? 이곳으로 떠나오기 전 그를 만나러 왔던 방문객들도 알바니아인들이 종종 동지들에게 노래를 바친다는 말을 했었다. 저 늙은 인부가 머릿속으로 무슨 생각을 굴리고 있는지 누가 안단 말인가? 이곳저곳의 묘를 파며 과거의 기억을 상기시키는 전쟁의 유물들을 거두고 있으니…… 나를 혐오할 게 분명해. 그의 눈에서 증오를 읽을 수 있었다. 불가피한 일인지도 몰랐다. 그들은 한 멍에에 매인 두 마리 수소처럼 이 노역에 매인 치명적인 적들이었다. 한 사람은 검었고, 다른 한 사람도 똑같이 검었다. 그러나 한 사람의 기쁨은 다른 사람의 슬픔이었다. 그는 일주일에 엿새를 일하고 이레째 되는 날은 노래를 불렀다. 하지만 엿새 동안 같은 일을 했어도 장군은 마지막 날 노래를 부르고 싶지 않았고, 부를 줄도 몰랐다.

그는 죽은 군인들을 거두러 다니는 이 일은 어떤 노래로 묘사될 수 있을지 잠시 상상해보려 했다. 그러나 곧 우울한 얼굴로 고개를 저었다. 그런 노래는 있을 수 없었다. 공포스러운 울부짖음이라면 모를까.

10장

장군은 날이 새기까지 남은 몇 시간 동안 선잠을 잤다.

그는 언 땅에서 텐트의 말뚝을 걷어내느라 여념이 없는 인부들의 목소리에 잠이 깼다. 그들은 젖은 텐트를 삽과 곡괭이, 커다란 상자들이 실린 트럭에 던져 넣었다.

운전수들은 차 엔진을 덥히기 위해 시동을 걸어두고 있었다.

신부가 먼저 일어나 커피를 준비했다. 버너에서 물이 보글대며 끓고 있었다. 장군은 그 기분 좋은 소리에 귀를 기울였다. 깜박이는 작은 불꽃들이 때때로 그의 얼굴을 비추었다. 텐트 입구로 희미한 새벽빛이 새어 들어오고 있었다.

장군은 문득 집이 그리워졌다.

장군이 신부에게 아침 인사를 건네자 신부도 답했다.

“일어나셨습니까? 잘 주무셨나요?”

“아뇨. 잠을 설쳤어요. 밤사이 아주 춥더군요. 특히 자정이 넘어서 니……”

“저도 추위에 떨었습니다. 침대로 커피를 갖다드릴까요?”

“그러면 좋죠. 고맙습니다.”

신부가 잔에 커피를 따랐다.

잠시 후에 두 사람은 텐트에서 나왔다. 인부들은 벌써 텐트를 걷을 준비를 하고 있었다. 비는 멎었지만 땅이 흠뻑 젖어 있었고, 넓은 묘지 안 여기저기 아가리를 벌린 구덩이들은 흙으로 절반쯤 메워진 상태였다.

동쪽 하늘에 높이 뜬 구름 뒤로 희끄무레한 반점 같은 해가 간간이 빛을 발하며 지평선 위로 솟아오르고 있었다.

차 안이 더워 장군은 졸기 시작했다.

두 시간도 넘게 달렸을까, 운전수가 갑자기 차를 세웠다.

차창에 서린 김을 닦아내자 도로 한복판에 어린 농부 하나가 보였다. 몸에 꽉 끼는 검은색 옷을 입은 소년은 장군 일행이 탄 차를 향해 팔을 내밀고 있었다. 트럭이 차 몇 미터 뒤에서 끼익 소리를 내며 멈춰 섰다.

운전수가 차 문 밖으로 머리를 내밀며 소리쳤다.

“자리가 없다, 애야!”

그러나 소년은 손으로 길가를 가리키며 빠른 소리로 무어라 말했다.

“누구죠?” 신부가 물었다.

장군은 더 자세히 보려고 차창을 내렸다. 길가에 검은 외투를 어깨에 두른 늙은 농부가 커다란 돌 위에 앉아 있는 모습이 보였다. 그의 앞길에 관이 하나 놓여 있고, 차도를 따라 몇 발짝 떨어진 곳에 진흙투성이 당나귀 한 마리가 꼼짝 않고 서 있었다.

"무슨 일일까요?"

장군이 묻자 신부가 받았다.

"저도 모르겠습니다. 곧 알게 되겠죠."

기사가 트럭에서 내려 두 농부와 이야기를 나누었다. 노인이 손수건을 툭툭 털며 힘겹게 몸을 일으켰다. 기사가 차 문으로 다가오자 장군이 물었다.

"뭡니까?"

"군인의 유해랍니다."

"우리 쪽 군인인가요?"

"네." 기사가 관을 가리키며 말했다. "살해당했을 당시 이 농부의 집에서 일하고 있었답니다."

장군이 차 문을 열고 차에서 내렸다. 신부도 따라 내렸다.

"무슨 말인지 모르겠군요." 농부 곁으로 다가선 신부가 이렇게 말하자 기사가 설명해주었다.

"저 사람 밑에서 방앗간 일을 하다 거기서 살해당했대요."

"그렇다면 탈영병이겠군요."

기사가 농부에게 물어 다시 확인을 했다.

"탈영병이 맞네요."

장군은 마지막 몇 마디를 듣지 못한 채 근엄한 모습으로 천천히 일행 쪽으로 다가갔다. 알바니아 농부들 앞에 설 때마다 그는 이런 태도를 유지하려고 애썼다.

"무슨 일입니까?" 장군이 물었다.

춥고 우울한 날들과 산중에 세워졌던 텐트가 이제 과거의 일이 된 데다 새 군복까지 말쑥이 차려입고 있으니 장군은 권위가 한껏 되살아나는 느낌이었다.

바싹 여원 얼굴에 피곤해 보이는 회색 눈. 농부는 느릿느릿 담배쌈지를 꺼내 파이프를 채운 뒤 부싯돌로 불을 붙였다. 부싯깃처럼 메마른 노인의 다갈색 손가락에 장군의 시선이 멎었다. 큼직한 양손이 아직 튼튼해 보였다. 소년은 경이감 가득한 휘둥그런 눈으로 장군 앞에 꼼짝 않고 서 있었다.

"세 시간 전부터 예서 기다리고 있었소." 농부가 말했다. "동이 트기 전에 집을 나섰으니까. 당신네가 이 도로를 지나간다는 말을 어제 사람들에게서 듣고 손자 녀석과 함께 여기 와 기다리기로 마음먹었지. 기다리는 동안 차를 여러 대 세워 물어보았는데 운전수들이 하나같이 시신을 이송하는 차가 아니라더군. 개중에 둘은 날 미친 사람으로 여기기까지 했소."

"직접 시신을 매장했습니까?" 장군이 물었다.

"그렇소. 나 말고 또 누가 그 일을 했겠소? 우리 집에서 살던 사람인데."

"아, 댁에서 살았군요…… 그 사람과 대체 어떤 사연이 있었던 겁니까? 정규군 소속 병사가 노인 양반에게 무슨 볼일이 있어서. 어쩌다 댁에 머무르며 적응할 생각을 하게 됐을까요? 노인 양반은 농부가 아닙니까?"

　기사가 장군의 물음을 대충 통역해 농부에게 전달했다.

　농부는 입에 물고 있던 파이프를 빼들고 장군을 똑바로 바라보며 말했다.

　"우리 집 머슴이었소. 누구라도 증인이 되어줄 거요."

　장군은 눈살을 찌푸렸고 모욕당한 사람처럼 얼굴이 벌게졌다. 이제야 사정이 이해되었다. 그는 감히 그런 말을 하다니 운이 좋은 줄 알아! 하는 표정으로 방앗간 주인을 흘끔 쏘아보았다. 그러고는 신경질적으로 담배에 불을 붙이다 성냥 두세 개비를 부러뜨렸다.

　"머슴이라기보다는…… 탈영하여 알바니아 사람들의 집에서 농사일을 거든 병사들 중 하나였나 봅니다."

　신부의 설명에 장군은 얼굴을 찡그렸다.

　"이름이 뭐였습니까?" 기사가 물었다.

　"모르오." 농부가 대답했다. "우린 그냥 '군인'이라고 불렀으니까. 그게 마지막까지 남은 이름이오."

　"언제 시신을 다시 파냈습니까?"

　"그저께요. 당신들이 유해를 수습하러 왔다는 말을 듣고 시신을 파내 당신들 손에 넘겨야겠다고 마음먹었지. 그 불쌍한 사람이 고국에 묻히는 편이 나을 것 같아서."

　"혹시 시신에서 메달이 나오지 않았나요?"

　"메달이라니?" 방앗간 주인이 놀란 얼굴로 되물었다. "그 사람, 훈장 같은 거 받을 위인이 못 돼요. 일이라면 따라갈 자가 아무도 없었지만 전쟁은 젬병이었으니까!"

　"아뇨, 할아버지. 훈장을 말하는 게 아닙니다." 기사가 미소를 지으며 말을 가로막았다. "성모님의 모습이 새겨진, 동전처럼 생긴 물건이 에요."

농부는 어깨를 으쓱했다.

"그런 건 못 봤소. 유골을 내 손으로 하나하나 거두었지만 그런 건 없었소."

"잘하셨습니다. 진정한 그리스도인답게 의무를 이행하셨군요." 신부가 말했다.

"나 말고 누가 그 일을 맡겠소? 당연히 해야 할 일을 한 거요."

"이 군인의 어머니를 대신해 감사드립니다."

노인은 신부를 상냥하고 너그러운 사람이라 판단했던지 그에게 다가와서는, 털가시나무로 엉성하게 짜 맞춘 관을 가리키며 말했다.

"어제 저 관을 만들었소. 오늘 아침 날이 새기 전에 저 애와 함께 집을 나섰다오. 방앗간에서 대로까지 오느라 아주 고생했지. 무릎까지 흙탕에 빠지곤 했으니까. 당나귀도 두 차례나 넘어졌어요. 저 꼴 좀 보시오! 일으켜 세우기가 여간 어렵지 않았어!"

신부는 주의 깊게 들었다.

"그런데 저 군인은, 어르신이 죽였나요?" 갑자기 신부가 노인을 빤히 바라보며 조용한 목소리로 물었다.

농부는 깜짝 놀라 턱 막힌 숨통을 트려는 듯 입에 문 파이프를 빼들었다. 그러고는 웃음을 터뜨렸다.

"제정신으로 하는 말이오? 내가 그 사람을 왜 죽여요?"

신부도 따라 미소를 지었다. 있을 수 있는 일이지요, 라고 말하는 듯이.

방앗간 주인은 딱히 누군가에게 눈길을 주지 않은 채 이야기를 간추려 들려주었다. 잊을 수 없는 가을 어느 날, 그 군인이 보복 부대인 청색 대대의 손에 어떻게 살해당했는지를. 그러고 나서 신부의 질문이 다시 떠올랐는지 생각에 잠긴 눈빛으로 기사에게 조용히 물었다.

"여보게, 왜 나한테 저런 말을 하는 건가?"

"외국인들이라 그렇습니다, 할아버지. 우리와는 관습이 다른 사람들이죠."

"그 고생을 해서 예까지 먼 길을 걸어왔는데……"

"마음 푸세요, 할아버지." 관을 실으려고 트럭에서 내려 서 있던 한 인부가 말했다. "이제 작별 인사 드리고 다시 출발해야겠네요."

늙은 농부가 기사와 이야기를 나누는 사이 시에서 파견한 인부들이 관을 들어 올려 트럭에 실었다. 차에 다시 오르려던 장군이 갑자기 뒤를 돌아보며 기사에게 물었다.

"보상금을 요구했소?"

기사가 얼굴을 붉히며 외쳤다.

"아닙니다!"

"그럴 권리가 충분히 있어요. 원하는 액수를 기꺼이 지불하겠습니다."

"하지만 아무것도 요구하지 않았어요!"

장군은 농부에게서 받은 모욕을 조금이나마 되갚을 기회를 포착했다 싶어 고집을 꺾지 않았다.

"그래도 우리가 보상해드리고 싶어 한다는 말을 전해주시오."

기사가 망설이고만 있자 신부가 나서서 상냥한 목소리로 농부에게 말했다.

"어르신께서 치른 노고를 저희가 보상하고 싶습니다. 얼마쯤이면 만족스러우실 만한 액수일까요?"

방앗간 주인은 눈살을 찌푸리며 고개를 들더니 딱 잘라 말했다.

"아무것도 원치 않소."

"그래도 고생하셨잖습니까. 시간과 장비를 많이 들이셨을 텐데……"

"아무것도 필요 없어요." 농부가 같은 말을 되풀이했다.

"하지만 오랫동안 이 군인의 생계를 책임지셨을 테니 그걸 계산해드리는 건 어떨까요."

농부는 파이프를 흔들며 이 말을 받아쳤다.

"나도 그에게 빚을 졌소. 마지막 급료를 주지 않았으니까. 혹시 그걸 당신들이 받으려는 건 아니오?"

그러고는 돌아서서 당나귀가 있는 곳으로 걸어갔다.

차가 출발하자 소년이 노인의 귀에 대고 무어라 중얼댔고, 그러자 노인이 곧 차를 향해 손을 흔들어대며 외쳤다.

"기다리시오, 젠장, 잊어버릴 뻔했군! 당신들에게 전달해야 할 그 사람 물건이 아직 있소." 노인은 외투 속을 더듬었다.

"돈을 요구하는 겁니다." 노인이 손짓하는 것을 보면서 장군이 말했다. "그것 보세요! 그럴 줄 알았습니다."

"무슨 일입니까?" 기사가 차에서 내려 물었다.

"공책이오." 노인이 말했다. "그 사람이 거기다 종종 무언가를 쓰곤 했어요. 받으시오!"

기사가 손을 내밀어 공책을 받아 쥐었다. 글자가 빽빽이 채워진 평범한 연습장이었다.

"분명 그 사람 유언이 들어 있을 거요. 그렇지 않다면 당신들에게 이걸 전할 필요도 없었겠지. 그 가엾은 청년이 그 안에 무얼 끼적댔는지 누가 알겠소? 누군가에게 염소나 양을 물려준다는 말이 적혀 있는지도 모르지. 난 물어볼 생각도 없었다오. 하지만 그런 것들이 있었다 한들 늑대들이 먹어치우지 않았겠소?"

"고맙습니다. 이제 그의 이름을 알 수 있게 되었군요."

기사가 말하자 노인이 받았다.

"우린 모두 '군인'이라고 불렀어요. 이름이 뭔지 아무도 물어볼 생각을 못 했어. 자, 그럼 가시오. 몸조심들 하시고!"

"또 일기장이군요." 장군이 기사의 손에서 넘겨받은 공책을 들척이며 말했다. "이제 모두 몇 개가 됐습니까?"

"여섯 개째네요." 신부가 대답했다.

차량이 차례로 움직였다. 고개 돌린 장군의 눈에 늙은 농부의 모습이 보였다. 농부는 그들 쪽을 바라보며 잠시 꼼짝 않고 서 있었다. 그러고는 돌아서서 당나귀를 몰며 손자와 나란히 다시 길을 떠났다.

<h1 style="text-align:center">11장</h1>

장군은 차 안 깊숙이 몸을 웅크리고 앉았다. 달리 할 일이 없어 공책을 펼쳤다. 그들이 찾아낸 일기장이 대부분 그렇듯 첫 장은 찢기고 없었다. 하지만 남아 있는 처음 몇 줄을 읽어보니 빠진 건 그래봐야 몇 문장뿐이라는 것을 알 수 있었다. 그러니까 첫 장의 대부분을 신상 기록으로 채워놨는데, 나중에 일기의 주인이 마음을 바꾸어 그 장을 찢어낸 게 분명했다.

장군은 일기를 읽어나갔다.

아무도 이 일기에 손을 대지 못하도록 하는 게 중요한데, 이곳에선 그럴 위험이 거의 없다. 방앗간 주인 가족은 글을 읽지 못하는 데다 우리말을 모르는 사람들이다.

어젯밤 내가 공책을 무릎 위에 펼쳐둔 것을 보면서 방앗간 주인이 물었던.

"거기 무얼 쓰고 있나, 군인?"

이곳에선 모두 나를 군인이라 부른다. 아무도 이름을 물을 생각을 하지 않는다. 방앗간 주인의 아내도, 부부의 외동딸인 크리스티나도 그렇게 부른다. 아마 이 딸이 처음 나를 그렇게 불렀던 것 같다. 우리 대대가 유격대원들에게 쫓겨 달아나던 날, 난 덤불 속에 총을 버리고 혼신을 다해 숲을 가로질렀다. 수로를 따라 달렸는데, 그렇게 하면 반드시 인가가 나온다는 걸 알았기 때문이다. 내 생각은 적중했다. 수로는 이 물레방아에 물을 대주는 도랑이었다. 내가 문 쪽으로 다가가는 순간, 이 알바니아 아가씨가 커다란 개 한 마리를 달래다 깜짝 놀라 소리를 질렀다. "아빠! 군인이에요!"

그렇게 그날부터 난 농장의 머슴으로 새 삶을 시작하게 되었다. 때때로 나 자신도 이해할 수 없는 일이긴 하다. '강철 사단' 군인인 내가 어쩌다 알바니아의 방앗간에서 종노릇을 하는 지경이 되었을까. 어떻게 이곳 농부들이 쓰는 흰 모자를 머리에 얹고 다니게 된 걸까.

"자네가 내 일을 도와주면 숙식은 물론 안전까지 보장받을 수 있을 거야. 난 이제 늙어서 힘이 드는 일은 할 수가 없어. 하나밖에 없는 아들은 숲 속에 숨어 있네. 한 가지 경고해두네만, 바보짓은 용납 못 해. 그런 짓을 하면 곳간 들보에 목을 매달아버리겠어!"

그것이 우리 두 사람이 맺은 약정이었다.

그로부터 한 달이 지났고, 난 이제 산더미처럼 많은 일을 해내고 있다. 숲에서 나무를 하고, 물레방아가 도는 개울을 청소하고, 지붕의 기와를 손보고, 톱니바퀴에 기름을 치고, 포대를 채우거나 비우는 등등.

부대원들과 가족들은 모두 내가 죽었다고 생각할 거다. '강철' 전사였던

내가 이런 모자에다 온몸에 밀가루를 뒤집어쓰고 있는 걸 본다면 어리둥절
해하다가 종내 배꼽을 잡고 웃을 테지.

2월 25일

날씨가 몹시 춥다. 온종일 바람이 어찌나 심하게 부는지 방앗간이 당장이
라도 송두리째 뽑혀나갈 것만 같다. 일도 거의 없다. 워낙에 혹한이다 보니
옥수수나 보리 한 자루 빻겠다고 방앗간까지 길을 나설 엄두를 내는 농부가
거의 없기 때문이다. 올해 들판은 황량하기만 하다. 어찌어찌 여기까지 온
마을 사람들에게서 끔찍한 이야기들을 듣게 된다.
바람이 윙윙댄다. 밤낮을 가리지 않고. 세상이 온통 바람뿐인 것 같다.

1943년 3월

방앗간 주인은 내게 잘 대해주는 편이다. 어제는 바람에 손상된 지붕 한
쪽을 수리했는데, 방앗간 주인은 아주 흡족해하며 말했다.
"군인, 자넨 손재주가 있어." 그러고는 나를 머리부터 발끝까지 재어본
뒤 장난스러운 목소리로 덧붙였다. "자네가 해낼 수 없는 일은 전쟁뿐인 것
같군!"
난 귀까지 빨개졌다. 내가 탈영병이라는 사실을 처음으로 일깨워준 말이
었기 때문이다.

그 순간 주인이 내 어깨를 툭 치며 웃는 얼굴로 다시 말했다.

"언짢아하지 말게. 그냥 한 말이니까."

이 말이 온종일 머릿속을 맴돌았다. 이곳 사람들은 용맹을 높이 사고 겁쟁이들을 경멸한다. 한데 내가 이런 겁쟁이라는 인상을 심어주다니. 키가 1미터 82센티나 되는 크고 건장한 사내인 내가!

저들이 날 비겁자로 본다면 못내 서운할 것 같다. 무엇보다 크리스티나 앞에서 부끄럽겠지. 크리스티나는 열일곱도 채 안 된 아가씨인데, 그녀를 볼 때마다 가슴속이 바람 빠진 튜브처럼 허전해지는 걸 느낀다. 정말 그렇다!

오후

놀라운 일이다! 숲에 나무하러 갔다 돌아오는데 방앗간 앞 문간에 한 남자가 앉아 있는 게 보였다. 난 걸음을 늦추며 귀를 기울였다. 남자는 고국의 노래를 휘파람으로 불고 있었다. 다가가 보니 그가 입은 누더기에 군복의 흔적이 남아 있었다. 난 소리를 질렀다.

"여보게, 친구!"

우리는 서로 포옹을 한 다음 문간에 함께 앉았다.

우리는 순식간에 상대에게 모든 이야기를 털어놓았다. 어느 부대에 있었는지, 탈영 후 무슨 일이 있었는지, 지금은 어떻게 지내고 있는지 등. 그는 인근 마을의 농부인 '주인'과 함께 옥수수를 빻으러 온 참이었다. 몇몇 징후로 미루어 '영화', 즉 전쟁은 곧 막을 내릴 거라고 그가 말했다. 우리가 왜 도망쳤는지 아무도 따지고 들지 못할 테며, 오히려 우리 쪽에서 이 '영화'에 우리를 투입한 이들에게 해명을 요구하게 될 거라고. 우리처럼 알바니아 농부들 밑에서 일하는 군인이 한둘이 아니라는 사실도 귀띔해주었다. 소를 먹이는 일에서 유모처럼 어린아이를 흔들어 재우는 일까지, 그가 자신이 하는 일을 털어놓았을 때에는 함께 웃음을 터뜨렸다.

"여자들에 대해서만 절제하면 돼. 알바니아인들은 명예에 예민하거든. 여자들을 건드리면 절대 가만 안 둘 거야. 하지만 이 문제에 관한 한 자네는 별문제가 없어 보이는군." 이렇게 말하며 그는 장난기 섞인 눈짓을 했다. "방금 전에 이 집 딸을 봤거든. 근사하던데!"

"미쳤군! 상상도 못 할 일이야. 위험한 일이라고 자네도 말하지 않았나."

"그래, 그래. 그렇게 말했지. 하지만 여긴 사정이 다른 것 같군. 아름답고 조용한 곳이야. 정말이지 스위스에 와 있는 기분이야."

방앗간 안에서 방아가 곡물을 빻는 단조로운 소리가 들려왔다.

그는 코담뱃갑을 꺼내 이곳 농부들처럼 담배를 말았다.

"그런데 '청색 대대'에 대해 사람들이 하는 소릴 전혀 듣지 못했나?" 그가 생각에 잠긴 사람처럼 눈을 반쯤 감고 물었다.

난 소스라치듯 놀라 작은 목소리로 대답했다.

"듣지 못했네. 무슨 소리 말인가?"

그 이름을 듣는 것만으로도 기쁨이 송두리째 사라졌다…… 얼굴 좀 펴게. 걱정 할 거 없어. 알바니아 중심부를 휘젓고 다니며 학살을 자행한다네만 걱정할 거 없네…… 이리로 올 수도 있을까?…… 그야 알 수 없지…… 무엇보다 탈영병들에게 앙심을 품고 있다네만 걱정할 거 없…… 끔찍한 얘기를 늘어놓으면서도 무람없이 그가 덧붙이는 '걱정할 거 없다'라는 소리를 더는 듣고 싶지 않아 나는 자리에서 일어났다.

방앗간 주인과 농부는 안에서 긴 한담에 빠져 있었다. 옥수수가 다 빻아지자 두 방문객은 어깨에 자루를 하나씩 짊어지고 길을 떠났다. 농부가 앞장서서 걷고 군인이 뒤를 따랐다.

4월 2일 일요일

가축들의 방울소리가 들릴 때마다 사람을 보게 된다는 기쁨에 설렌다. 고독이 뼈에 사무친다.

방앗간 주인은 선량하고 정직한 사람이지만 지나치게 말이 없는 게 흠이다. 알바니아인들은 대부분 입이 무겁고 특히 남자들이 그렇다는 걸 알고 있지만 말이다. 하루 종일 파이프만 빠는 이 남자가 몽실몽실 피어오르는 담배 연기 뒤에서 무슨 생각을 굴리는지 도무지 짐작이 안 간다. 나는 안주인을 '프로사 아주머니'라고 부르며 그녀와 더 많은 이야기를 나눈다. 그녀는 쉴 새 없이 내게 질문을 해온다. 부모나 친지, 집 등에 대하여. 그들이 못내 그립다는 심정을 털어놓으면 그녀는 머리를 끄덕이며 연민 가득한 표정으로 나를 바라본다. 그리고 가엾은 사람! 하고 나지막이 중얼대고는 빵을 반죽하거나 설거지를 하러 간다.

"군인이 객지에 나와 있으니 가축들은 누가 돌보나?" 어느 날 그녀가 물었다.

난 웃으며 대답했다.

"저흰 가축을 키우지 않습니다!"

"소도 없소?"

"소도 없습니다. 도시에 살거든요."

"그렇군. 설령 가축이 있대도 군인이 없으니 늑대들이 먹어치웠겠지. 아, 요즘은 사람들이 야수처럼 서로를 해치고 있으니 늑대 얘길 꺼낼 필요도 없겠구려."

난 할 말이 없었다.

한번은 그녀가 내 메달에 대해 물어왔다.

"목에 걸고 있는 게 뭐요? 큰 터키 동전 같네."

난 농담하듯 말했다.

"우리 쪽 군인들이 일종의 표지물로 소지하는 거예요. 전사할 경우 식별할 수 있도록 하기 위해서죠. 성모님 형상 바로 밑에 번호가 있어요. 보이세요?"

프로사 아주머니는 한쪽 유리알에 금이 간 이상하게 생긴 안경을 고쳐 쓰며 물었다.

"누가 그걸 줬우?"

"상관들이요."

"벼락을 맞을 사람들 같으니라고!" 그녀는 이렇게 말한 뒤 무어라 혼자 중얼대며 가버렸다.

프로사 아주머니와는 주로 이런 대화를 나눈다. 크리스티나와는 볼 기회도 적지만 말할 기회는 더 적다. 그녀는 물론 내가 가장 이야기를 나누고 싶은 사람이다. 이젠 알바니아어도 웬만큼 구사할 수 있게 되었으니까. 하지만 그녀는 방앗간에 나오지 않는다. 온종일 집안일을 돌보며 남는 시간에는 뜨개질을 한다. 식사 준비가 다 되었다고 말하러 올 때도 잠깐밖에 머무르지 않는다. 부드러운 검은 눈매가 한순간 내게 멎지만 그녀는 곧 고개를 돌려버린다.

간혹 일층까지 내려오지도 않고 창문에서 날 부를 때도 있다.

"군인, 식사 준비가 다 되었다고 아버지께 말해줘요!"

밤이면 그녀 생각을 한다는 걸 숨기지 않겠다. 때론 디우비라는 큰 개와 장난을 치고, 때론 찰랑대는 물소리에 귀 기울이며 어둠 속을 멍하니 바라보면서 몽상에 사로잡힌다.

4월

오늘 크리스티나가 날 보며 미소를 지었다. 어젯밤엔 방앗간에 도둑이 들어 디우비가 심하게 다쳤다. 방앗간 주인 가족은 큰 충격을 받은 것 같다.

5월, 오전 3시경

마을 사람 한 명이 다녀갔는데 목에 터키제 시계를 걸고 있었다. 시계를 본 게 얼마 만인지 모른다.

수많은 공상에 잠기곤 하지만 주로 크리스티나 생각을 많이 한다. 괴상망측한 생각들이 무수히 머릿속을 스쳐 지나간다. 미친 생각이라는 걸 알면서도 멈출 수가 없다.

어제 대낮에는 도랑가에 누워 있었다. 달리 할 일이 없어 물속에 돌멩이를 던졌다. 주변의 포플러나무들이 살랑거리며 나를 조용히 흔들어 달래주었다.

별안간 시끄러운 소리가 들려왔다. 발소리와 목소리, 호각 소리, 말발굽 소리. 자리에서 벌떡 일어나보니 눈앞에 믿지 못할 광경이 벌어지고 있었다. 긴 대열을 이룬 우리 군대가 방앗간 근처까지 와 있었다. 난 도망치려 했지만 어찌 된 일인지 반대로 그들을 향해 달려갔다.

"여기가 방앗간이 맞나?" 그들 중 한 명이 수수께끼 같은 몸짓을 해 보이며 물었다.

"맞습니다." 난 공포에 질려 대답했다.

"가자! 저길 잿더미로 만들어버리자!" 그가 소리를 지르며 앞장서서 달려 나갔다.

다른 이들이 그를 뒤따랐고, 나도 그들 사이에 끼어 달렸다. 다리에서 갑자기 족쇄가 풀린 것 같았다. 몸이 무슨 마법에서 해방된 듯 가뿐하고 생기차게 느껴졌다. 작년 겨울 원정에서 마을 여섯 개를 차례로 불태웠을 때 나를 사로잡았던 광포한 열기에 휩싸였다.

우리는 미치광이처럼 고함을 지르며 달려들었다. 두 사람이 방앗간에 불을 질렀다. 다른 몇몇이 방앗간 주인을 붙잡아 밖으로 끌어낸 뒤 문 앞에서 총살시켰다.

난 크리스티나 생각이 나서 계단을 급히 뛰어 올라갔다. 군인들이 프로사 아주머니의 손발을 묶어 끌고 내려왔다. 그녀는 나를 보자 얼굴에 침을 뱉고 소리쳤다.

"나쁜 자식! 더러운 스파이!"

그래도 난 개의하지 않았다. 오로지 크리스티나 생각뿐이었다. 그녀의 방까지 달려가 침대에 몸을 던졌다. 그녀는 온몸을 떨고 있었다.

"안 돼요! 군인! 안 돼요!"

그러나 피가 머리로 솟구쳐 오르고 있었다. 서둘러야 했다. 시간이 촉박했다.

누비이불을 젖히고 얇은 블라우스를 거칠게 찢으며 그녀에게 달려들었다.

"군인! 군인!"

난 깜짝 놀라 눈을 떴다. 크리스티나의 목소리가 나를 부르고 있었다. 전처럼 곁에서 조용한 물소리가 들렸다. 달콤한 건초 냄새도 느껴졌다. 잠시 선잠에 빠져 있었던 것이다.

"군인! 군인!"

난 집 쪽으로 무거운 걸음을 옮겼다. 가운데 창문에 크리스티나의 모습이 보였다.

"어머니가 찾으세요." 그녀가 말했다.

난 계속 눈을 비벼댔다.

방금 전에 꾼 악몽을 그녀가 알았다면!

43년 6월 24일

지로카스트라의 주민들이 도시를 떠나고 있다. 어깨에 보따리를 짊어진 채 지친 모습으로 이곳으로 오고 있다. 여자들은 아이들을 품에 안았고, 노인들은 힘겨운 발걸음을 옮긴다. 모두 공포에 사로잡힌 모습이다. 도시에 불을 지를 거라고들 말한다. 지뢰로 도시를 날려버릴 거라는 소문도 있다.

도망친 사람들이 시골에 피신해 있는 동안 도시는 날마다 포화에 휩싸이고 있다. 때로 난 실개천을 굽어보며 서 있는 커다란 포플러나무 위로 기어 올라가 도시를 바라본다. 우리 부대가 1년 이상 주둔했던 곳이어서 난 그곳의 모든 거리와 골목, 술집 주인들과 노점상들을 안다. 바로시 거리의 매춘부도 두 명 알고 있다.

비행기들이 출몰하는 시간은 언제나 일정하다. 북쪽에서 날아와 보통 테펠레나 협곡에 나타난다. 그리호티의 고사포가 첫 포문을 연다. 여기까지 폭발음이 미치지는 않고, 포탄이 터지며 몽실몽실 피어오르는 하얀 연기만 보인다. 그러고 나면 회교 사원이 있는 언덕에 설치된 고사포가 발포되는데 이것 역시 폭격기들의 비행을 교란시키지는 못한다. 폭격기들은 침착하게 도시를 향해 날아간다. 그걸 보는 순간 내 머릿속엔 지로카스트라에 사이렌이 요란하게 울려대고 사람들이 지하실로 황급히 내려가는 장면이 떠오른다. 하늘 높이 던져진 은화처럼 햇빛에 반짝이며 날아가는 세 개의 작은 물체, 고작 이것들이 도시에 그런 엄청난 공포를 유발할 수 있다니 놀라울 따름이다.

마지막으로 성채에 올라앉은 낡은 대포가 발포한다. 누구라도 비웃을 수밖에 없는 나팔 모양의 커다란 기통이다. 이곳에서는 조종사들의 작전이 훤히 보인다. 그들은 우선 고도를 낮추고 군사훈련장을 공격한 다음 유유히 빛을 발하며 다시 떠나간다. 잇달아 도시 위로 피어오르는 검은 연기 기둥과는 아무 상관도 없다는 듯.

이 모든 것은 낮에만 볼 수 있고 밤이면 도시 전체가 어둠 속으로 사라진다. 등화관제다. 골목길과 나지막한 집들, 강 위로 놓인 다리가 맨 먼저 사라진다. 곧이어 밑에서부터 하나씩 차례로 사물들이 자취를 감춘다. 여러 동네와 급류 위의 다리들, 성채와 종탑, 황새가 둥지를 튼 회교 사원의 첨탑들이.

어젯밤엔 도시가 어둠 속에 잠겨 사라지는 걸 보자 이와 비슷했던 어느 밤의 광경이 떠올랐다. 약 석 달 전의 일이었다. 남쪽으로 내려가던 우리 부대는 지로카스트라를 처음 지나가게 되었다.

숨이 막힐 것 같은 밤이었다. 당장이라도 비를 뿌릴 것처럼 대기가 습했다. 우린 더럽고 처량한 몰골에다 심신이 지쳐 있었음에도 그리호티의 막사에 도착하자마자 갈봇집에 가게 해달라는 요청을 했다. 사령부로부터 허락이 내려졌다. 그러자 마술처럼 원기가 되살아났다. 우린 며칠 동안 면도도 하지 않은 흙투성이 몸에다 어깨에서 총을 부리지도 않은 상태로 다시 대열을 맞추고 막사의 커다란 문을 나섰다. 갈봇집은 도시 한복판에 있었으므로 1킬로미터도 넘는 길을 걸어야 했다. 하지만 발길이 전혀 무겁지 않았다. 어두운 도로를 줄 지어 걸어가며 음탕한 농담을 나누거나 짓궂은 장난을 쳤다. 그보다 더 행복할 순 없었다. 소문을 들어 익히 아는 그곳에 한시바삐 닿고 싶어 안달이 났다. 왕의 궁전이라 해도 그 이상 마음을 사로잡지는 못했을 것이다.

강에 놓인 다리를 건너고 우리 쪽 방책에 배치된 보초병들의 검문을 받은 뒤 더 빨리 그곳에 닿기 위해 도로에서 벗어나 지름길로 들어섰다.

우리가 신은 커다란 군화가 포석과 맞부딪치며 시끄러운 소리를 냈다. 틀림없이 주민들은 또다시 자행될 학살을 상상하며 덧창과 묵직한 문 뒤에서 공포에 떨고 있었을 것이다. 우리가 향하는 곳을 그들이 알았다면!

드디어 그 '집'에 도착했다. 칠흑 같은 밤이었다. 무거운 대기에 숨이 막혔다. 우린 문 앞에 꼼짝 않고 서 있었다. 우리를 인솔한 장교가 문짝을 밀고 안으로 들어갔다.

집은 어둡고 조용했다. 안에 손님은 하나도 없는 것 같았다.

"여자들이 자고 있는지도 모르지." 누군가 걱정스러운 목소리로 말했다.

"설령 잠이 들었다 해도 일어나야지. 당장!" 또 다른 목소리가 한술 더 떠 거들었다.

"맞아, 우린 군복을 입고 있으니 존경받아야 해. 게다가 아주 잠시 머무르는 중에 들른 거잖아."

"오늘은 여기 있지만 내일도 있으리란 보장은 없지." 높고 가느다란 목소리가 못 박았다.

그 순간 문이 열리고 장교가 나왔다. 우리가 주변으로 모여들자 그가 말했다.

"자, 지금 당장 들어간다. 단, 소란은 금물이다. 소란을 피우면 왔던 길로 되돌아간다. 일렬종대!"

우린 그럭저럭 한 줄로 늘어섰다. 그 모양새가 어땠는지는 신만이 아시리라. 안으로 들어가고 싶어 애간장이 탔다.

"명심하라! 저 안은 굴처럼 깜깜하다. 날씨가 무더워 창문을 열어두었는데 빛이 새어나가선 안 된다. 라이터를 켜거나 성냥을 그으면 후회하게 될 거다. 근방에 기관총 진지를 갖춘 감시초소가 있다."

"문제없습니다." 두세 명의 목소리가 대답했다. "빛은 필요 없습니다. 저희가 알아서 합니다!"

"맞습니다. 저희에게 필요한 건 빛이 아니라……"

"입 닥쳐라, 더러운 자식! 조용히 간다! 우선 대여섯 명이다!"

잠시 소란이 일더니 첫 번째 조가 어두운 안뜰로 사라졌다.

"소총이 뒤섞이지 않게 하라!" 장교는 이렇게 소리친 뒤 우리를 돌아보며 말했다. "다른 여섯 명은 나를 따른다."

나도 그들 가운데 끼어 있었다. 우린 술에 취한 사람들처럼 몽롱한 상태로 포석이 깔린 안뜰을 가로질렀다. 잇달아 계단을 올라 층계참에 이르자 긴 복도가 이어졌다. 캄캄하고 숨이 막혔다. 동료들은 어둠 속에 삼켜지듯 어딘가로 들어갔고 잠시 뒤 복도에는 나 혼자만 남았다. 주위를 더듬으며 나아가는데 거친 숨소리가 들려왔고 곧이어 또 다른 숨소리가 들렸다. 피가 머리로 쏠려 뜨겁게 달아올랐다. 눈앞에 보이는 첫 문을 열고 들어갔는데 헐떡이는 소리가 느껴져 얼른 밖으로 나왔다. 그러자 다른 문이 보였고, 방 한구석 어둠 속에 하얀 형체 하나가 어렴풋이 보였다. 난 방으로 들어가 몇 걸음 떼어놓은 뒤 멈춰 섰다.

"이리 오세요." 부드러운 목소리가 말했다.

난 조심스레 걸어가 팔을 뻗어 여자를 만졌다. 여자는 알몸이었다. 두 손이 여자의 축축한 몸 위로 미끄러져 내렸다. 베일에 가린 듯 눈이 침대를 찾아낼 수 없었다.

"총을 내려놔요." 여자가 조금 전처럼 상냥한 목소리로 말했다.

난 총을 내려 벽에 세워놓았다. 그러자 여자가 몸을 뉘었다.

어둠 속에서 여자의 얼굴은 보이지 않았지만 목소리나 젖가슴으로 미루어 어린 여자라는 걸 알 수 있었다.

나는 잠시 여자의 품 안에서 휴식을 취한 뒤 말했다. "미안해요. 이렇게 더러워서 미안해요."

"아, 괜찮아요." 여자는 문득 정신을 차린 것 같은 목소리로 말했다. 군인들의 땀에 이미 오래전부터 익숙해 있다는 듯.

"어디로 가세요?" 여자가 물었다.

"남쪽, 최전방으로요."

여자는 입을 다물었다. 우리가 나눈 대화는 이게 전부였다. 여자의 이목

구비를 가늠해보려 했지만 허사였다. 모든 게 아리아리했다. 난 천천히 자리에서 일어나 총을 집어 들고 어깨에 비스듬히 멘 다음 마지막으로 뒤를 돌아보았다. 그리고 자리에 누워 있는 하얀 형체를 향해 말했다.

"잘 있어요."

그러자 무심한 목소리가 대답했다.

"잘 가요."

나는 방을 나왔고, 조금 전처럼 더듬더듬 계단을 찾아 내려왔다. 일을 끝낸 이들은 밖으로 나와, 문 옆에 놓인 석조 벤치에 앉아 총을 무릎 사이에 끼운 채 담배를 피우며 조용히 기다렸다.

한 시간 뒤 우리는 대로를 걷고 있었다. 그러나 이젠 아무도 말을 하지 않았다. 농담도 하지 않았고 그저 길 위에 울려 퍼지는 자신들의 불규칙한 발소리만 듣고 있었다. 끔찍하게 더러운 진흙투성이 몸에다 또다시 지치고 풀이 죽은 모습이었다.

"빌어먹을! 캄캄하기도 하네!" 누군가 꿈을 꾸는 듯이 말했지만 아무도 대꾸하지 않았다. 우리는 그리호티를 향해 말 없는 행군을 계속했다.

훨씬 나중에 지로카스트라를 또 한 번 지나갈 기회가 있었다. 우리는 자연스레 그 집에 다시 가게 해줄 것을 요청했는데, 문을 닫았다는 답변이 전달되었다. 분명한 이유는 알 수 없었지만 무슨 소동이 벌어졌던 것 같았다. 여자 한 명이 살해당해 다른 여자들도 철수시킬 수밖에 없었다는 설명이었다. 순간 그 여자가 생각났다. 한바탕 뇌우가 퍼부을 것 같았던 밤, 어둠 속에서 짧은 시간을 함께했던 여자. 혹시 그녀가 아닐까? 물론 다른 여자일 수도 있었다. 다 해서 대여섯 명, 많아봐야 일곱 명이 있었으니까.

7월, 정오

크리스티나의 눈. 해독 불가능한 기호. 다른 알바니아 처녀들의 눈도 마찬가지다. 사랑일까? 내 경우는 그렇다. 그녀의 경우는, 모르겠다.

디우비는 여전히 상태가 안 좋다.

7월

지난 밤, 군대가 국도를 지나갔다. 북쪽으로 이동하는 군대였다. 전조등 빛줄기들이 여기서도 보였다. 아마 충원 병력인 것 같다.

7월 21일

이웃 마을엔 발리스트들이 우글거린다. 그들은 옛 노래를 부르며 밤을 새운다. 무슨 일이 닥칠지는 아직 아무도 모른다!

모든 돌발 사태에 대비하도록 방앗간 주인이 내게 말해주었다. 앞쪽에 큰 독수리가 수놓인 흰 모자가 보이거든 곧장 피신하라고. 그는 크리스티나에게도 같은 충고를 했다.

일요일

크리스티나가 한 주 뒤면 결혼을 한다. 아주 우연히 알게 된 사실이다. 그녀에게 오래전부터 약혼자가 있었다는 걸 난 몰랐다. 어제 프로사 아주머니가 도랑에서 물을 길을 때 난 그저 몇 마디 이야기나 나눌 요량으로 물었다.

"며칠 전부터 온종일 베 짜는 일에 매달려 계시던데, 무슨 일이죠?"

"그야 그날이 코앞에 닥쳤으니 그렇지."

"무슨 날인데요?"

"그걸 몰라서 물어요? 다음 주에 우리 딸애를 시집보내잖우. 그걸 몰랐단 말이오?"

"네, 몰랐어요."

대답하는 목소리에 맥이 하나도 없는 게 이상했는지 프로사 아주머니는 눈을 치켜뜨고 잠시 나를 빤히 바라보았다. 난 마음의 동요를 극복하려고 안간힘을 썼다. 하지만 곧바로, 젠장, 왜 내가 고통을 숨겨야 하지? 하는 생각이 들었다.

내가 충격받았다는 것을 눈치 챘는지 아닌지는 몰라도, 아주머니는 또 한 번 나를 뚫어지게 바라본 뒤 말을 이었다.

"아, 그랬군그래. 어쨌든 세월은 가고, 딸들은 혼기가 차는 법이지. 군인도 전쟁이 끝나는 대로 집에 돌아가면 모친이 꽃다운 아가씨에게 장가 보낼걸."

이 말을 듣는 순간 난 두 손으로 머리를 감싸 쥘 뻔했다. 날 위로할 심산으로 한 말이었겠지만 결과적으로 고통만 배가되었다.

난 개울가로 가 앉아 혼잣말처럼 중얼거렸다. 크리스티나 당신이 결혼을 한다니! 어떻게 그런 일이!

8월

평범한 일상의 되풀이.

크리스티나가 결혼을 했다. 지난 일요일, 신랑의 친지들이 그녀를 데리러 왔다. 말을 탄 여섯 남자 모두 무장을 하고 있었다. 길들이 몹시 위험하다. 결혼 잔치도 없었다. 남자들만이 낮은 식탁에 둘러앉아 라키를 조금 마셨다. 먼 길을 가야 했기 때문이다. 나도 그 자리에 초대받았지만 아무도 내게 말을 걸지 않았다. 그 사람들 눈엔 함께한 내가 보이지 않는 듯했다.

이틀 전, 난 크리스티나에게 작은 선물을 해주고 싶었다. 하지만 무얼 준다지? 가진 게 아무것도 없지 않은가! 그 순간 메달에 생각이 미쳤다. 그녀가 두어 번 호기심 어린 눈길을 던진 적이 있었다.

"자, 받아요. 함께 지낸 기념이에요."

그녀는 메달을 받아 들고 즐거운 눈빛으로 바라보았다.

"성모 마리아네요!"

"네."

"누가 준 거예요? 어머니가 주셨어요?"

"아뇨. 상관들이 줬어요."

"왜요?"

"내가 죽으면 사람들이 알아볼 수 있게."

그녀는 웃음을 터뜨렸다.

"당신이 죽을지 어떻게 알고요?"

"그러니까, 만일 그런 일이······"

"크리스티나!" 프로사 아주머니가 마당에서 부르고 있었다.

크리스티나는 내게 고맙다는 말을 던진 뒤 황급히 자리를 떴다.

그렇게 난 유일한 소유물을 그녀에게 주었다. 내겐 쓸모없는 물건이 아니던가. 결국 난 길을 잃은 인간이다. 살아 있어도 죽은 거나 다름없다. 이미 죽었는데, 발견되어 좋을 게 뭐란 말인가?

정오 무렵, 신부를 호위해 갈 남자들이 자리에서 일어나 무기를 어깨에 둘러메고 말에 올라탔다. 크리스티나의 말은 순백색이었다. 그녀는 눈물을 흘렸다. 프로사 아주머니도 울었다. 방앗간 주인은 눈물을 참았다. 부부는 딸을 안아주었다. 나도 작별 인사를 하고 싶었지만 말들 곁으로 다가갈 용기를 낼 수 없었다. 말에 오르는 사람들의 도도한 태도 때문이었는지도 모른다. 난 멀찌감치 떨어져 있었다. 커다란 개 디우비가 목을 내밀고 그들 사이를 천천히 돌아다니는 모습이 부러웠다. 크리스티나가 몸을 낮추고 개를 껴안았다. 내 생각을 하는 사람은 아무도 없었다.

그들은 길을 떠났다. 말들이 맨 먼저 시야에서 사라졌고, 잇달아 검은 외투와 기다란 총신 들이 차례로 사라져갔다.

8월 어느 날

며칠 전부터 밤마다 군인들이 국도를 계속 오가고 있다. 조만간 무슨 중대한 일이 일어날 것 같다. 방앗간을 찾는 농부들의 말에 의하면 마을마다 도시에서 피난 온 사람들로 붐빈다고 한다. '청색 대대'도 이 고장에 도착했다는 소문이 들린다. 밤이 되면 다시 불길한 생각에 사로잡힌다. 잠을 이루지 못하고 종종 자리에서 일어나 주위를 살펴본다.

크리스티나가 보고 싶다는 생각을 떨칠 수 없다.

9월

가을바람이 분다. 자주 깊은 슬픔에 빠지곤 한다. 결코 이곳에서 나갈 수 없을 거라는 두려움이 엄습한다.

이따금 수로 근처에 가 앉는다. 내가 좋아하는 장소다. 물이 조용히 흐르며 이파리나 나뭇가지를 실어 가는 모습을 지켜본다. 때론 군데군데 물그림자만 비칠 따름이지만.

우리 부대가 시골에서 작전을 수행하던 날들이 기억난다. 우리가 지나던 길에서 보았던 수로도 생각난다. 농부들이 곡괭이로 직접 판 알바니아 마을의 수로들이 왜 이처럼 감동을 주는지 모르겠다. 오직 이 수로들만이 평화로웠던 한때를 간결하면서도 뚜렷하게 마음속에 떠올려주었다. 당시 난 어깨에 총을 멘 채 막연한 불안감에 싸여 물가를 걷고 있었다. 순간 마음속에 알 수 없는 무언가가 꿈틀댔다. 타고난 직감이 어떤 행동을 하도록 부추겼다. 그렇다. 수로의 물이 나를 불렀다. 변함없는 그 속삭임이 느껴졌다. 탈영에 대한 생각이 내 안에 싹트게 된 게 바로 그 순간이었다. 수로를 따라 걷다가, 처음엔 어렴풋이, 점점 더 선명하게.

오후

디우비가 죽었다. 모두 비탄에 빠져 있다. 방앗간 주인은 두 눈이 빨갛다.
몰래 눈물을 흘린 게 분명하다.

9월 5일

적막하다. 잎들이 노랗게 물들기 시작했다. 오늘 아침, 머리 위 아주 높은
상공에서 비행기 수백 대가 북동쪽으로 날고 있었다.
어디서 날아온 비행기들일까? 어디를 폭격하러 가는 중일까? 하늘길이
휑하게 뚫려 있다.

12장

　일기는 여기서 멈추었다. 1943년 9월 7일이라는 날짜가 보였지만 줄을 그어 삭제해놓았다. 일기 쓰기를 포기한 것 같았다. 특별히 기록해둘 만한 일이 더는 없거나, 아니면 그저 귀찮아진 것인지도 몰랐다.

　장군은 염증이 난 표정으로 공책을 좌석에 던졌다.

　"흥미로운 부분이 있습니까?" 신부가 물었다.

　"감상적이다 못해 징징대는 사람의 글입니다."

　신부가 공책을 들고 첫 장을 폈다. 장군이 덧붙여 말했다.

　"이름이 아무 데도 나와 있지 않아요. 신장만 알아냈습니다. 1미터 82센티."

　"이런, Z대령의 신장과 같군요!"

　두 사람은 잠시 서로를 빤히 바라보다 고개를 돌렸다.

"다른 정보는 찾을 수 없더군요." 장군이 말을 이었다. "개 이름은 언급했는데 막상 자신의 이름은 밝히지 않았어요."

"이상하군요!"

"청색 대대와 관련해서도 몇 줄 썼지만 Z대령 이야기는 한 마디도 없었고요."

신부는 일기를 읽기 시작했다.

장군은 늙은 농부가 들려준 이야기를 상기하며 이 일기가 어떻게 마무리되었을지 상상해보았다. 청색 대대가 근방을 지나간 것이다. 패배를 겪고 난폭해진 군인들이 어느 날 오후 방앗간으로 내려온다. 그곳에 한 탈영병이 피신해 있다는 것을 누군가가 그들에게 귀띔해준다. 그들은 이 군인을 수색하고, 포대 사이에 숨은 그를 찾아낸다. 그는 일찌감치 수의를 차려입기라도 한 듯 밀가루를 하얗게 뒤집어쓴 모습이다. 군인들이 그를 끌고 나와 경기관총 총신으로 밀어내고, 그런 자세로 그는 계속 뒷걸음질 쳐 도랑까지 온다. 물속으로 나가자빠지려는 순간 물가로 바짝 다가온 군인들이 총을 쏜다. 그 자리에 쓰러진 그는 머리만 물에 잠긴다. 큼직한 돌을 에워싼 것처럼 머리 주위로 작은 소용돌이가 일며 여린 물줄기에 그의 머리칼이 하류를 향해 펼쳐진다. 기이한 검은 해초처럼.

그것으로 끝이 났겠지, 장군은 담배연기를 한 차례 내뿜으며 생각했다.

"어떻습니까?" 한 시간이 지나 신부가 공책을 도로 덮자 장군이 물었다.

신부가 어깨를 으쓱하며 대답했다.

"평범한 일기군요."

방금 읽은 글의 내용이 서로의 마음속에 각인되어 있음을 느끼면서도 두 사람 모두 한참 동안 말이 없었다.

"수로에 대해 쓴 부분을 읽으셨습니까?" 마침내 장군이 입을 열었다. "그는 구원을 바랐는데 결국 거기서 그를 노리고 있었던 건 죽음이었어요."

신부는 잠자코 침묵을 지켰다.

운전수가 경적을 요란하게 울렸다. 긴 양 떼 행렬이 길을 건너고 있었다. 기다란 지팡이를 든 목동 두 명이 차가 지나갈 수 있도록 양 떼를 가르려고 애썼다.

"겨울을 나려고 내려온 겁니다." 신부가 설명했다.

장군은 키가 훤칠한 이 산사람들을 바라보았다. 그들은 길고 두터운 검정 양가죽 외투를 입고 머리 위로 후드를 뒤집어쓰고 있었다.

"알바니아 시골 마을에서 양치기 노릇을 했던 두 대령을 기억하십니까? 어떤 부대였죠? 혹시 알프스 엽보병 소속이 아니던가요?"

"기억이 나지 않습니다."

신부의 대답에 장군이 말을 이었다.

"알바니아에 파병된 우리 군에 이상한 현상이 벌어진 겁니다. 정말 괴이해요! 좀 더 정확히 말하면, 부끄러운 일이죠……"

"그렇습니다." 신부도 인정했다. "우스꽝스러운 일들이 벌어졌습니다."

"이 비슷한 경우를 자주 보았잖습니까. 우리 군인들이 알바니아 농가에서 세탁일이나 닭 모이 주는 일을 하게 되었다는 말을 들을 때마다 부끄러워 얼굴이 붉어집니다. 방금 전만 해도 양치기인지 방앗간 주인인지 하는 자 때문에 피가 끓어올라서……"

신부는 고개를 끄덕이며 다시 동의를 표했다.

"우스꽝스러운 일들이 벌어졌다고 말씀하셨지만 우습다기보다 한심하고 기가 막히는 일들이에요."

"전쟁에선 비극적인 일과 우스꽝스러운 일을 구별하기가 쉽지 않습니다. 영웅적인 행동과 한심한 행동도 그렇고……"

"이런 상황을 규명해보려고 노력하는 축이 있어요. 패전 이후 이곳에 발이 묶인 우리 군인들의 태도를 정당화해보겠다는 것이죠. 바다가 봉쇄되었거나 배가 없었는데 그 불쌍한 병사들이 어쩔 수 있었겠느냐고, 그럼 그대로 죽었어야 옳겠냐고…… 물론 살아남았어야 했겠지만, 그렇다고 조국의 명예를 더럽혀선 안 되는 일 아닙니까! 대규모 군대를 지휘하던 장교가 패전했다고 닭 모이나 주고 있다니, 있을 수 없는 일입니다!"

"처음엔 대부분 자신들의 무기를 팔았습니다." 신부가 말했다. "돈을 받거나, 아니면 기껏 옥수수나 강낭콩 한 포대와 바꾸기도 했지요."

"그 당시 여기 계셨던 겁니까?"

"아뇨, 들은 얘기입니다. 권총을 내주면 빵 한 덩이와 포도주 조금을 얻을 수 있었다더군요. 알바니아인들은 권총을 장총만큼 좋아하지 않거든요. 장총이라면 훨씬 비싸게 팔 수 있었지요. 큰 빵을 한 포대 가득 살 수 있는 액수였어요. 그러나 기관총이나 경기관총, 수류탄 따위는 거저 주는 거나 다름없었습니다. 달걀 하나, 구멍 난 가죽신 한

켤레, 양파 두 개, 아니면 숙성시키지 않은 치즈 1파운드 정도 받는
게 고작이었죠."

"말세가 아닙니까!" 장군의 입에서 가느다란 탄식이 새어 나왔다.

신부가 말을 계속하려 했으나 장군이 다시 끼어들었다.

"알바니아인들이 우리 면전에서 무례하게 구는 이유가 그것이군
요. 그 양치기인지 방앗간 주인인지가 저를 모욕하는 걸 보셨죠?"

"저들은 무기에 대한 애정이 각별합니다. 빵 한쪽에 자신의 장총을
판다는 건 있을 수 없는 일이지요."

"중무기는 어땠습니까?"

"중무기는 조작이 어려운데도 눈에 띄는 대로 사방에서 가져들 갔
지요. 당시엔 당나귀가 대공포를 끌고 가는 모습을 보아도 누구 하나
놀라지 않았습니다."

"말세가 아닙니까!" 장군이 같은 말을 되뇌었다.

"그해 알바니아에선 그 어느 때보다 사고가 많았습니다. 아이들은
진짜 무기를 장난감처럼 갖고 놀았어요. 간혹 싸움질을 하다 수류탄
으로 상대의 머리를 날려버리기도 하고요. 낮엔 이 집 저 집에서 동네
아낙들이 습관처럼 말다툼을 벌이다가, 밤이 오면 남자들이 창문이나
벽 구멍으로 기관총을 갈겨댔습니다. 그렇게 살육전이 펼쳐지곤 했습
니다!"

"과장하시는 것 아닙니까?"

"전혀 아닙니다. 이곳 사람 모두가 심각한 흥분 상태에 빠져 있었
어요. 꼭 술 취한 사람들 같았습니다. 태곳적 본능이 일제히 되살아난
것 같았죠. 그 어느 때보다 위험한 사람들이 됐어요."

"아마 전쟁의 포화 속에 있었던 데다 상처까지 입었기 때문일 겁니다. 첫 총알이 박혔을 때 호랑이가 그렇거든요. 게다가 당시 알바니아 인들은 새로운 위기상황들을 벌써 예측하고 있었습니다. 이웃 나라들이 당장이라도 그들을 덮칠 기세였으니까."

장군이 이렇게 설명하자 신부가 받아쳤다.

"알바니아인들은 그들에게 닥친 위험을 늘 과장하곤 합니다."

"한데 한 가지 납득이 안 가는 게 있어요. 일단 우리가 항복하고 나자 우리한테 악착스럽게 굴지 않았거든요. 오히려 반대였죠. 전시의 동맹국들이 우리 쪽 사람들을 보는 족족 사살할 때 불쌍한 우리 군인들을 보호해주었습니다. 신부님도 기억하시죠?"

"물론입니다."

"알바니아에 머물렀던 우리 군대의 처량한 결말입니다. 군복을 입은 군인들이, 무기와 계급장과 메달을 소지한 그들이 하인이 되고, 막노동꾼이 되고, 농가의 머슴이 되다니…… 그들이 했다는 그 일, 생각만 해도 얼굴이 달아오릅니다. 생각나십니까? 어떤 대령은 알바니아 가정에 들어가 속옷을 빨고 양말을 뜨기도 했다지 않습니까!"

"그러게 말입니다. 해서 가끔 그런 생각이 듭니다. Z대령 역시 어느 농가에 일꾼으로 들어가 지금도 염소 떼를 돌보고 있는 게 아닐까 하는."

장군은 자신의 귀를 의심했다. 지금까지 지나친 조심성으로 그의 신경을 자극했던 신부가 이제 고인을 언급하며 분노의 감정을 숨기지 않고 있었다.

"그런 상황에 처한 대령을 보면 미망인이 어떤 반응을 보일지 궁금하군요."

 장군은 이렇게 말하며 신부가 자신의 경쟁자를 더 깎아내리기를 기대했지만 신부는 잠자코 있기만 했다. 방금 전 자기 입에서 새어 나온 무례한 언사를 후회하는 게 분명했다.

 결국 그들의 여정 중 상당 시간이 침묵 속에 흘러갔다. 노랗게 물이 들거나 썩은 낙엽들이 도로 위에 널려 있었다. 일부는 바람에 밀려 이리저리 날렸고, 나머지는 간신히 조금 움직이는가 싶더니 물과 진흙을 잔뜩 머금어 무거워진 듯 땅에 붙어 꼼짝도 하지 않았다. 그렇게 시들어 차도 위에 흩어진 채 죽음을 기다리는 것 같았다.

 차들이 그 위를 쏜살같이 내달렸다.

삽입장

　차들은 수도의 외곽지대로 접근하는 중이었다. 도로 양편으로 여기저기 현대식 농장 건물들이 나타났다. 소규모 비행장 활주로에는 헬리콥터 몇 대가 내려앉아 있었고, 라디오 방송국 시설도 보였다.

　갑자기 차들이 대로를 벗어나 우회전하며 차례로 흙탕길로 들어섰다. 느닷없이 풍경이 바뀌었다. 작은 관목들이 드문드문 흩어져 있는 침수된 벌판이 나오고, 석면 시멘트 판으로 덮인 기다란 창고 건물이 이 헐벗은 공간에 반점처럼 모습을 드러냈다. 차들이 멈추어 섰다. 문 앞에서 털이 긴 개 한 마리가 짖기 시작했다.

　문이 천천히 열리고, 낡은 긴 외투를 입은 키가 큰 남자 한 명이 안에서 나왔다. 창고 관리인이었다.

　시에서 파견된 인부들이 트럭에 실린 커다란 상자들을 내려놓았다.

기사가 관리인과 함께 창고 안으로 사라졌다. 장군과 신부도 차에서 내려 뒤따라갔다.

창고 안은 추웠다. 창문을 통해 들어오는 희미한 빛이 긴 선반 위에 정리되어 있는 비닐 가방들 위로 떨어졌다.

인부들이 상자들을 창고 안으로 옮겨놓았다. 관리인은 상자에서 비닐 가방들을 꺼내 개수를 센 뒤 각각의 번호를 읊조리며 선반 위에 올려놓았다.

"이건 안 됩니다." 농부가 길에서 넘겨주고 간 무거운 관을 인부들이 날라 오자 창고 관리인이 말했다. 기사가 그를 설득해보려 애썼지만 소용없었다. "의정서에 명시된 조항에 어긋나는 일입니다!" 관리인은 고집을 부렸다.

인부들은 관을 도로 트럭에 실었다.

일이 모두 끝나자 창고 관리인은 표지에 때가 낀 두꺼운 공책을 서랍에서 꺼냈다. 그는 공책을 펼치고 손끝에 입김을 분 다음 서투르게 페이지를 넘겼다.

"여기, 여깁니다." 기사가 말했다.

그는 거기다 무언가를 적어 넣은 뒤 서명을 했다. 그렇게 유해 인도가 완수되었다.

13장

　며칠 뒤 장군과 신부는 다이티 호텔 라운지에서 다시 테이블을 사이에 두고 마주 앉아 있었다. 지하 나이트클럽에서 여느 때와 다름없이 악단의 연주 소리가 올라왔고, 장군은 낯선 삶이 어슴푸레하게 그들을 둘러싸고 있음을 느꼈다. 그는 얼굴이 초췌했고 평소보다 멍한 눈빛이었다.

　"지난밤에 잠을 제대로 못 이루었습니다." 장군이 말했다. "이상한 꿈을 꾸었죠…… 카페 주인이 이야기한 그 매춘부를 기억하시죠?"

　"네."

　"그 여자 꿈을 꿨어요. 여자가 죽어 관 속에 누워 있는데, 밖에서도 수많은 군인들이 관 속에 누워 문 앞에서 자신들의 차례를 기다리고 있는 겁니다."

"끔찍한 꿈이군요!"

"하지만 그 모든 게 너무도 자연스러워 보이지 뭡니까. 그곳을 지나가던 제가 누군가에게 물었어요. '저기 기다리고 있는 군인들은 전선에서 돌아오는 길입니까, 아니면 그리로 가는 길입니까?' 돌아오는 군인도 있고, 가는 군인도 있다고 대답하더군요. 그래서 제가 말했습니다. '전선으로 가는 자들은 기다리지 말고 우선 가서 싸우시오. 그런 다음에야 휴식을 취할 권리가 있소. 또 전선에서 돌아오는 자들은 대열을 벗어나지 마시오!'"

"악몽이군요."

"일전엔 꿈속에서 Z대령을 보기도 했어요. 그가 냉소를 보이며 말하는 겁니다. '내 키가 1미터 82센티라고 생각하십니까? 잘못 아셨습니다. 내 키는 그 정도가 아닙니다.' 그래서 제가 물었죠. '그럼 키가 몇입니까?' 그랬더니 그가 웃으며 부루퉁한 음성으로 대답했어요. '당신에게는 말하지 않을 겁니다!'"

장군은 호주머니에서 담배 한 갑을 꺼내며 덧붙였다.

"거의 밤마다 이런 식의 악몽을 꾸니……"

"과로하셨다는 증거입니다."

"하기야, 지난번 발굴 작업은 유달리 힘들었어요. 이전 것들보다 훨씬."

"어쩔 수 없는 일입니다. 아직도 갈 길이 멀고요."

"이제 우린 중세의 순례자들을 닮게 됐군요. 걷고 또 걷는 겁니다. 그동안 저곳 사람들은 (그는 전사자 가족들이 있으리라 생각되는 방향으로 팔을 뻗으며 말했다) 무슨 단추만 누르면 땅에서 죽은 이들이 튀어나올 거라고 상상하죠. 이게 어떤 일인지 짐작도 못하면서!"

"그게 어디 그 사람들 잘못이겠습니까." 신부가 중얼댔다.

장군이 손가락으로 테이블을 톡톡 두드리며 말을 이었다.

"신부님은 이 나라의 길고 긴 연대기를 읽으신 것 같은데, 혹 이와 같은 경우를 발견한 적이 있으신지요?"

"그런 적 없습니다." 연대기를 읽지 않았다는 건지 엇비슷한 사례는 발견한 적이 없다는 건지 분명치 않은 대답이었다.

"연대기도 이 일에 관해선 침묵하나 보죠?"

"근처를 한 바퀴 돌아보시겠습니까?" 신부가 제안했다. "오늘 저녁은 날씨가 무척 좋군요."

두 사람은 호텔 현관 앞 계단을 내려와 대학 건물 쪽으로 걸어갔다. 큰길에 이르자 평소와는 달리 차들의 왕래가 많았다. 다리를 건너자 대로와 마르셀 카생* 거리 모퉁이에서 헤드라이트 빛줄기들이 둘로 갈라졌다. 일부는 좌회전해 대사관 구역으로 향했고, 나머지는 스칸데르베그 광장**으로 곧장 올라갔다.

둘은 총리공관이 있는 곳까지 걸어갔다가 같은 길로 되돌아왔다. 대로 양옆에서 인부들이 미모사를 뽑아 큰 구덩이가 파인 곳에 전나무를 심고 있었다.

"축제 준비를 하는 겁니다." 신부가 말했다. "그래서 야간에도 작업

---

* 프랑스의 정치가(1869~1958). 프랑스 공산당 창당에 지도적인 역할을 했다.
** 알바니아의 수도 티라나에 있는 유서 깊은 광장. 15세기경 알바니아를 지배하던 오스만튀르크 제국에 맞서 싸운 지에르지 카스트리오티 스칸데르베그(1405~1468)의 이름을 따랐다.

을 하는 거고요."

호텔 현관 앞 계단에서 그들은 시장과 마주쳤다. 시장은 혼자였다.

"사령관님은 어디 계십니까?" 장군이 물었다.

"지금 알바니아 중부 지방에 계십니다. 그곳 들판에서 발굴 작업을 진행 중이죠. 그쪽은 어떻습니까?"

"우린 며칠 쉬고 있습니다."

그들은 이야기를 나누면서 계단을 올라갔다. 시장은 인사를 건네고 승강기로 향했고, 두 사람은 라운지로 돌아와 앉았다.

장군은 코냑을 시킨 뒤 담뱃불을 붙였다. 테이블에 술병이 놓였다. 그는 잔에 술을 따라 마셨다. 눈앞에 머릿속을 떠나지 않는 울퉁불퉁한 땅이 아른거리기 시작했다. 그 위에 묘들이 있었다.

전우들의 유해가 가족들에게 돌아가야 하는 이유를 모르겠어요. 일각에서 생각하듯 그것이 그들의 마지막 소원이었다고 생각하지 않습니다. 그런 감상벽의 표출은 우리 노병들의 눈엔 아주 유치하게 보여요. 군인이라면, 죽든 살든 오직 전우들 사이에서 편안함을 느끼는 법이죠. 그러니 그들이 함께 있도록 놔두세요. 갈라놓지 마세요. 하나가 된 그들의 묘가 우리 마음속에 깃든 전사의 옛 기상을 생생히 보존하도록 해주세요. 피 한 방울만 보아도 비명을 질러대는 저 겁쟁이들의 말을 듣지 마세요. 우리가 하는 말을 믿어요. 우리 옛 전사들의 말을……

장군은 머리로 취기가 올라오는 것을 느꼈다.

지금 나는 죽은 자들로 이루어진 한 군대를 지휘하고 있다. 비닐 가방이 군복을 대신하고 있긴 하지만 말이다. 테두리는 검고 흰 줄이 두 개 쳐진, 올림피아 사에서 특수 제작한 푸른 가방. 처음에는 관 몇 개가 전부였지만 차츰 중대와 대대가 형성되었고, 이제는 연대와 사단이 완성되어가고 있다. 비닐 가방에 든 일단의 군대가……

"이제 이들을 어쩐다지?" 그가 중얼댔다.

"좀 안 좋아 보이십니다." 신부가 말했다. "혹시 열이 있으십니까?"

"아니요, 별것 아닙니다." 장군이 대답했다. 지나친 피로 탓에 술기운이 평소보다 빨리 도는 것 같았다. 그가 말을 이었다. "별것 아닙니다. 그저 술이 마시고 싶을 뿐이에요. 한데 신부님은, 신부인지 장교인지 뭐가 됐든, 기어이 절 방해하려 하시는군요. 제게 바라시는 게 대체 뭡니까?"

장군이 갑자기 공격적인 태도를 보였다.

"왜 날 통제하려 듭니까! 대체 제게 뭘 원하시는 거냐고요!"

평소처럼 텔레비전 수상기 근처 테이블에 앉아 무언가를 쓰고 있던 말라깽이 남자가 고개를 돌렸다.

"말도 안 되는 소리입니다! 제가 어떻게 장군 하시는 일을 방해하거나 장군께 무언가를 요구한단 말입니까. 상상도 할 수 없는 일이에요." 신부가 단호한 어조로 받아쳤다.

"그래서 거기 앉아 제가 술 마시는 모습을 보고만 있는 겁니까!"

"트집을 잡으시려 해도 소용없습니다!"

장군은 또 한 번 잔을 들어올렸다. 이제 신부는 그를 가만 내버려둘 터였다. 어쨌거나 우두머리는 자신이 아닌가!

다시 그의 군대에 생각이 미쳤다. 두 개의 흰 줄과 검은 테두리의 푸른 군대.

내 병사들을 어떻게 해야 하나? 적잖은 인원이다. 만만찮은 인원이다. 비닐 외투 속에서 추워 떨고 있을 게 분명하다. 장군 역을 맡았던 얼간이들이 그들을 저버린 뒤 내 어깨에 짐을 지웠다. 그들과 함께라면 수많은 전투에서 승전고를 울릴 수 있었을 텐데!

그는 사관학교에서 공부한 여러 전투를 떠올렸다. 이제 그가 통솔권을 쥐고 있는 군대를 이끌고 승리를 거둘 수 있었을 전투들을 가려내보고 싶었다. 그는 머릿속에 든 복안을 담뱃갑에 그려나가기 시작했다. 군의 배치와 공략선, 결정적인 공격 지점 등등. 그가 이 모든 것을 휘갈겨 그리는 모습을 신부는 코코아를 마시며 말없이 지켜보았다. 장군은 고대에서부터 시작했다. 우선 카이사르를 포위한 다음 샤를마뉴 군대의 진입로를 차단하는가 싶더니, 느닷없이 나폴레옹의 기선을 제압해 그를 퇴각시켰다. 하지만 만족스럽지 않았다. 이 옛 전쟁들을 승리로 이끌 수 있었던 것은 그의 장군으로서의 자질 때문이 아니라 우수한 현대식 무기 덕분이었으니까. 그는 곧 최근에 일어난 전쟁을 떠올렸다. 다양한 해안에 상륙해 여러 도시를 포위했다. 그의 병사들은 노르망디 해안에서 시작해 한국의 38도선을 넘나들었다. 그는 끔찍한 베트남 정글 속으로 병사들을 투입했다가 무사히 데리고 나온다. 패배한 것으로 역사에 남아 있는 수많은 전투들을 승리로 이끈다. 이 승리는 그가 능수능란하게 군대를 이끌며 결코 그들을 운명에 방치하지 않았기에 가능한 것이었다. 그는 지휘가 무엇인지 안다. 실제로 그는 산악전에 관한 연구논문을 쓰는 중이었다. 게다가 그에게는 용감한, 아, 너무도 용감한 병사들이 있었다. 한데 그들이 그렇게 용

감한 것은 이제 더 이상 잃을 게 없기 때문이다…… 그는 다시 술을
들이켰다. 휘갈긴 그림들로 담뱃갑이 새까맸다. 순간 새롭고 낯선 전
투가 머릿속을 점령했다. 처음에는 후퇴할 수밖에 없는 처지에 놓이
지만, 아직 명단에 등록되지 않은 죽은 자들을 원군으로 투입하면서
(이들이야말로 누구보다 용감하게 전투에 임하는 자들이다) 그는 전
쟁을 승리로 이끈다.
　"그것 보라지!" 그가 흡족한 마음으로 중얼댔다. "이 비닐 대군을
누가 감히 대적한단 말인가?"
　그는 완전히 취해 있었다.

14장

장군은 기진맥진한 상태로 잠에서 깼다. 자리에서 일어나 덧문을 열었다. 쌀쌀한 아침이었다. 높이 떠 있는 구름들이 잿빛 하늘에서 꼼짝도 하지 않았다. 창유리에 몸을 기대자 가벼운 현기증이 일었다. 몸 상태가 안 좋군, 하고 생각하며 장군은 밖을 내다보았다.

가을도 막바지에 이르고 있었다. 호텔 맞은편 공원의 나무들은 잎이 완전히 떨어진 모습이었다. 오래전부터 녹색 벤치에는 수북이 쌓인 낙엽을 제외하고는 아무도 앉지 않은 게 분명했다. 그러나 이 낙엽들도 머지않아 썩고 말 테지. 장군은 나토군의 다양한 군복을 알고 있었지만 그것들이 알록달록한 가을 낙엽의 빛깔을 모방했다는 것을 그제야 깨달았다.

공원 한복판, 원형 댄스 플로어 옆에는 젖은 의자들이 차곡차곡 쌓여 있었다. 텅 빈 무대는 황량하고 쓸쓸하기 그지없었다. 오케스트라 연단과 바닥에는 청소부들이 쓸어 모은 낙엽이 여기저기 무더기로 흩어져 있었다.

몸 상태가 별로 안 좋군. 장군은 아침식사를 하러 계단을 내려가며 생각했다.

"몸이 안 좋아 보이십니다." 장군이 식탁에 앉자 신부가 말했다. "좀 쉬셔야 하지 않나요?"

"저도 왜 그런지 모르겠어요. 몸 상태가 정말 좋지 않습니다. 어젯저녁 신부님께 무례하게 군 기억이 나는군요. 사과드립니다. 좀 과음을 했어요."

"괜찮습니다." 신부가 상냥한 목소리로 대답했다.

"이 나라 날씨는 정말 고약하군요!"

"내일은 저 혼자 가는 게 나을 듯합니다. 연안지대라 산악지대보다 발굴 작업이 훨씬 쉬울 겁니다."

"저도 그렇게 생각합니다."

"장군께서는 좀 쉬도록 하십시오. 저녁에 연극이나 오페라를 보러 가시는 것도 좋겠네요."

"잠을 잘 못 이룹니다. 수면제를 먹어야 할 것 같아요."

두 사람은 대로로 나와 큰 소나무들이 가장자리에 죽 늘어선 호텔 앞 넓은 보도를 이리저리 걸어 다녔다. 젊은 남녀들이 여기저기 작은 무리를 이루며 지나갔다. 수업을 들으러 바삐 걸어가는 학생들이 분명했다.

"우린 대체 무슨 끔찍한 임무를 떠맡은 걸까요?" 중단된 대화를 이어가려는 듯 장군이 다시 말문을 열었다. "이 병사들을 발굴하기 위해 2미터 깊이의 땅을 파는 일보다 아직 피라미드 속에 묻혀 있는 파라오들을 찾으러 가는 일이 쉽겠어요."

"계속 그 생각에 사로잡혀 계시는군요…… 그래서 몸 상태가 안 좋으신 게 아닐까요?"

"이곳에서 벌어진 전쟁은 다른 전쟁들과 공통점이 전혀 없습니다." 장군이 계속해서 말했다. "전선에서 치러지는 정면 대결이 아니었거든요. 전쟁은, 마치 벌레처럼, 사방에서 이 나라 세포 하나하나 속으로 침투했어요. 그런 이유로 다른 곳에서 일어난 전쟁과는 전혀 다른 성격을 띠게 됐죠."

"그건 알바니아인들이 천성적으로 전쟁에 끌리는 경향이 있기 때문입니다. 너무도 맹렬하고 자연스럽게 뛰어들어 순식간에 판단력이 마비되고 말지요. 알코올중독자들처럼 말입니다. 그들의 심리는……"

"전에도 그런 말씀을 하신 적이 있죠."

"그래요. 기억이 납니다. 제가 장군님을 피곤하게 만드는 건 아닌지 모르겠군요."

"천만에요. 흥미로운 얘기입니다. 전쟁과 관련된 알바니아인들의 집단적 강박관념에 대해 말씀하셨죠……"

"맞습니다. 그것은 오늘날 갑자기 생겨난 정신 현상이 아닙니다. 역사를 살펴보면 알바니아인들은 시종일관 어깨에 철제 무기를 메고 나라를 종횡무진 돌아다녔어요. 최근까지도 석기시대처럼 소박한 삶을 살았던 산간지대 사람들조차 나무랄 데 없이 완벽한 무기를 소지하고 있었고요. 얼마나 대조적인 모습인지 한번 생각해보십시오! 언젠가 말씀드렸듯이, 전쟁과 무기가 없다면 이 민족은 시들어버릴 겁니다. 뿌리가 말라 사라지고 말 거예요."

"그러면 무기와 전쟁이 있으면 되살아날까요?"

"저들은 그렇게 믿죠. 사실은 무기 때문에 더 빨리 사라지고 말 텐데도요."

"저들에게 전쟁은 굳은 사지를 풀고 숨을 고르기 위한 일종의 신체 단련이라 할 수 있다는 말씀이군요."

"일시적으로는요."

"다시 말해 무기가 있든 없든 이 민족은 사라질 운명이라는 건가요?"

"그럴 겁니다. 이 나라 정부는 전쟁을 지향하는 국민의 오래된 성향을 제일가는 정치 원칙으로 삼고 있어요. 이웃 나라들 입장에서는 알바니아 인구가 몇 백만에 불과한 게 천만다행이죠!"

장군은 입을 다물고 담뱃불을 붙였다.

"텐트에서 밤을 보낼 때 인부들이 부르던 노래들을 기억하시죠?" 신부가 말을 이었다. "그 노래를 들으며 얼마나 큰 낙담과 슬픔에 잠겼었는지 말입니다."

"기억합니다. 그런 일은 쉽게 잊히지 않는 법이죠."

"그 노래들의 주된 주제는 파괴와 죽음입니다. 그들 예술의 특징이에요. 그런 특성은 노래는 물론 의복과 생활양식에서도 찾아볼 수 있습니다. 발칸 지역 국민들의 공통되는 특징이기도 하지요. 한데 알바니아 사람들에게서는 이 특징이 더 두드러지게 나타납니다. 국기마저 오로지 피와 죽음을 상징합니다."

"이 문제에 열정적인 관심을 갖고 계시는군요." 장군이 지적했다.

"오랫동안 이 문제에 골몰해왔습니다. 오스카 와일드는 하층계급 사람들이 범죄의 욕구를 느낀다고 했죠. 예술이 주는 강렬한 느낌을 그들은 범죄에서 맛본다는 겁니다. 이 원칙은 알바니아인들에게도 썩 잘 적용됩니다. 물론 '범죄'라는 말을 '전쟁'이나 '보복'이라는 말로 대치해야 하겠죠. 객관적으로 볼 때 알바니아인들 중엔 일반법을 위반하는 범죄자가 별로 없다는 사실을 인정해야 하거든요. 그들이 저지르는 살인은 언제나 오랜 관습이 규정하는 원칙들을 따르지요. 저들 사이에서 오랜 세대에 걸쳐 이어져온 집단이나 집안 간의 복수는 예술의 모든 법칙이 적용된 한 편의 연극과 흡사합니다. 우선 프롤로그가 있고, 극의 긴장이 점점 고조되다가 마침내 불가피한 죽음을 내포한 에필로그가 닥치죠. 이 복수는 이 산 저 산을 뛰어다니며 지나간 자리의 모든 걸 파괴해버리는 고삐 풀린 성난 황소에 비견할 수 있을 겁니다. 그래도 그들은 황소의 목에 수많은 장신구를 걸어놓아 미에 대한 자신들의 개념을 드러냅니다. 이 짐승이 마음대로 나다니며 사방에 죽음의 씨앗을 뿌리는 동안 저들 역시 다양한 미적 만족감을 맛보게 되는 거죠."

장군은 주의 깊게 귀 기울였고 신부는 이야기를 계속했다.

"알바니아인들의 삶은 오래된 전통의 규제를 받는 한 편의 장엄한 연극과 같습니다. 알바니아인은 하나의 배역을 맡아 그것을 연기하듯 살다가 죽습니다. 무대의 배경이 몹시 초라하고 궁핍한 삶이 펼쳐지는 고원이나 산악지대라는 것만 다르죠. 저들이 죽는 건 어떤 관습에 대한 존중 때문인 경우가 많습니다. 무슨 객관적인 이유가 있는 게 아니죠. 암벽 사이에서 무수한 시련과 결핍 가운데 자라난 삶, 추위나 굶주림이나 눈사태를 피해갈 수 없었던 이 삶이 갑자기 멈추어버리는 겁니다. 한마디 경솔한 말이나 대담한 농담, 혹은 여자에게 한 차례 던지고 만 음탕한 시선 때문에 말입니다. 오직 관습에 복종하기 위해 마지못해 복수극을 벌이는 경우가 허다합니다. 상대를 살해해 보복을 완수하는 일이 그저 관례집의 한 구절을 실천에 옮긴 것에 불과하다는 거죠. 그 낡은 문구들이 평생 그들의 양다리를 옭아매다 어느 날 불쑥 이 다리를 휘청대게 만드는 겁니다. 그렇게 한 번 넘어지면 영영 일어날 수 없어요. 그런 식으로 알바니아인들은 수세기에 걸쳐 오로지 피비린내 나는 한 편의 연극을 연기해온 셈입니다."

그 순간 뒤에서 발소리가 들렸다. 기사였다.

"호텔 안을 온통 찾아 헤맸습니다."

"무슨 일인가요?"

"내일 시 이사회 대표들과 일부 보고서를 검토하기로 되어 있습니다."

신부는 기사가 자신들이 방금 한 이야기를 듣지나 않았는지 주의 깊게 상대를 살펴보았다. 그러고는 차분히 말했다.

"당신들의 관습에 대한 이야기를 하던 참이었습니다."

기사는 슬쩍 조소를 짓는 듯했다.

"신부님이 복수와 관련된 이야기를 해주시고 있었습니다." 장군이 말을 이었다. "민족 심리학적 차원에서 몹시 흥미롭군요."

"흥미로울 것 하나도 없는 얘기입니다." 기사가 말을 가로막았다. "일부 외국인들은 복수나 그 밖의 위험한 우리 관습들을 알바니아 민족의 집단 심리로 설명할 수 있다고 생각하지만 어리석기 그지없는 생각일 뿐입니다."

"아, 그런가요?" 신부가 말했다.

"네. 우리의 보복 문화를 연구하는 데 엄청난 열정을 쏟는 외국인들이 있죠. 하지만 그들이 그러는 데는 뚜렷한 목적이 있습니다."

"학문적인 관심을 유발하는 문제가 아닙니까."

"전 그렇게 생각 안 합니다. 그들의 진짜 의도는 다른 데 있어요. 알바니아 민족을 소멸시키기 위한 국제 여론을 조성하고 그런 사상을 퍼뜨리려는 겁니다."

"그럴 리가요." 신부가 어색한 미소를 띠며 반박했다.

기사는 그들과 함께 몇 발짝 걷더니 인사를 하고는 가버렸다.

"저 사람 말투가 좀 거칠군요!" 신부가 말했다.

장군은 신부와 나누던 대화를 다시 이어갔다.

"신부님은 오로지 심리적 요인들을 바탕으로 관습의 문제를 설명하십니다만, 전 그래도 역사적 혹은 군사적 차원의 객관적 동기들을 배제할 순 없다고 봅니다. 이 나라 사람들을 보면 무엇이 생각나는지 아십니까? 위험에 맞닥뜨려 도약을 앞두고 잔뜩 긴장해 근육이 팽팽해지고 모든 감각이 곤두선 채 꼼짝도 하지 않는, 한 마리 야수의 모습이 떠오릅니다. 이 나라는 수많은 위기에 맞서야 했던 만큼 이런 방어 자세가 제2의 천성이 되어버렸는지 모르죠."

"경계 태세라는 말이 딱 들어맞네요."

신부는 이렇게 말을 이어갔으나 장군은 더 이상 듣고 있지 않았다. 그러다 마침내 입을 열었다.

"이 나라 사람들 이야기를 참 많이 한 것 같군요. 우리와 별로 상관
도 없는 일인데, 서로 죽이든 말든 마음대로 하라죠!"

신부는 맞붙이고 있던 양 손바닥을 떼어놓았다.

"우리 임무에 대해서나 좀 생각하는 게 좋겠습니다." 장군이 말을
이었다. "우리를 지치게 하고 진척이 더디기만 한 임무 말입니다. 악
운이 붙는 것 같기도 하고, 불길한 무언가가 우리 작업을 따라다니는
듯한 기분입니다."

"그렇지 않습니다. 그런 생각은 전혀 못 해봤습니다. 우린 숭고한
임무를 수행하고 있어요."

"저는 우리가 전이되는 종양처럼 이 나라를 헤매고 있다는 느낌이
듭니다. 이곳 주민들의 다리 속으로 기어들어 그들의 일을 방해하는
것 같은……"

"우리 잘못으로 상수도 공사가 며칠 늦어진 걸 말씀하시는 거죠?"

"아니요. 단지 그것 때문은 아닙니다. 우리 작업에 왠지 자연을 거
스르는 불길한 무언가가 들어 있다는 생각이 들어서요."

"말도 안 되는 소립니다!" 신부가 반기를 들었다.

"우린 그 가엾은 병사들을 열심히 찾고 있지만, 막상 그들은 우리
가 자신들을 그대로 내버려두기를 바랄지도 모른다고 생각해보신 적
없으십니까?"

"말도 안 되는 소리를 하시는군요! 우리가 맡은 임무는 누구라도
자부심을 가질 만한 더없이 고귀하고 인도적인 일입니다……"

장군은 신부가 영혼의 정화라든가 죽은 이들의 왕국 입구를 밝히는
초월적인 빛에 대해 언급할 거라 생각했다. 그러나 상대방의 표정은

오히려 어두웠다.

"대수롭지 않다 해도 이 임무엔 무언가 잘못된 부분이 있습니다. 무언가 우리를 비웃고 있는 듯한……"

"아닙니다." 신부가 말했다. "그런 건 전혀 없습니다. 혹시 군인이기 때문에 그런 생각을 하게 되신 게 아닙니까?

"제가 군인인 게 무슨 상관입니까?"

"그 이야긴 하지 않는 게 좋겠습니다. 장군님 자신이 그걸, 그 이유들을 털어놓고 싶은 생각이 전혀 없으실 테니까요."

장군은 억지 미소를 지으며 말했다.

"또 그 심리적 동기 얘긴가요? 확실히 신부님은 정신분석에 심취해 계시군요! 귀가 따갑도록 듣긴 했어도 솔직히 전 전혀 동의할 수 없는 얘기입니다. 우리 같은 군인들은 그런 좀스러운 얘기에 귀가 솔깃하지 않습니다."

"이해합니다." 신부가 말했다. 각자의 취향이죠, 라는 어투로.

"어쨌든 저의 이 불편한 감정은 어떻게 설명될 수 있을까요? 신부님의 추론을 듣고 싶군요. 신부님 말씀을 듣는 건 큰 기쁨입니다. 신부님이 뭐라 하시든 화내지 않겠다고 약속하겠습니다."

"장군님께서 그렇게 고집을 피우시니 그럼 제 생각을 말씀드리겠습니다." 신부가 아주 침착한 모습으로 말을 이었다. "장군님이 그처럼 압박감을 느끼시는 건 장군님 마음속 깊은 곳에 자신이 알바니아에서 우리 군대를 지휘하지 못했다는 아쉬움이 남아 있기 때문입니다. 직접 지휘하셨다면 상황이 완전히 달라졌을 거라고 생각하시는 겁니다. 군대를 패배와 소멸로 내몰지 않고 시련으로부터 명예롭게

구해냈을 거라고. 그래서 걸핏하면 지도를 펴 몇 시간이고 들여다보
곤 하시는 거죠. 담뱃갑에 전략적 도식을 끼적여보기도 하고요. 실제
로 장군님은 패배한 전투 하나하나를 한탄하고 계십니다. 그 실패한
전투를 모두 되살려보면서, 우리 군대를 이끌었던 불운한 지휘관들
자리에 직접 서보시는 거죠. 그런 식으로 한없이 엉뚱한 몽상에 잠겨
보는 겁니다. 패배를 승리로 바꾸어놓는……"
　"그만하세요! 제 정신 상태를 그렇게 분류 정리하시다니, 절 무슨
정신병자로 보는 겁니까?"
　신부의 입가에 미소가 떠올랐다.
　장군은 안색이 어두워지며 느릿느릿 말을 이었다.
　"제가 숨기고 있는 이유 같은 건 없습니다. 그렇다고 전사자들의
유해를 찾는 일을 무슨 낭만적인 산책 정도로 여기는 나약한 인간도
아닙니다. 힘겹고 우울한 작업이 될 거라는 짐작은 충분히 했지
요……"
　그가 하는 말은 진실이었다. 범상치 않은 일이 자신을 기다리고 있
다는 것을 단박에 자각했었다. 장관의 말대로 사랑과 증오가 동시에
그의 조력자가 될 것이었다. 육군성에서 임무를 부여받고 집으로 돌
아오던 날, 그는 마음속에 울려 퍼지는 한 줄기 선율을 들었다. 엄숙
한 장송곡이었다. 뒤이어 서류를 펴고 들척이기 시작했는데, 끝없이
이어지는 명단에서 복수의 숨결 같은 것이 새어 나왔다. 그는 지구본
으로 다가가 알바니아를 찾아냈다. 이토록 작은 점 하나에 불과한 나
라라니, 그는 가학적인 만족감을 느꼈다. 그러나 곧 증오심이 그를 사
로잡았다. 지도 위의 이 작은 점이 그렇게 멋지고 용감한 젊은이들에

게 패배를 맛보게 했던 것이다! 그는 이 야만적인 후진국(지리 교과서마다 그렇게 기술되어 있었다)으로 한시바삐 떠나고 싶었다. 머릿속에 그려지는 미개한 국민들 사이를 거닐며 경멸 어린 눈빛으로 말할 것이었다. '당신들이 저지른 이 야만적인 짓을 좀 보시오!' 유해를 이송하는 엄숙한 예식, 알바니아인들의 얼빠진 시선, 값비싼 꽃병을 산산조각 내놓고는 후회스러운 표정으로 훔쳐보며 어쩔 줄 몰라 하는 죄인들의 눈길, 그는 이 모두를 상상해보았었다.

장군이 여전히 생각에 잠긴 느른한 목소리로 다시 입을 열었다.

"그래도 제겐 자부심이 있었습니다. 우리 군인들의 관이 이 사람들 사이를 지나갈 때 우리의 죽음이 그들의 삶보다 더 아름답다는 걸 그들에게 보여줄 작정이었죠. 그런데 이곳에 도착하고 나니 상황은 딴판이었습니다. 신부님이 저보다 잘 아실 거예요. 맨 먼저 자부심이 사라졌고, 곧이어 그 어디에서도 엄숙한 구석을 찾아볼 수 없었습니다. 그리고 마지막 환상들이 깨졌죠. 이제 우린 전쟁이 낳은 불쌍한 어릿광대가 되어 전반적인 무관심 속에서 수수께끼 같은 야유의 시선을 받으며 떠돌고 있어요. 이 나라에서 싸우다 쓰러진 사람들보다 더 가련한 모습으로 말입니다. 그렇지 않습니까?"

신부는 침묵을 지켰고, 장군은 너무 많은 이야기를 늘어놓은 것을 후회했다.

두 사람은 한참을 말없이 걸었다. 마지막 남은 잎사귀들이 보도 위로 계속 떨어져 내렸다. 행인들이 그들 곁을 스쳐 지나갔다. 장군은 심기가 불편했고, 고독했다. 하지만 이런 심정을 말하고 싶지는 않았다. 차라리 그들이 노상에서 함께 보낸, 비에 흠뻑 젖고 바람 속에서 몸을 떨었던 우울했던 그날들과 두터운 검정 모직 옷을 입은 농부들의 불가해한 시선, 무슨 악몽을 꾸었는지 신부가 끔찍한 비명을 질러 댔던 그 밤, 수력발전소의 인공호수가 들어선 전쟁터, 물에 잠긴 묘지, 선명한 붉은빛으로 아른대던 황혼녘의 호수, 인부들이 찾아냈을 때 햇빛에 반짝이는 금니들이 고스란히 남아 있던 그 해골, 주위에 모여 선 사람들에게 흘리는 것 같았던 해골의 냉소를 떠올리는 게 나았다.

길 양편 도랑마다 낙엽이 수북이 쌓여 있고, 넓은 공원의 조각상들은 앙상한 나무 밑에서 떨고 있는 것 같았다.

언덕 정상에 오르자 반대편 등성이 밑에 비탈로 둘러싸인 인공호수가 보였다. 무수한 내포(內浦)가 칼로 도려낸 듯한 윤곽을 그리며 이어져 있었다. 완만한 언덕 등성이에는 성당과 그 옆에 자리한 노천카페가 있었다. 댄스 플로어를 빙 둘러싼 키 큰 편백나무들이 바람에 떨고 있었다. 한구석에는 검은 글씨로 '코르사 맥주'라고 쓰인 상자들이 수북이 쌓여 뒹굴었다.

두 사람은 호수에 등을 돌린 채 도시를 바라보았다. 장군의 비옷이 바람에 펄럭였다.

그들의 눈길이 도시를 둘로 가르는 대로에서 멈췄다. 포플러나무가 흔들릴 때마다 때로는 총리공관이, 때로는 중앙위원회 건물이 나뭇가지에 가려 보이지 않았다. 나뭇가지는 바람이 더 세게 불 때마다 스칸데르베그 광장에 자리한 회교 사원 첨탑에 부착된 듯한 높다란 시계탑을 뒤덮듯이 가렸다가 집행위원회 건물로 미끄러진 뒤, 중앙은행을 스쳤다.

"알바니아 소개 책자에서 읽은 바로는, 이 대로의 윗구간은 로마시대 집정관이 쓰던 파스케스* 모양으로 건축물을 배치했다더군요." 장군이 입을 열었다. "하지만 저는 몇 분을 지켜봐도 닮은 점을 못 찾겠습니다."

그러자 신부가 팔을 쭉 펴며 말했다.

"더 주의 깊게 살펴보세요. 저 대로는 파스케스의 자루 부분을 연상시킵니다. 저 큰 대학구 본부 건물이 도끼 위로 비어져 나온 머리 부분에 해당하지요. 예술원이 등 부분이 될 것이고, 스타디움은 (신부는 오른쪽을 가리켰다) 활처럼 생긴 도끼날을 본뜬 것입니다."

"한마디로 말해 수도 한복판에 일종의 거대한 은유가 도사리고 있는 셈이군요."

"전쟁이 끝나고 공산주의자들이 처음으로 도시 상공을 비행하다가 이 사실을 알아냈죠. 그래서 이 파스케스 모양을 흩뜨려놓으려 했지만 쉬운 일이 아니었어요."

두 사람은 성당을 따라 이어지는 포장된 가로수 길을 걸어갔다. 산책로 가에 놓인 벤치에 젊은 남녀가 나란히 앉아 있었다. 여자는 흐린 시선으로 남자의 어깨에 머리를 기댄 자세였고, 남자는 여자의 무릎을 어루만지고 있었다.

"돌아갑시다." 장군이 말했다. "등이 시리군요."

---

* 라틴어로 '묶음'이라는 뜻으로, 나무 막대기 다발 가운데에 도끼를 끼워 만든 것이다. 로마 시대 집정관의 권위를 나타내는 도구였으며, 이후 많은 국가들이 권력의 상징으로 사용했다. 파스케스(fasces)는 파시즘(fascism)의 어원으로, 파시스트당의 당기(黨旗)에도 그려져 있다.

15장

차가 차도를 벗어나 오른쪽 벌판을 가로지르는가 싶더니 이제 포도밭을 따라 달리고 있었다. 장군은 지형도를 무릎 위에 펼쳐놓은 채 때때로 차창 밖으로 시선을 던졌다. 그 순간 트럭을 타고 뒤따라오는 기사의 무릎 위에도 동일한 지형도가 펼쳐져 있다는 것을 장군은 알고 있었다. 그도 장군처럼 이따금 차창 밖을 내다보며 차가 멈춰 서야 할 정확한 장소를 가늠하고 있을 것이었다.

오른편으로 키 큰 포플러나무가 길게 늘어서 있어요. 그쪽을 바라보면 저만치 농장 건물이 보이고, 더 멀리 물방앗간이 하나 있죠. 묘가 있는 자리는 바로 나무들 밑입니다. 우리가 판 묘를 나중에 사람들이 더 쉽게 찾을 수 있도록 우린 묘들을 V자 형으로, 뾰족한 부분이 바다를 향하게 배치했어요.

소위의 묘가 맨 위에 오고, 양편에 각기 다섯 개의 묘가 배치되는 식이었죠.

"포플러나무 쪽으로 가라고 전해주십시오." 장군이 말했다.

신부가 이 말을 통역해서 운전수에게 전달했다.

차에서 내리는 순간, 바람에 큰 나무들이 흔들렸다. 묘들이 있는 곳으로 맨 먼저 걸어간 신부가 깜짝 놀라 외마디소리를 질렀다.

"무슨 일입니까?" 장군이 그에게 다가가며 물었다.

"보세요. 저것 좀 보세요!"

장군은 신부가 가리키는 쪽으로 눈길을 돌렸다.

"아니, 이게 대체 어찌 된 일입니까!" 장군이 노기 띤 얼굴로 물었다.

포플러나무들 아래 두 줄로 배치된 V자 형 묘들이 모두 열려 있었다. 묘혈에 지난번 내린 빗물이 반쯤 차 있는 것으로 미루어 파헤쳐진 지 한두 주 된 것 같았다.

"영문을 모르겠네요." 신부가 말했다.

"누군가 우리보다 먼저 와서 묘를 열었군요." 흥분한 장군의 목소리가 떨렸다.

"저기 기사가 오네요. 그가 뭐라 할지 들어봅시다."

"무슨 일인가요?" 기사도 다가오며 물었다.

장군은 잠자코 묘혈 쪽을 가리켰다. 잠시 바라보던 기사가 어깨를 으쓱하며 중얼거렸다.

"이상한 일이네요."

"누가 우리 모르게 허락도 없이 묘를 열었어요. 어떻게 생각합니까?"

신부의 물음에 기사는 또 한 번 어깨를 으쓱했다.

"이런 도발적 행동은 언제쯤 끝나는 겁니까? 즉시 상부에 상황보고를 하겠습니다!" 장군이 소리쳤다.

"당장은 아무 말씀도 드릴 수 없네요." 기사가 말했다. "하지만 이 사건이 지체 없이 해명되길 바랍니다. 조금만 인내심을 가져주세요."

"반드시 해명되어야 할 겁니다." 장군이 분노가 가시지 않은 표정으로 대답했다.

인부들과 두 운전수도 다가와 어안이 벙벙한 모습으로 발밑에 벌어진 일을 지켜보았다.

"이런 일은 처음 겪는군요." 나이가 가장 많은 인부가 말했다.

기사는 손에 든 지도를 말면서 한 번 더 묘혈의 수를 세어보았다. 그런 다음 운전수를 돌아보며 말했다.

"트럭을 몰고 가서 농장에 사는 아무라도 데려오게. 총리실에서 나왔다고 전하게. 몹시 중대한 사안이라고." 그리고 장군 일행을 돌아보며 되풀이해 말했다. "당장은 할 말이 없군요. 하지만 누군가 우릴 모욕하려고 고의적으로 이런 짓을 했다면 이 나라 법에 따라 처벌을 받을 거라는 점만은 분명히 말씀드릴 수 있습니다."

"의도가 뭐였든 이건 심각한 모독 행위입니다." 신부가 으름장을 놓았다.

그사이 인부들은 묘혈 앞에 서서 그 이상한 배치를 보며 놀라고 있었다.

"이런 V자 형 묘지는 처음인데요." 인부 한 명이 말했다.

"황새들이 이런 모양으로 날지." 나이 든 인부가 말했다. "가을에

새들이 날아가는 모습을 못 봤나?"

멀리서 트럭이 돌아오는 소리가 들렸다. 운전수 옆 좌석에 누군가 앉아 있었다.

"이제 모든 진상이 밝혀졌으면 좋겠네요." 기사가 말했다.

운전수가 차에서 내려 낯선 남자 쪽 차 문을 열었다. 바닥에 내려선 남자는 한 사람씩 주의 깊게 뜯어보았다.

"이 농장에서 일하십니까?" 기사가 남자에게 물었다.

"그렇소."

"이 군인들 묘에 대해 아는 게 있으세요?"

남자는 파헤쳐진 묘혈들에 시선을 던졌다.

"이곳에선 모르는 사람이 없죠."

"그게 무슨 뜻입니까?"

"외국 군인들의 묘잖소. 20년도 넘게 이 자리에 있었어요."

"그렇다면 어떻게 이 묘들이……"

"열흘 전에 파헤쳐졌지."

"바로 그 점을 알고 싶습니다. 열흘 전에 누가 이 묘들을 열었죠?"

기사가 이렇게 묻자 남자의 시선은 인부들을 비롯해 장군과 신부, 차량에 차례로 머무르며 또 한 번 방황했다.

"묘를 파는 사람들을 직접 두 눈으로 봤습니까?"

기사가 다시 묻자 남자는 대답을 망설이는 것 같더니 버럭 화를 냈다.

"날 놀리는 거요?"

"뭐라고요? 무슨 말입니까?"

"잘 알면서 그러시오!"

기사는 흠칫 놀라는 모습이었다. 주변 사람 모두가 어안이 벙벙해 입을 열지 못했다.

"부탁입니다. 열흘 전에 누가 이 묘들을 열었는지 그것만 말해주세요."

농장에서 온 남자가 노기등등한 눈으로 기사를 노려보았다.

"묘를 연 건 당신이잖소!" 남자가 단호한 어조로 말했다. 그리고 시에서 파견된 인부들과 장군, 신부, 두 운전수를 손가락으로 가리키며 덧붙였다. "당신들 모두가 한 일이잖소!"

모두 아연실색한 얼굴로 서로를 쳐다보았다.

"어디서 저 사람을 데려온 거요?" 누군가가 트럭 운전수에게 속삭였다.

"이보세요, 뭔가 잘못 알고 있는 것 같은데……" 기사가 농장 남자를 향해 말했다.

그러자 상대는 분노로 이글대는 눈으로 받아쳤다.

"그만하시오. 예의 바른 척하면서 날 바보로 만들 작정이오? 교육 좀 받았다고 이렇게 사람을 우롱해도 되는 거요?"

남자는 경멸 가득한 눈으로 기사를 흘깃 쏘아본 뒤 등을 돌리고 농장 쪽으로 걸음을 옮겼다.

늙은 인부가 그를 소리쳐 불렀다.

"이봐요, 잠깐만 기다려요!"

"여봐요, 거기 서요!" 트럭 운전수도 큰 소리로 그를 불렀다.

그러자 농장 남자가 뒤를 돌아보며 투덜댔다.

"창피한 줄 아시오! 사람을 뭘로 보는 거요? 열흘 전 당신들이 와서 아침부터 저녁까지 땅을 파헤치는 걸 혹시 사람들이 못 봤다고 믿는 건가?"

"정말 가관이군." 신부가 낮은 목소리로 중얼거렸다.

"누가요? 우리가요?"

"그래요. 당신들 아니면 누구겠소? 저 녹색 승용차와 덮개 씌운 트럭을 몰고 왔잖소."

"잠깐만요!" 기사가 불쑥 물었다. "묘를 여는 작업이 진행될 때 당신도 여기 있었나요?"

"그건 아니오. 하지만 멀리서 당신들을 알아봤소."

기사는 고개를 끄덕였다.

"이제야 알겠어요. 분명 다른 사람들이 왔다 간 겁니다. 뒤죽박죽이군요!"

"어떻게 된 일입니까?"

"한 팔이 없는 그 장군 일행이 우리보다 먼저 여길 지나간 겁니다."

"그 사람들이 이렇게 했단 말인가요?"

"제 생각엔 틀림없어요. 달리 설명할 길이 없으니까요."

농장에서 온 남자는 다양한 몸짓을 해가며 인부와 운전수 들에게 이야기를 했다.

"어떻게 그런 일이 있을 수 있단 말입니까!" 장군의 입에서 탄식이 새어 나왔다.

"지도도 정확한 정보도 없는 사람들이니 이 묘들을 자기 군인들의 것으로 착각했겠지요."

"그래도 이곳 주민들에게 물어볼 수는 있었을 텐데요. 게다가 메달도 나왔을 테고."

신부가 지적하자 기사가 아랫입술을 깨물며 말했다.

"저도 그게 놀랍습니다."

"심각한 모독 행위예요!" 장군이 다시 끼어들었다.

"그 사람들에겐 처음 있는 일이 아닙니다." 기사가 상황을 설명했다. "티라나에서 누군가 해준 말인데, 그들은 남부 어딘가에서도 실수로 발리스트들의 묘 두 개를 열었다더군요. 또 다른 곳에선 오래된 회교도 묘지를 파헤쳤고요."

"그래서 그 유해를 가져갔답니까?"

"네."

"어이가 없는 일 아닙니까!" 장군이 소리를 질렀다.

"그 사람들 정신이 있는 건가요? 대체 왜 그런 행동을 한단 말입니까?"

"무슨 이유가 있겠죠." 기사가 몽상에 잠긴 표정으로 말했다. "제 생각엔……"

"대체 뭡니까?"

기사는 대답을 망설였다.

"더 드릴 말씀이 없군요. 죄송합니다."

"일을 서둘러 대충 처리하다 보니 그런 일이 생기는 거겠죠. 더 이상 아무것도 찾아내지 못하자 도중에 마주치는 묘들을 무턱대고 파헤치는 겁니다."

"그들 입으로 우리한테 털어놓았잖습니까. 암중모색을 하고 있다고.”

“더 심각한 문제는 그렇게 수습한 유해를 곧바로 본국으로 이송한 다는 겁니다.” 기사가 힘주어 말했다.

“어처구니가 없군!” 장군이 분통을 터뜨렸다.

“그렇다면 유해 열한 구는 되돌려 받을 수 없다는 얘긴가요?”

“벌써 본국으로 이송된 뒤라면 어렵겠죠.”

“그럼 우리 군인들의 유해가 가족의 품으로 돌아가지 못하고 외국 인 가족들에게 분배될 거란 말이 아닙니까!” 장군이 버럭 소리를 질 렀다. “미친 짓이에요!”

“자국의 가족들에게 약속을 했겠죠.” 신부가 생각을 말했다. “그런 데 막상……”

“막상 유해를 찾지 못하자 닥치는 대로 묘를 약탈하게 됐다? 하, 잘 들 하는 짓이군요!”

장군은 미친 듯이 화가 나서 묘혈 사이를 이리저리 걸어 다녔다. 그 러다가 불쑥 말을 뱉었다.

“갑시다. 여기선 더 이상 볼일이 없어요!”

그들은 다시 차에 올라 바다를 향해 길을 떠났다. V자 형 작은 묘지 의 뾰족한 끝이 가리키는 방향으로.

16장

해안은 우울하고 황량했다. 철근 콘크리트 보루들이 축축한 모래사장에 모습을 드러냈다. 대부분은 세월과 사람들의 손때가 묻어 황폐한 모습이었다. 군데군데 갈라진 틈새로 녹슨 철사 줄이 늑골처럼 비어져 나와 있었다.

바다에서 찬바람이 불어왔다.

장군은 북쪽으로 눈길을 돌렸다. 보루들이 보이는 뒤쪽으로 해안을 따라 지어진 별장 몇 채가 우선 눈에 띄었고, 피서 철에만 문을 여는 작은 기차역들과 길게 늘어선 휴양 시설을 비롯해 이맘때면 대부분 문을 닫는 큰 호텔들이 잇달아 눈에 들어왔다.

장군과 신부는 전쟁 첫날 전사한 자국 군인들의 유해를 수습하기 위해 이곳에 와 있었다. 그들은 한 주 내내 연안지대를 따라 달리며 여러 군데의 상륙 지점에서 멈춰 서곤 했다. 각각의 지점마다 묘지가 있었다.

1939년 봄, 전쟁이 시작된 첫날을 장군은 또렷이 기억했다. 당시 그는 아프리카에 있었는데, 그날 저녁 라디오에서 전쟁이 발발했다는 소식이 들려왔다. 파시스트 군대가 알바니아에 상륙했고, 알바니아 국민은 자신들에게 문명과 행복을 가져다주는 이 위대한 군대를 평화로운 분위기에서, 심지어 꽃까지 들고 와 맞이했다는 내용이었다.

뒤이어 첫 신문들이 도착했고, 잇달아 받은 잡지들에는 상륙 관련 사진과 기사가 가득했다. 잡지에는 그해 봄 알바니아를 찬란하게 수놓은 눈부신 하늘과 바다, 해변과 청명한 수평선, 알바니아 여인들의 사랑, 의복 및 이 나라의 우아한 민속춤이 묘사되어 있었다. 일간지나 정기구독지에 이 나라가 언급되지 않는 날은 하루도 없었고, 밤마다 군인들은 이곳, 아름답고 고적한 해안과 사시사철 푸른 올리브나무 그늘이 있는 이곳으로 배치되기를 꿈꾸었다.

그 당시 장군도 알바니아로 배속되기를 바랐던 기억이 났다.

운명은 나에게도 그 전쟁의 몫을 남겨두었어. 다만 조금 늦었지. 온 세상이 평화를 구가하는 시대, 이 험한 지대에서 지금 그 일을 해야 하니까.

그것이 운명의 호의인지 징벌인지는 아무리 생각해도 단언할 수 없었다.

토목공들은 쌓인 상자 위에 작업 도구를 던져 넣고는 트럭에 올랐다.

차가 출발했다.

그들은 해변의 별장들 앞을 지나 현대식 호텔과 레스토랑 건물들을 죽 따라 달렸다. 덧문을 모두 닫은 별장들은 춥고 쓸쓸해 보였고, 여름 한때 영업을 하는 호텔과 레스토랑 들도 문을 닫은 지 오래였다. 해수욕 시설의 테라스 한구석에는 사라져버린 여름날의 흔적인 테이블과 의자가 높다랗게 쌓여 있었고, 그로 인해 바다가 점점 침식당하고 있었다.

"사방에 보루가 있군요." 장군이 말했다.

"알바니아인들은 자기들 나라가 아드리아 해안에 자리한 요새라고 떠벌리길 좋아하죠." 신부가 대답했다.

장군은 해안 쪽으로 몸을 돌렸다.

"바다는 알바니아인들에게 불행만 가져다주었고, 그래서 알바니아인들은 바다를 별로 좋아하지 않는다고 말씀하신 기억이 납니다."

"맞습니다. 알바니아인들은 물을 두려워하는 족속입니다. 바위나 산에 집착하는 건 그곳에서 안정감을 느끼기 때문이죠."

도로가 해안선에서 점점 더 멀어지고, 여름에만 문을 여는 작은 역들과 드문드문 보이는 흰 별장들도 이제 시야에서 사라지고 없었다.

"전쟁 첫날에 전사한 군인들 중 이제 우리가 이 해안지대에서 찾아야 할 유해는 단 한 구가 남았군요." 장군이 단언했다. "제 생각대로 그날의 첫 번째 묘가 이 근처에 있다면, 이 고장 노인들의 말처럼, 그 불운한 병사가 다른 군인들의 다리를 모두 끌고 들어간 셈일 겁니다……"

"전쟁 첫날 죽은 군인이라……" 신부가 이렇게 되뇌며 말을 이었다. "제 생각이 맞는다면, 중간 고도 지대에서 또 한 차례 힘든 여정을 치러야 할 겁니다."

"그래요. 그다음에 이동이 두 번 더 있지요. 그런 다음 또 한 차례. 그리고 마지막……" 장군이 깊은 한숨을 쉬며 말했다. "아직 귀향을 생각하기엔 이르군요. 그래요. 너무 일러요!"

신부도 고개를 끄덕이며 동의를 표했다.

난 완전히 지쳐버렸어, 그들은 날 기다리고 있는데…… 장군은 생각했다.

"사령관 일행을 못 본 지도 꽤 오래됐네요."

장군이 말을 꺼내자 신부가 대답했다.

"그 사람들이 지금 어디서 묘를 찾고 있는지는 아무도 모르죠."

"분명 또 다른 경기장을 파헤치고 있을 겁니다. 대로 한복판이 아니라면……"

"작업이 신통찮아 보였는데, 안됐어요!"

"그건 그들 문제죠. 중요한 건 그들이 더 이상 우리 묘에 손대지 않는 겁니다."

두 사람은 남은 여정 내내 침묵을 지켰다.

외떨어진 한 군인의 묘가 있다고 하는 수도원은 길이 두 갈래로 갈라지는 지점을 굽어보는 작은 언덕 위에 자리해 있었다.

그들은 비탈을 오르기 시작했다. 장군이 앞장을 섰고 신부와 기사가 뒤를 따랐다. 시에서 파견된 인부들은 어깨에 연장을 메고 맨 뒤에서 걸어왔다.

수도원 건물 앞에는 커다란 십자가와 라틴어 비문이 딸린 오래된 묘 몇 개가 당당한 위엄을 과시하고 있었다. 낡은 정문은 닫혀 있었고, 출입구에 부착된 석판에는 '예수회'라는 글귀가 새겨져 있었다.

기사가 몇 번이나 문을 두드린 뒤에야 안에서 발소리가 들렸다. 백발에 흰 수단을 입은 수도사가 문지방에 나타났다.

그들이 원하는 바를 수도사에게 전달하는 데 잠시 시간이 걸렸다.

"정부의 서면 지시와 대주교관의 허가서를 갖고 있습니다." 기사가 서류가방에서 서류를 꺼내며 말했다.

눈 밑 처진 살이 두두룩한 수도사는 잿빛 눈을 내리뜨고 무언가를 씹는 사람처럼 입술을 옴지락대며 서류를 살펴본 다음 말했다.

"좋습니다. 저를 따라오십시오. 지금 당장 그리로 안내하겠습니다."

그들은 수도사를 바짝 쫓아가며 수도원 내벽을 따라 걸어 소성당이 있는 후원에 이르렀다.

"여깁니다. 이 무덤이에요." 수도사가 말했다.

그들 앞에 나타난 것은 이루 말할 수 없이 초라한 무덤이었다. 머리 부분에 돌 십자가와 철모가 보였다. 오래전에 니스칠이 벗겨진 채 땅속에 비스듬히 박혀 있는 철모는 봄에 새 풀이 자라면 가려져 보이지 않을 게 분명했다.

인부 한 명이 삽으로 철모를 파내고, 다른 두 명은 십자가를 제거했다. 남은 두 사람은 땅을 팔 채비가 되어 있었다.

"이 묘는 어쩌다 이렇게 먼 곳에 고립되었을까요?"

장군의 물음에 늙은 수도사가 낮고 탁한 목소리로 대답했다.

"이 군인은 기이한 상황에서 닉 마르티니의 손에 죽임을 당했습니다."

수도사의 입에서 닉 마르티니라는 이름이 나오는 순간 장군은 의아해하는 눈길로 신부를 바라보았다.

"무명의 산간지대 사람입니다." 신부가 설명했다.

"군인이 총에 맞는 걸 내 눈으로 직접 봤지요. 닉이 저 언덕 위에서 쐈습니다."

수도사는 산간지대 사람이 총을 쏘았다는 그곳을 떨리는 손으로 가리켰다.

그들은 몸을 돌렸다. 도로 저편, 망루처럼 가파르게 치솟은 뾰족한 봉우리에 시선이 멎었다.

"이 근처에서 국지전이 벌어졌었나요?" 장군이 물었다.

"아뇨. 여기서 바다까지는 사람이 살지 않는 지역입니다. 이런 외진 곳에 군대가 상륙하리라고는 아무도 생각 못 했어요. 한데 닉 마르티니는, 마르틴 닉의 아들은 그걸 알았던 겁니다!"

수도사는 상대가 소소한 사항까지 알고 있다는 듯 말을 이었다.

"그가 씩씩하게 걸어가는 모습을 보았을 때, 어깨에 총을 메고 있긴 했지만 그 총을 정말로 쏠 거라는 생각은 못 했어요. 산간지대 사람들이 보통 그렇거든요. 겉모습만으로는 가까운 장터에 장을 보러 가는 건지 사람을 죽이려는 건지 알 수 없어요."

수도사는 장군 일행이 그의 말을 한 마디도 놓치지 않고 듣고 있다는 사실을 깨닫고는 닉 마르티니를 마주쳤을 때의 광경과 그에게 직접 한 말까지 털어놓았다. 닉, 어딜 가나, 하고 그가 묻자 닉이 대답했다. 싸우러 가요. 곧이어 둘은 종탑 위로 올라갔고, 거기서 해안에 군대가 우글대는 모습을 발견했다. 수도사가 다시 닉에게 말했다. 그럴 순 없네, 닉, 하느님의 집에서 총질을 해선 안 돼! 그러자 닉은 분노를 터뜨렸고, 수도사는 닉에게 교회에서 추방당할 거라고 으름장을 놓았다. 이윽고 닉은 종탑을 내려가 해안지대를 한눈에 볼 수 있는 고지로 올라갔다.

"그래서, 그가 정말로 싸웠습니까?" 장군이 물었다.

"그렇습니다. 한참 동안 총을 난사했죠. 그러다 결국 적의 박격포에 포착되었지만."

"그렇게 살해되었나요?"

"총소리가 안 들려서 처음에 우린 그런 줄 알았죠. 한데 나중에 그가 좀 더 떨어진 언덕에 다시 나타났습니다. 이 불운한 병사가 죽은 곳도 바로 거깁니다." 수도사는 묘혈을 가리키며 말했다.

"그 후에 그 산간지대 사람은 무사했고요?" 장군이 다시 물었다.

"닉 마르티니요?" 늙은 수도사는 잿빛 눈을 들어 흐려진 시선으로 언덕 쪽을 바라보며 대답했다. "아뇨, 죽었습니다. 그날 그는 다른 네 장소에서 사력을 다해 싸웠어요. 실탄이 떨어진 그는 군인들이 탄 트럭들이 티라나 방향으로 가는 걸 보면서 큰 소리로 울부짖었다더군요. 가장 가까운 누군가가 죽었을 때 이곳 산간지대 사람들이 보통 그렇게 하거든요. 그는 사방으로 포위당한 채 단검으로 난자당했습니다."

잠시 침묵이 흘렀다.

"닉 마르티니는 무덤이 없습니다." 수도사는 방문객들이 이 산간지대 사람의 무덤도 찾고 있다고 생각했는지 이렇게 말을 이었다. "시신도, 십자가도 없어요. 그에 대한 기억을 일깨우는 노래만 있죠. 저 멀리 보이는 두 마을에서 특히 그 노래를 자주 불러요." 그는 떨리는 손을 들어 북서쪽의 한 지점을 가리켰다. "작년에 민속연구소 대표단이 이 근방을 지나갔어요. 제 기억이 옳다면 그들이 이 노래를 수집해갔지요. 그 후 대표단 내부에서 논쟁이 벌어졌어요. 일부에서는 그 노래가 훨씬 오래된 것인데, 닉 마르티니의 위업을 기리는 노래로 오인된 것이라는 주장을 내놓았죠. 반면 이런 유의 노래가 항상 그렇듯 줄기는 오랜 과거로 거슬러 올라가겠지만 잎과 가지는 최근 것이라는 추정도 나왔어요."

늙은 수도사는 이런 식으로 계속 이야기를 늘어놓았지만, 벌써 한참 전부터 아무도 그의 말을 듣고 있지 않았다.

반시간 뒤 일행이 탄 차가 티라나를 향해 가는 동안 장군이 말했다.

"놀라운 일이에요. 한 사람이 혼자서 일단의 군대에 맞서 싸울 생각을 하다니."

"저들은 혼자 고독하게 싸우는 걸 영예로 여깁니다." 신부가 대답했다. "저들만의 오래된 전통이지요."

장군은 담배를 피워 물며 한숨을 내쉬었다.

"과거의 전쟁 이야기를 또 한 편 듣게 된 셈이로군요!"

신부는 아무 말 없이 길 양편으로 이어지는 들판만 하염없이 바라보았다. 겨울바람이 벌써 들판을 휩쓸고 지나갔다. 더 멀리 이번에는 오른편에, 광막하게 펼쳐진 아드리아 해가 그 당당한 모습을 다시 드러냈다.

꼭대기가 둥그스름한 작은 언덕들이 해안을 내려다보고 있었다. 그 비탈에 전쟁 첫날 죽은 알바니아인들의 묘가 흩어져 있었다.

다양한 출처에서 얻은 단편적인 정보를 통해 장군은 알바니아를 에워싼 두 바다의 해안에서 일어난 일들을 알게 되었다. 지방 구석구석 소식이 퍼졌고, 나라 방방곡곡에서 남자들이 다섯, 열, 스무 명씩 무리를 지어 어깨에 총을 메고 싸우러 갔다는 이야기를 사람들에게서 들은 바 있었다. 싸움터에 나간 이들은 누가 시킨 것도 아닌데 산을 넘고 계곡을 건너 먼 데서 온 사람들이었다. 그들의 발걸음에는 악이 무슨 괴물처럼 어김없이 바다에 떠오르던 신화시대 이후로 대대손손 물려받은 본능과도 같은 아주 오래된 무언가가 배어 있었다. 그 악이 육지로 침투하지 못하도록 해안에서 근절시켜야만 했다. 그들 내면에서 아주 오래된 경각심이 눈을 떴다. 푸른 물 앞에서 느끼는, 보다 넓게는 악이 늘 솟구치는 그 모든 평평한 지형에 대해 느끼는 태곳적 공포였다. 아직 투쟁 중인, 살아남은 왕실 군대에 합류하기 위해 산에서 내려온 이 남자들은 바다 냄새를 맡았다. 잇달아 그들 앞에 펼쳐진 광막한 바다를 보며 위기감을 느꼈고 철썩대는 파도소리를 들으며 군악을 듣는 듯한 착각에 빠졌다.

그렇게 그날 수십 명에 달하는 무리가 산에서 내려왔다. 펠트모자와 안경을 쓴 남자들부터 키가 큰 산간지대 사람들에 이르기까지 각양각색의 무리였다. 여전히 소박한 생활을 영위하던 이 시골 사람들 대다수는 어느 나라가 공격해왔으며 적이 누군지조차 관심이 없었다. 그건 부차적인 문제였다. 중요한 것은 오로지 바다에서 악이 왔고 그 악을 물리쳐야 한다는 사실이었다. 평생 바다를 본 적이 없는 그들 대부분은 아드리아 해가 눈앞에 펼쳐지는 순간 틀림없이 탄성을 터뜨렸을 것이었다. 정말 아름답군! 그 순간, 악이 바로 그곳에서 온다는 사실을 더 이상 믿지 않게 되었을지도 모른다. 그러나 곧바로 먼 바다에서 활발히 움직이는 순양함들과 해안을 겨냥하는 거대한 대포들이 그들의 무심한 시선에 잡혔다. 상공에서는 비행기들이 나지막이 날았고, 소형 보트들이 상륙을 시도하고 있었다. 그들은 관습에 따라 지체 없이 전투에 임했고, 쓰러졌다. 앞서거니 뒤서거니 하면서.

뒤이어 날이 저물 무렵에야 도착한 이들도 있었다. 아주 외진 산간 마을에서 온 사람들이었다. 오랫동안 걸어 지쳐 있는 데다 털끝만큼의 희망도 보이지 않았지만, 그들 역시 해 질 녘 전투에 가담했다. 침략군은 강력한 화포를 쏘아댔으며 피로 물든 두러스의 길들은 일몰의 햇살 속에서 붉게 타올랐다.

산간지대 남자들은 어둠이 내릴 때까지 계속 몰려들었다. 혼자 온 사람들도 있었는데, 장총을 둘러멘 그들의 윤곽은 언덕 꼭대기에 선명히 드러나 보였다. 감시탑의 탐조기에 포착되기 무섭게 그들은 총에 맞아 쓰러졌고, 이슬에 젖어 축축해진 채 아침까지 엎어져 있었다.

다음 날 이 사람들은 쓰러진 그 자리에 매장되었고, 그해 봄에는 사방에서 그들의 묘가 눈에 띄었는데, 그 모습이 마치 바다 맞은편 작은 언덕 위에 흩어져 풀을 뜯는 양 떼처럼 보였다. 이름이 무엇이고 어디 출신인지는 아무도 알 수 없었다. 산간지대 사람들만이 죽은 이들의 옷차림을 보고 그들을 구별해낼 수 있었다. 아주 먼 고장에서 온 사람들도 있었다. 상을 당하면 여자들만 곡을 하는 지역이었다. 알프스 북부지방 사람들도 있었는데, 그들은 남자들이 곡을 하고, 가족만 검은 상복을 입는 게 아니라 차갑고 쓸쓸한 망자의 '탑'에도 검은 천을 친 다음 노래를 바치는 풍습이 있었다. 망자에게 바치는 그 노래에는 필경 무심한 바다의 배신이 언급될 것이었다.

2부

봄이 다시 오고 갔다. 이국의 땅에도 풀들이 자랐다. 풀은 계곡과 산비탈을 뒤덮었고, 온갖 장애물을 뛰어넘어 더없이 비좁은 땅뙈기까지 침범했다.

이해 초여름, 장군과 신부는 알바니아인 기사와 토목공들의 수행을 받으며 알바니아 방방곡곡을 돌아다녔다. 그러나 아무리 애를 써도 그들이 찾는 유해를 모두 수습할 수는 없었다. 그사이 어느새 화창한 계절이 찾아와 있었지만 보름도 채 쉴 수 없었다. 원하는 만큼 작업이 진척되지 않았던 것이다.

알바니아로 다시 돌아오기 전 자국에서 가진 기자회견에서 장군은 기자들에게 불편한 감정을 숨기지 않았다. 그렇다, 장군이 정해진 작업 기한을 연장해달라고 알바니아 정부에 요청한 것은 사실이었다.

유해를 찾아다니는 이 일이 예상보다 진척이 느린 것도 사실이었다. 예기치 못한 난관들이 속출하곤 했었다. 알바니아 정부가 야기한 장애는 아니었다. 행정상의 지연이 있었다거나 자국 정부가 예산 삭감을 감행하는 등의 문제가 있었던 것도 아니었다.

기자들의 질문은 회의적인 기운이 역력했으며 늘 그렇듯 짜증스러웠다. 장군은 알바니아 사람들의 냉정한 태도나 한없이 우울한 노래들, 그들 자신조차 이해하지 못하는 일들에 대해서는 입을 다물었다. 대신 다른 수많은 어려움을 토로했다. 기복이 심한 지형과 알프스 지방의 혹독한 겨울에 대해 언급했고, 누구나 알고 있듯 공산주의 국가에서 지나치게 중시되는 용수로, 그리고 지난해 몇 군데 묘지를 쓸고 간 지진에 대해서도 말했다.

이 마지막 정황이 언급된 순간 기자회견장 안에 처음으로 침묵이 감돌았다. 너무도 깊은 침묵이어서 잠깐 동안 그는 청중과 자신 사이에 완전한 단절의 막이 생겨났다는 느낌을 받았다. 그들은 더 이상 서로의 말을 듣지 못했다.

귀가 멍해지는 이런 느낌을 그는 알바니아 기록보관소에서 이미 경험한 바 있었다. 지진 관련 글을 발견했을 때였다. 그가 알바니아에 도착하기 1년 전, 최후의 일격 같은 지진이 망자들을 소스라치게 만들었던 것이다. 그가 온다는 걸 알리기 위해 깊은 잠에 빠져 있는 그들을 흔들어 깨웠다고나 할까……

8월 말 신부와 함께 다시 알바니아 행 비행기에 올랐을 때에도 그의 마음속에는 이 기자회견의 광경이 웅웅대는 아련한 소리처럼 남아 있었다. 그를 만나기 위해 몰려들었던 방문객들과 편지, 전보, 전화 등, 출발 전 마지막 날들을 빽빽이 채운 수많은 골칫거리들과 함께.

지난번 방문 때와 똑같은 장면이 재현되었다. 더도 덜도 아닌 똑같은 적의가 느껴졌고, 황량한 활주로에 똑같은 사람들이 서 있었고, 지난해와 똑같이 발음이 틀린 똑같은 말들이 차가운 미소 사이로 오갔다.

17장

장군의 눈길이 한 문장에 멈췄다. '평소에 우리는 다리 난간에 몸을 기대고 담배를 피우며 온종일을 보낸다오.' 줄을 그어 문장을 지우려 했으나 손이 편지지 위에 머무른 채 꼼짝도 하지 않았다. 그는 패배를 인정하는 사람처럼 입술을 씹었다. 결국 그 문장은 그대로 두고 아내에게 보내는 편지를 끝까지 써 내려갔다.

언제부턴가 사람들과 대화를 나눌 때는 물론 일상의 사건 하나하나에 차츰 낯선 요소들이 끼어들고 있다는 것을 깨달았다. 예컨대 집에 찾아왔던 방문객들의 말이나 죽은 군인들이 남긴 편지 혹은 일기의 어느 대목 같은 것이었다. 이런 생각의 밀물을 막아보려 했지만 너무도 강력해서 손을 쓸 수 없었다. 어떤 표현이나 문장, 때로는 망자가 들려주는 이야기의 내용 전체가 머릿속을 점령해버리곤 했으며, 그것들이 나머지를 모두 잠식해 나날이 더 강한 힘으로 그를 지배했다.

이따금 이 모두를 각오해야 하는 현상이려니 생각하며 스스로 위로하기도 했다. 어둠의 왕국으로 들어간 사람들의 말이나 표현을 사용함으로써 자신도 그 일원이 되는 게 아닌가 하는 두려움은 이제 사라지고 없었다. 그는 이미 그 사람들 중 한 명이었다. 날이 가고 계절이 바뀌면서 그들의 세계로 진입했다. 무슨 수를 쓴다 해도 그곳에서 빠져나올 수 없었다.

이젠 거기에 익숙해져 과거의 불안 대신 마음의 평화를 느끼는 날들도 있었다. 뿐만 아니라 이 세계가 그를 받아들였다는 차가운 만족감마저 찾아들었다.

평소에 우리는 다리 난간에 몸을 기대거나 작은 막사에 들어앉아 담배를 피우며 온종일을 보냈어요. 막사 문 위엔 주인이 직접 쓴 '커피-오렌지에이드'라는 삐딱한 글자가 보였죠. 처음엔 우리 여섯이 다리 위에서 보초를 섰습니다. 1차 세계대전 때 오스트리아인들이 닦아놓은 전략도로가 그곳에 나 있었는데 오랫동안 사용되지 않았죠. 우린 도로와 다리가 보수되고 며칠 뒤 이곳에 도착했어요. 보수 작업을 맡았던 군인들이 보루를 구축하고 작은 병영도 함께 세운 터라, 모든 준비가 완료된 상태였죠. 우린 중기관총을 보루 안에 두고, 만일의 사태에 대비해 경기관총은 병영에 보관했어요.

주변 풍경은 우울하고 황량했습니다. 온통 자갈투성이인 미개간지로, 드문드문 나무가 보일 뿐이었어요. 기껏해야 열 가구가 사는 작은 촌락이었죠. 낯선 외관의 이 초라한 돌집들에는 보루에 뚫린 좁은 총안 같은 창문이 나 있었어요.

처음엔 지루해 죽을 지경이었습니다. 군용 차량이 지나가는 경우도 드물었고, 마을 사람들은 우리를 적대시했어요. 우린 그저 다리 난간을 따라 오가면서 급류에 돌을 던지며 하루를 보냈고, 밤엔 보초를 섰어요.

그러던 어느 날 한 남자가 노새 세 마리를 데리고 산길을 내려오는 모습이 보였어요. 노새의 등에는 널빤지와 상자, 방수 처리된 판지 꾸러미가 실려 있었죠. 이웃 마을에서 온 장사꾼이었어요. 그는 며칠 안 걸려 다리 근방에 막사 하나를 짓고는 검은 글씨로 문 위에 '커피-오렌지에이드'라고 써 넣었어요.

그날 이후로 우린 이 카페에 부지런히 드나들었죠. 문 위엔 '커피'와 '오렌지에이드'라는 말만 쓰여 있었지만, 사실 이곳에선 라키와 질이 떨어지는 적포도주도 팔았어요. 간혹 트럭을 타고 지나가던 군인들이 그 앞에 내려 한잔하고 가기도 했죠. 을씨년스러운 마을이 이 카페 덕에 다소 활기를 띠는 것 같기도 했어요. 때로 마을 사람들도 그곳에 와 술을 마셨어요. 그러나 시큼한 막포도주는 물론 주인이 내놓는 라키에 마음이 동해서가 아니었죠. 또 다른 관심사가 있었던 거예요. 그들은 거기서 자신들이 가져온 달걀을 실탄과 맞바꾸었거든요. 엄격히 금지된 일이긴 했어도 우린 그렇게 했어요. 밤에 보초를 서면서 허공에 대고 총을 쏘아 연속적으로 폭음을 내요. 그러고는 다음 날 총탄을 실제보다 두 배 많이 쓴 걸로 보고하는 겁니다. 그렇게 빼돌린 탄환을 달걀과 바꾸었어요.

한데 이 야밤의 축포가 불길한 징조였어요. 우리 자신이 불행을 자초한 셈이었죠. 얼마 안 가 유격대원들이 우리를 괴롭히기 시작했거든요. 보루가 없었다면 우린 눈 깜짝할 사이에 끝장나고 말았을 겁니다.

우리 중 한 명이 밤에 보초를 서다가 살해당했어요. 유격대원들이 다리를 폭파하려는데 이 감시병이 경보 신호를 하며 방해했던 거죠. 그는 아침에 다리 난간 앞에서 죽은 채 발견됐어요. 입을 벌린 채 묘한 자세로 누워 있더군요. 〈자전거 주자의 죽음〉*이라는 영화를 본 적이 있나요? 난 그 영화를 보다가 관객들이 다 있는 데서 소리를 지를 뻔했어요. 화면 속 시신의 모습이 내 머릿속에 남아 있던 그 장면의 모습과 너무나 흡사했거든요.

보름 뒤에 두 번째 희생자가 나왔어요. 거의 동일한 상황이었죠. 마을 사람들의 소행이 아닌가 하는 의심이 들었어요. 이젠 더 이상 총탄을 교환하지 않았지만, 너무 늦어버린 일이었죠.

세 번째 희생자가 나오자 우린 다리 위에서 보초를 서지 않기로 결정했어요. 빈자리를 보충할 원군과 함께 탐조등이 도착해 보루에 설치됐죠. 불빛이 다리 위를 규칙적으로 훑고 지나갔어요. 얼키설키 교차된 수백 개의 검은 철근 지지대가 지네처럼 보이는 게 끔찍했어요. 불길하고 무시무시한 인상을 주었죠. 한밤중에 희끄무레하고 강렬한 빛에 선명히 모습을 드러낼 때면, 저 녀석이 우리 모두를 하나씩 차례로 집어삼킬 것 같다는 예감이 들곤 했어요.

유격대원들은 악착같았습니다.

네 번째 희생자가 발생한 날 저도 부상을 당했어요. 공격이 시작되자마자 부상을 입어 뒷일은 하나도 기억 못 해요. 정신을 차린 순간, 누군가가 노새 위에 날 싣고 천천히 다리를 건너고 있다는 걸 알았어요. 노새의 편자 밑에서 널빤지가 삐걱대는 소리가 낯설게 들렸어요. 아침이었죠. 칙칙한 겨울 아침이었어요. 바로 밑에서 무수한 나사못들이 몽롱한 시야를 스쳐 지나갔어요. 차갑고 둔중한 무언가에 눌려 심장이 조여드는 기분이었죠. 마음속에서

---

* 스페인 감독 후안 안토니오 바르뎀의 1955년 작.

영원히 지워지지 않을 흔적이었어요.

다리 끝까지 온 노새가 느린 걸음으로 도로로 들어서는 순간, 난 간신히 고개를 돌려 마지막으로 그 모든 것을 응시했습니다. 보루와 고원 위에 흩어져 있는 음울하고 누추한 집들, 다리 밑 동료들의 무덤(마지막 한 기는 흙도 덮지 못한 상태였습니다)이 보였어요. 가까이 보이는 나무 막사와 거기에 적힌 더러운 글자도 눈에 들어왔죠. '커피-오렌지에이드.'

장군은 콘크리트 블록에 앉아 담배를 피웠다. 저 아래 다리 밑에서는 인부들이 사방에 널린 큼직한 블록 파편들과 녹슬고 뒤틀린 고철 조각들을 헤치며 땅을 파고 있었다. 하류 쪽으로 수백 미터 내려간 지점에 새 다리가 놓여 있었다. 착유공장 근처, 새 도로가 닿는 곳이었다. 예전의 산길은 이제 나무덤불이 무성했다.

폭발음이 대단했겠군, 장군은 생각했다. 다리는 두 동강이 났고, 산산조각 난 콘크리트 블록들이 보루까지, 아니 더 멀리 폐쇄된 도로까지 튀어 있었다. 다리 근처에는 낡은 나무 막사가 아직 남아 있었고, 그 출입문 위에 적힌 '커피-오렌지에이드'라는 글자도 읽을 수 있었다.

일주일 전 그들이 도착했을 때는 이 막사 역시 다리나 보루, 도로 일부처럼 반쯤 파손된 상태였다. 지붕을 대신했던 방수 판지가 군데군데 찢겨 있었다. 널빤지도 여러 장 소실되고 아직 남아 있는 것 역시 상당수 썩어 있었다. 그런데 이틀 뒤 한 행상인이 이곳에 와서 담배와 코냑, 커피를 끓일 버너를 풀어놓았다. 그것은 모두에게 횡재나 다름없는 일이었는데, 인부 다섯 명 외에도 일곱 명이 임시로 더 고용

된 데다 운전수와 기사, 신부와 장군을 포함한 모두가 이곳에서 길고 힘겨운 2주일을 보낼 예정이었기 때문이다. 행상인은 여기저기 널빤지를 못으로 박고 방수 판지 조각들을 큰 돌로 고정시켜 바람에 날려가지 않게 한 다음 옛 막사에 자리를 잡았다.

이 임시 카페 덕에 근방이 활기를 띠었다. 인부들은 작업 시작 전 아침마다 그곳에서 작은 잔에 따른 코냑이나 커피를 마셨다. 낮이면 마을 사람들이 몇 시간이고 그 주변을 서성대며 토목공들이 땅을 파는 모습을 지켜보았다.

순간 장군의 눈에 마을 사람 둘이 가장 나이 많은 인부에게 발밑 한 지점을 가리키며 무언가 설명하고 있는 모습이 들어왔다.

저들 중 한 명이 보초들을 사살했는지 알 게 뭔가? 마을 사람들이 와서 인부들과 섞이거나 막사에서 담배를 살 때마다 장군은 이런 생각을 했다. 장군 일행이 여기 온 지도 일주일이 지난 터라 몇몇은 안면이 있었다.

신부와 기사는 비탈을 힘겹게 올랐다. 주변 산들의 협곡이 안개 속에 잠겨 있었다.

"날씨 한번 고약하군요." 장군이 말했다.

신부가 고개를 끄덕이며 대답했다.

"알바니아 속담 중에 이런 말이 있죠. 좋은 친구 집에서는 궂은 날씨도 잊는다……"

"그렇다면 우리에게는 기회가 없겠군요! 우린 어떤 문도 두드리지 않을 테고, 아무도 우리한테 문을 열어주지 않을 테니!"

"그렇겠지요." 신부가 중얼거리듯 말했다. "우린 이 다리에 묶여 벗어나질 못하고 있습니다."

"전 이 구석을 더 이상 참아내기가 힘들군요. 저 농부들을 좀 보십시오. 주변을 계속 맴돌며 우리가 유해를 발굴하는 모습을 지켜보고 있잖습니까."

"맞습니다. 우리 주위를 계속 어슬렁거리고 있어요. 분명 거기서 무슨 만족을 느끼는 것 같습니다."

"다리를 지키던 이 보초들을 저들도 잘 알 겁니다. 오랫동안 이웃지간으로 살았으니까요. 서로 달걀과 총탄을 주고받기도 했고요. 하지만 저들 중 누군가가 총을 쏜 게 분명해요."

"우리 주변을 맴도는 게 꼭 자기들이 이 보초들을 죽였다고 자랑하는 것 같습니다." 신부가 말했다. "그건 그렇고, 아침마다 이곳에 와 심각한 모습으로 어슬렁거리는 노인을 보셨나요? 콧수염을 길게 기르고 허리띠에 커다란 권총을 찬 노인인데요."

장군의 표정이 어두워졌다.

"가슴에 훈장 두세 개를 달고 고개를 빳빳이 들고 다니는 노인 말이죠? 기사가 말하기를 그 아들이 우리 쪽 사람들 손에 죽었다더군요."

"그렇습니까?"

"우리가 온다는 소리를 듣고는 핀으로 가슴에 훈장을 달고 허리띠에 권총을 찬 채 이곳을 배회했던 것 같아요. 날마다 자신의 계략을 떠벌린답니다."

"알바니아 인부들마저 경멸에 찬 그의 눈길을 피해갈 수 없다죠." 신부가 말했다. "어제는 기사가 그에게 뭔가를 물었는데 일절 대답을 않더랍니다."

"늙은 미치광이로군요. 기사와 인부들을 우리 편이라 생각하는 거겠죠. 전……" 장군이 무슨 비밀을 털어놓기라도 하는 어조로 말했다. "만사에 대비해야 한다고 생각합니다. 저는 이런 유의 정신병자들을 경계합니다. 무슨 일을 벌일지 모르니까요. 난데없이 발작을 일으켜 무기를 빼들고 벌건 대낮에 우리한테 방아쇠를 당길 수도 있어요!"

"충분히 가능한 일입니다. 정신이 온전치 못한 저런 사람은 무슨 일이든 벌일 수 있습니다."

근처 협곡에서 천둥 치는 소리가 다시 들려왔다.

장군은 담뱃불을 붙였다.

"우리 작업에 이 농부들이 관심을 갖는 것은 납득이 갑니다. 이곳으로 떠나오기 전, 이 다리 위에서 보초를 섰다는 한 군인이 전쟁 때 겪은 일이라며 이야기를 들려주더군요. 방금 전에 저기 앉아 있으려니 그 이야기가 기억났습니다. 벌써 열 번째일 겁니다……"

"우릴 보면 저들도 전쟁 시절이 떠오를 테지요."

"당연히 그럴 겁니다. 충돌이 있던 시기에 이 부락 사람들은 자신들의 운명을 저 다리의 운명과 연결 지었어요. 다리가 가까이 있는 것이 저들에겐 치명적인 일이었죠. 다리가 파괴되자 우리 군대가 맹위를 떨치며 학살을 자행했어요. 다리만 없었어도 이곳 사람들의 삶은 바깥세상과 고립된 채 조용히 흘러갔을 겁니다. 전쟁의 소용돌이에 전혀 휘말리지 않았겠지요. 한데 다리가 거기 있어 그 모든 일이 초래된 겁니다. 그리고 우리가 불쑥 이곳을 찾아와 우리 보초병들의 유해를 찾기 시작했고요! 과거의 기억이 되살아나 더 이상 평정을 유지할 수 없었겠지요. 그래서 왔다 갔다 막사에서 담배를 사기도 하고 그러는 거죠. 그 시절의 분위기를 그 무엇보다 뚜렷이 일깨워주는 그곳에서 말입니다……"

"과거를 되살리는 것……" 주의 깊게 듣고 있던 신부가 마침내 중얼거리듯 말했다. "그보다 더 위험한 일은 없겠죠!"

신부는 이 지역에서 작업을 계속하고 싶은 마음이 없어 보였다.

점심식사 후 장군은 잠시 짬을 내 명단을 검토했다. 명단의 여백은 이제 짧은 메모로 빽빽했다. 신원 확인 불가. 참조 번호 1184. 발굴 보고서 참조. 신원 확인 불가. 머리 없음. 발굴 보고서 참조. 오른팔이 더 짧음. 참조 번호 1099. 등록 번호 19301. 두 차례 죽임을 당했다고 언급됨. 치아 상태 불일치. 신원 확인 불가……

오후에 비가 오기 시작했다. 인부들은 담배연기가 자욱한 추운 막사 안에 모여 가랑비가 내리는 모습을 지켜보았다.

18장

저녁에 늙은 인부가 병이 났다. 오후 들어 몸 상태가 좋지 않다고 느꼈으나 대수롭지 않게 여겼는데, 저녁이 되자 얼굴이 창백해지면서 쉬고 싶어 했다. 사람들은 그저 감기겠거니 했다. 그래서 그를 마을 사람 집으로 데려가 따뜻한 불가에서 몸을 덥히도록 했다. 그러나 밤 사이 병세가 악화되고 말았다.

해가 뜨기도 전에 기사가 차를 빌리기 위해 장군을 깨웠다.

"작업반장이 상태가 안 좋습니다. 가까운 병원으로 당장 옮겨야겠어요."

신부도 잠에서 깨어나 물었다.

"어디가 불편한 겁니까? 안색은 이미 어제 낮부터 안 좋아 보이던데요."

"저도 모릅니다." 기사가 말했다. "감염된 게 아닌가 걱정이에요. 오른손을 다쳤거든요."

"감염이라고요?" 장군이 깜짝 놀라 고개를 들며 소리쳤다.

기사가 자리를 뜬 뒤 장군이 다시 물었다.

"정확히 어떻다는 겁니까?"

"감염일지 모른다는 생각이 저도 듭니다." 신부가 대답했다. "어제 저녁 얼굴에 핏기가 없더군요."

"참, 운도 없군요!"

"녹슨 외투 단추나 부서진 뼛조각 때문일 수 있어요. 어제 꽤 많은 묘를 열었거든요."

"그렇긴 해도 이 일을 놀랄 만큼 잘 아는 사람이잖습니까. 다른 이들에게 작업 방법을 가르쳐주는 이도 늘 그 사람이고요."

"미처 알아채지 못했을 겁니다. 손이 흙투성이어서 상처를 보지 못한 거죠."

"어제 저녁 병원으로 옮겼으면 좋았을 텐데요."

"도로 상태가 안 좋습니다. 오랫동안 사용되지도 않았고요. 낮이라 해도 쉽지 않은 길인걸요."

"그렇긴 하지만……"

"제때 도착할 겁니다. 위중할 거라는 생각은 들지 않네요. 지금은 감염에 아주 잘 듣는 치료제도 나와 있고요."

장군은 다시 두터운 담요로 몸을 감싸며 물었다.

"날씨는 어떻습니까?"

"흐립니다."

두 사람이 텐트 밖으로 나왔을 때는 벌써 인부 몇이 작업을 하고 있었다. 다른 이들은 막사 앞에 선 채로 커피를 마셨다.

"기사가 없으면 작업이 곤란할 겁니다." 신부가 말했다. "인부들은 정확히 어딜 파야 하는지 모르니까요."

"감염성 있는 유골이 또 있을까요?"

"장담할 수 없죠."

"구덩이에 석회를 뿌려야 할 것 같은데요."

"나중에 기사한테 물어보죠. 이런 일은 그 사람이 아니까요."

두 사람은 막사로 가서 각자 커피를 한 잔씩 시켰다.

"세균이 20년을 땅속에 숨어 있다 갑자기 독성을 회복한다니, 끔찍하군요……" 장군이 중얼거렸다.

"하지만 실제로 그렇습니다. 공기와 햇빛에 닿는 순간 다시 활성을 띠게 되지요."

"동면에서 깨어나는 야수 같군요."

신부는 커피를 천천히 음미했다.

"낮에 비가 올 것 같네요."

아닌 게 아니라 몹시 음산한 하루였다. 두 사람은 아침나절 내내 무얼 할지 몰라 갈팡질팡했고, 낮에는 정말로 비가 내리기 시작했다.

"혹시 그 사람에게 안 좋은 일이 생기면 우리가 가족에게 보상금을 지불해야 할 겁니다." 장군이 말했다.

"평생 연금인가요?"

"협정서에 그렇게 명시돼 있습니다. 제 기억이 옳다면 제4조 11항이에요."

신부는 텐트 안으로 들어가 양손에 종이 뭉치를 들고 나왔다.

"맞습니다, 제4조 11항이네요. 치명적인 사고를 당할 경우 가족은 평생 연금을 지급받는다."

"하지만 그 사람은 무사할 수도 있습니다." 장군이 말했다.

"그러길 바라야겠지요!"

기사는 다음 날 아침에 돌아왔다. 산길을 힘겹게 올라오는 차를 트럭 운전수가 맨 처음 발견하고 소리를 질렀다.

"저기 와요! 오고 있어요!"

비를 피하기 위해 막사 안에서 북적대던 장군과 신부, 인부들이 우르르 밖으로 나왔다.

멀리 카키색 자동차가 길 위에 흩어진 큼직한 돌들을 피해가면서 느린 속도로 오고 있었다.

"병이 나았나 봐요." 누군가가 말했다.

가까이 온 차를 보니 온통 진흙투성이였다.

기사가 먼저 차에서 내렸다. 안색이 파리하고 초췌했으며, 지친 기색에다 눈이 멍했다. 그는 다리를 하나씩 밖으로 내밀며 차에서 나와 얼빠진 표정으로 주위를 바라보았다.

"어떻게 됐어요?" 누군가가 침묵을 깨뜨리고 물었다. "졸레카는요?"

이 질문에 기사는 자신이 먼저 놀란 듯 돌아보았다.

"졸레카요? 죽었습니다." 기사가 천천히 또박또박 말했다.

"죽다뇨, 그게 대체 무슨……"

뒤이어 땅에 발을 디딘 운전수는 술 취한 사람처럼 비틀거리며 몇 발짝 걸었다. 눈이 빨갰고 손에는 흙이 묻어 있었다.

"그 말이 믿기지 않는 거요?" 운전수가 쉰 목소리로 내뱉었다. "확인하고 싶으면 병원 영안실에 가봐요!"

잠시 시간이 흐르고서야 그들은 감정을 추스르고 차분하게 말할 수 있었다.

"언제쯤 그리 됐습니까?" 누군가가 물었다.

"자정쯤에요."

"감염 상태가 심각했어요." 기사가 중얼대듯 말했다.

무리는 막사 쪽으로 발길을 돌렸다.

"커피를 내와요. 이 사람들, 더 이상 버틸 힘이 없다는 걸 모르겠소?" 누군가 카페 주인에게 외쳤다.

"코냑도 한잔해요. 기운이 날 겁니다."

"좋아, 코냑도 가져와요!"

"한데 여보시오, 일이 어떻게 된 건지 말 좀 들어봅시다."

운전수는 단숨에 술잔을 들이켰다.

"한 잔 더 주시오." 주인에게 주문을 한 뒤 그는 말을 이어갔다. "빌어먹을 밤이었어요! 차를 타고 가는 내내 그 사람 한 마디도 못 했어. 이가 딱딱 부딪거나 열이 펄펄 끓었지. 그러다 어지럽다고 하기에 누우라고 했어요. 뒷좌석에 간신히 몸을 누이긴 했지만 증세가 나아지진 않았고. 나야 물론 가속 페달을 힘껏 밟고 있었죠. 골짜기에서 끝장을 보지 않으려고 얼마나 애를 썼는지 원! 계속 좀 어떠냐고 물어봤지만 그는 여전히 입을 열지 않았어요. 아파, 너무 아파! 라고 말하는 표정으로 우릴 바라보기만 했죠. 마침내 우린 도시에 이르렀고 즉시 그를 입원시켰어요. 그리고 반시간마다 가서 차도를 물었죠. 간호사들은 하나같이 자신할 수 없다는 얼굴이었어요. 그중 한 명이 말하더군요. 좀 더 일찍 데려왔어야 했다고…… 그래서 상황이 좋지 않다는 걸 알았죠. 그를 보게 해달라고 했지만 거절당했어요. 그러다 해가 저물었고, 우린 카페를 전전했어요. 너무 심란해서 호텔로 가 쉴 수도 없었죠. 밤 열한 시경에 다시 병원으로 갔어요. 그랬더니 이번에는 놀랍게도 당장 들어가보아도 좋다고 허락하더군요. 차도가 있는지 묻자 인턴 의사가 대답했어요. 안 좋다고, 오늘 밤을 넘기지 못할 거라고…… 그래서 우리를 당장 들여보낸 거였어요. 시간이 얼마 남지 않았던 거죠. 그는 창백한 얼굴로 온몸을 떨다가 돌처럼 뻣뻣이 굳어졌어요. 그리고 머리를 흔들며 우리 쪽으로 눈길을 들었죠. 그런 다음 손에 난 상처를 한참 동안 바라봤어요. 빌어먹을, 날 파멸시킨 게 너야! 라고 말하는 듯이. 그러다 자정쯤 한 차례 격렬한 발작을 일으켰고 몹시 고통스러워하다 잠시 뒤 숨을 거두었어요. 일이 그렇게 된 겁니다. 자, 한 잔 더 주시오, 제발! 이런 고약한 이야기를 하게 될 줄이야!"

막사 안에 침묵이 감돌았다. 뜯겨나간 지붕에서 방수 판지 조각이 바람에 딱딱 부딪치는 소리가 났다.

"도저히 믿을 수가 없군." 누군가가 말했다. "몇 시간 전만 해도 우리와 함께 여기 있었는데 더 이상 볼 수 없다니."

"그러게 말이야. 가엾은 졸레카가 우릴 떠나고 말았구먼. 우리가 알아차릴 새도 없이 가버렸어."

"좋은 사람이었지." 다른 누군가가 말했다. "모두에게 친절했고, 잘난 체하는 일도 없었어."

"그 사람 아내에게는 누가 이 소식을 전하지?"

"쉽지 않은 일인데!"

"그 불쌍한 여자는 그 사람 하는 일을 좋아하지 않았어. 불행을 예감했는지도 모르겠군. 편지를 쓸 때마다 언제쯤 이 묘들에서 손을 털거냐고 묻곤 했지. 그때마다 조금만 더 하면 끝난다고 대답했는데."

"가엾은 여자야." 운전수가 말을 받았다. "언젠가 티라나로 직접 편지를 가져다준 적이 있는데, 내 앞에서 하소연을 하더군. 몹시 불안해하는 눈치였어. 전쟁이 났을 때도 오랜 세월 기다렸는데, 이제 다시 남편을 전장으로 떠나보낸 심정인 것 같더라고."

"졸레카도 늘 우리에게 그렇게 말했었지. 파시스트들이 활개치던 때에도 그들을 상대했는데, 이제 그들이 죽은 뒤에도 그들의 일을 하고 있다고!"

"하긴 그래! 수년을 그들과 맞서 싸우며 물리친 사람인데 결국 그들에게 굴복당한 모양이 됐군. 정말 운도 없지!"

"사후 보복이라 해야 하나."

"그들은 20년을 기다려 복수를 한 거야. 그래, 그는 전쟁에서 응당 그래야 하듯 정정당당히 싸웠건만, 상대는 비열하게도 감염이라는 어이없는 방식으로 그를 죽였구먼."

"적은 죽어도 적이지."

"저 사람들, 두 마리 까마귀처럼 입도 벙긋 않고 저기 있군그래." 운전수가 신부와 장군에게 증오의 눈길을 던지며 쉰 목소리로 말했다. 헐렁한 비옷으로 몸을 감싼 두 사람은 파손된 다리 잔해 곁에 서 있었다.

"이제 만족하십니까?"

"입 다물게! 바보짓 하지 마, 릴로!"

무거운 침묵이 다시 막사 안에 감돌았다. 바람이 지붕 위 찢어진 방수 판지 끝을 들었다 놓았다 하는 소리가 들렸다.

"저들이 그를 죽였어!" 누군가가 오열을 터뜨렸다. "우리한테서 빼앗아갔다고!"

밤이 되었다. 한없이 슬픈 밤이었다. 장군은 잠을 이루지 못해 수면제를 두 번이나 삼켜야 했다. 그러고는 간간이 끊기는 불안한 잠에 빠졌다.

그들 사이에 닥친 죽음으로 그는 평정심을 잃어갔다. 이따금 혼란에 빠질 때면 이 역경이 엄청난 무게로 다가왔다.

이제 막 일어난 죽음이라 그런지 받아들일 수가 없었던 데다 그 죽음이 마치 또 다른 불행들을 예고하는 것만 같았다. 20여 년의 세월이 흐르는 동안 차디차게 굳은 이 석영 왕국에서 빚어진 죽음은 더없이 낯설기만 했다.

장군은 원인 모를 공포심에 사로잡혔다. 야전침대에서 수없이 뒤척이는 동안 신부의 기도 소리가 들리는 것 같았다.

삽입장

없다. 기사가 입을 떼기도 전에 신부는 이미 알고 있었다.

"없어요." 기사가 큼직한 진흙덩이 위를 조심스레 걸으며 맥이 풀린 목소리로 말했다.

"이상하군요."

"다른 두 곳을 더 팔 겁니다. 신부님 지도에 표시된 지점 양옆으로요. 분명 이 근방 어딘가에 있을 거예요."

장군이 다가왔다. 진흙이 잔뜩 묻은 장화가 바닥에 달라붙어 힘겨운 걸음걸이였다.

"어떻습니까?" 그가 기사에게 물었다.

"여기도 없습니다."

"포기해야겠군." 장군이 말했다. "계급이 뭐였습니까?"

“중위예요.”

“부상을 당한 뒤 여기서 꽤 먼 곳까지 이동을 했는지도 모르죠.”

성긴 빗방울이 묘혈 양옆에 쌓인 붉은 흙더미 위로 떨어졌다. 정오 무렵까지 계속 유해를 찾고 있는데, 느닷없이 멀리서 토목공이 외치는 소리가 들려왔다.

“됐어요, 찾았어요!”

기사는 미끄러지지 않으려고 이제 막 파낸 묘혈 쪽으로 천천히 걸어갔다. 그 뒤에 신부가 따라왔다.

두 사람은 열린 묘 주변을 한참 동안 서성댔다. 그러나 신부가 실망한 표정으로 돌아와 힘없는 목소리로 말했다.

“헛고생이었네요. 우리 쪽 사람이 아닙니다.”

“그럼 누굽니까?” 장군이 물었다.

“기사 생각으로는 영국인 비행사라는군요.”

기사가 그들이 있는 곳으로 다가와 말했다.

“이 고생을 했는데 헛일이 돼버렸어요.”

“이제 어떻게 하죠?” 인부 한 명이 물었다.

“갑시다. 여기선 더 이상 할 일이 없어요.”

“영국인은 어떡하고요?”

“도로 묻어요. 그 사람에겐 해줄 수 있는 일이 없으니.”

“해줄 수 있는 일이 없습니다. 흙을 다시 덮도록 해요.” 장군이 기사의 말을 되풀이했다.

기사는 묘혈 쪽으로 몸을 돌리고 토목공들에게 지시했다.

“다시 묻어요.”

인부 두 명이 유골을 묘혈 속으로 되던지고 흙을 메우는 동안 무리
는 자리를 떴다. 잠시 뒤 장군이 뒤를 돌아보니 두 인부는 여전히 작
업 중이었고 멀리서도 삽이 규칙적으로 오르락내리락하는 모습이 보
였다. 조금 더 있다 다시 돌아보니 일을 마친 모양인지 인부들이 어깨
에 연장을 메고 언덕을 내려오고 있었다. 방금 편평히 고른 묘를 이젠
알아볼 수도 없었다.

 "하루를 망쳤군." 장군이 말했다. "완전히 망쳤어."

또 다른 삽입장

뼛조각과 뼛조각, 척추와 척추를 하나씩 맞추자 큰 파충류의 해골이 완성되었다. 여기저기 결손 부분이 있고 불확실한 점도 한둘이 아니었지만 말이다. 공동 묘혈에서 마지막으로 나팔수의 유해를 꺼내는 모습을 보고 있노라니, 장군의 귀에는 이 나팔수의 고독한 악기 소리가 들리는 듯했다.

공동 묘혈이란 것들은 그에게 끔찍할 만큼 공포스러웠다. 그나마 세 군데밖에 안 되어 다행이었고, 그중 두 군데에서는 유골 확인이 끝난 상태였다. 이제 세 번째 묘혈 작업이 남아 있었다. 돌투성이 계곡 밑에 자리해 작업하기가 가장 어려운 곳이기도 했다.

몇 개월 전에는 폐허가 된 성채 지하에서 해골 더미를 똑똑히 봤다고 주장하는 농부의 말을 믿는 바람에 이 지역에서 며칠을 낭비하고 말았다. 유골 주변의 무기는 전부 사라지고 없었지만 첫눈에 다른 시대의 전사들이라는 것을 알 수 있었다. 기사는 즉시 장군을 설득해 그곳을 뒤지는 일을 그만두도록 했다. 장군은 어떤 해골 근처에도 성모상이 새겨진 메달이 없다는 보고와 함께 가지가 여럿인 별 모양의 금속판을 건네받았다.

이 표지가 그들이 찾아낸 전부였다. 기사의 지식을 믿어보자면, 그것은 오스만튀르크 군대의 점성가 무나딤이 소지했던 물건이었다.

장군은 잠시 손 안에 쇠붙이 별을 들고 있었다. 그 어느 곳보다 하늘과 무관해 보이는 습한 지하 감옥에서 이 점성가는 대체 무얼 찾으려 했던 것인지 상상이 가지 않았다.

또 다른 삽입장

　세 번째 공동 묘혈은 '바람의 낭떠러지'라 불리는 곳에 자리하고 있었다. 장군 일행에게 가장 큰 골칫거리가 되기도 한 묘혈이었다. 석 달 전 일행이 아직 멀리 있었던 때에도 장군은 이 묘혈을 생각하며 잠을 못 이루곤 했는데, 두 주 전 묘혈이 있는 장소가 가까워오자 또다시 밤잠을 설쳤다. 하물며 한 주를 남기고서는 두말할 것도 없었다. 일주일 전 일행이 이 묘혈과 관련된 정보를 수집하고 있을 때였다. 장군은 끊임없이 두통에 시달렸다. 악몽에서처럼 얽힌 실타래가 마지막 순간 풀리는가 싶다가도 더 복잡하게 꼬이곤 했다. 육군성이 제공한 문서나 군인들의 증언, 관련 서한들, 20년 전으로 거슬러 올라가는 전화 통화, 이 지역을 휩쓴 홍수 관련 기사, 마을 노인들의 이야기 등, 이 묘혈과 관련해서 수집된 정보들은 매번 상반되는 내용을 전해주었다. 그런가 하면 알바니아 감옥에서 감방 동료로부터 들은 말을 기록해뒀다는 어느 그리스 병사의 진술도 있었고, 집시들의 증언이나 경찰관의 보고서, 정신분열증 환자의 이야기도 있었다. 그러나 이처럼 다양한 정보들은 서로를 반증하기 위해 수집된 요소들처럼 보였다.

이 묘혈 역시 끝없이 이어지는 납골당 가운데 하나에 불과하다고 생각하면 때로는 마음이 편안해졌다. 그리고 다음 날이 되면 장군은 확신이 섰다. 이 묘혈을 철저히 파헤치지 않는 한 그가 맡은 임무는 완수되지 않을 것이었다. 만사가 이 작업과 이중 매듭으로 연결되어 있다는 느낌이었다. 자신의 잠도, Z대령도, 끈질기게 따라붙는 불운도……

일부 주민들은 이 묘혈이 전쟁이 발발한 해 겨울에 만들어졌다고 주장한 반면, 또 다른 이들은 더 나중 시기라고 주장했다. 그런가 하면 이 묘혈을 판 장본인은 떠돌이 집시들이라는 주장도 있었다. 그들이 죽은 자들의 메달을 귀금속이라 믿고는 찾아 나섰고, 그런 다음 서둘러 시신을 처리했다는 것이었다. 홍수에 대해서도 상반되는 주장들이 나왔다. 하지만 홍수로 수많은 어려움이 야기되었던 것은 사실이었다. 이 지방 묘지 모두가 쓸려 내려갔다는 소문도 있었는데, 이 점을 둘러싼 분쟁과 소송은 여전히 미해결 상태에 있었다. 집시들로 말하자면, 이와 같은 안 좋은 일이 발생할 때마다 사람들은 예외 없이 그들에게 돌을 던졌다…… 이 나라에서는 유대인들에게 책임을 추궁하지 않는 것만도 다행이라 해야겠지만…… 정말이지 아무도 진실을 말하지 않아요. 모두 겁을 내니까요. 이 묘혈은 언제나 이 자리에 있었어요. 하지만 그 안에 뭐가 들었다기보다 늘 비어 있는 것처럼 여겨졌지요. 앞으로도 그럴 겁니다. 길가에 있는 여관처럼 말이에요. 전 숨기고 싶은 생각이 없습니다. 우리 모두를 기다리는 묘라는 걸 알고 있으니까요…… 대체 왜 그 사람 이야기에 귀 기울이며 시간을 낭비하세요? 그 사람은 미쳤어요. 차라리 힐 영감에게 물어보세요. 이 마을에서 일어난 일을 모두 기억하는 노인이에요…… 여보게, 고맙네. 난 이제 늙었어. 거짓말은 하고 싶어도 못 하네. 사람들에게보다는 땅에 대고 말하는 시간이 많아. 땅은 절대로 거짓말을 하지 않거든. 해마다 그 위에 풀이 자라지. 또 우리한테 약속한 대로 우리 모두를 거두어들일 테고…… 바람의 낭떠러지라 부르는 곳에 있는 이 묘혈에선 눈곱만큼의 진실도 찾아낼 수 없을 거야. 침묵과 어둠뿐이지. 자네들처럼 살아 있는 자들은 깨닫지 못할 것이라고나 할까. 그러니 내게 묻지 않는 편이 좋을 거야. 난 내 혀가 답변하기를 원치 않아…… 자네한테도 그 편이 낫겠지……

또 다른 삽입장

옛날 옛적에 한 장군과 신부가 모험을 떠났어. 전쟁에서 죽은 자기네 나라 군인들의 유해를 찾아오려고 간 거야. 두 사람은 걷고 또 걸었지. 수많은 산과 들을 가로지르며 유해를 찾아 거두어들였단다. 거칠고 적대적인 나라였지만 그래도 가던 길을 되돌아오지 않고 계속 전진했어. 찾을 수 있는 유골을 모두 모아 가져와서는 그 수를 셌단다. 한데 아직 많이 모자란 거야. 그래서 두 사람은 다시 장화를 신고 비옷을 걸치고 길을 떠났어. 걷고 또 걸었지. 수많은 산과 들을 가로지르는 동안 지치고 기진맥진하여 쓰러질 것만 같았단다. 바람도 비도 그들이 찾는 군인들이 어디 있는지 말해주지 않았거든. 그래도 두 사람은 힘닿는 대로 유해를 모아 돌아와서 다시 수를 셌어. 하지만 찾지 못한 유골이 아직 많았어. 지쳐 쓰러질 것 같은 몸으로 그들은 또 다시 길고 험한 여정에 올랐단다. 그리고 걷고 또 걸었어. 겨울이었지. 눈이 내리고 있었어.

"그럼 곰은요?"

"그때 그들 앞에 곰 한 마리가 나타났어……"

이것이 평소에 장군이 거의 매일 밤 혼자 되뇌는 이야기, 집에 돌아가자마자 손녀에게 들려주리라 마음먹은 이야기였다. 어김없이 "그럼 곰은요?"라는 물음으로 끝나는 이야기. 손녀는 옛날이야기를 들을 때면 어느 한 대목에서 반드시 이렇게 묻곤 했으니까.

19장

마침내 열흘째 되는 날 그들은 산을 내려오기 시작했다. 길은 이제 점점 아래로 향했다. 머리 위에 높다란 고원과 구름을 남겨둔 채로.

마지막 여정, 가장 힘들었던 여정이 끝나가고 있었다. 악천후로 인해 외진 지역들은 가 닿기가 더욱 여의치 않았다. 군데군데서 잔뜩 얼어붙어 보이는 작은 마을들이 불쑥 나타났다가 다시 안개 속으로 성급히 움츠러들곤 했다.

갈가리 찢긴 비극적인 형세의 높은 산들이 시야에서 멀어지는가 싶다가 좀 더 먼 곳에 돌연 모습을 드러냈다. 하얗게 덮인 눈 탓에 한층 위협적으로 보였지만 점차 그 가파른 모양새가 누그러졌다. 점점 드물게 나타나는 바윗덩이들은 산 정상에서 떨어져 나온 것들이었다. 산 밑에서는 젊은 남녀들이 무리를 이루어 땅을 개간하고 있었다. 사라져 보이지 않던 눈이 더 아래쪽에 의연하면서도 광기 어린 빛을 발하며 군데군데 다시 나타나곤 했다.

이런 눈 속에서 죽음을 맞고자 했던 알프스 엽보병들은 뜻을 이루었다. 고결한 눈은 삽을 갖다 대면 금세 굴복할 것처럼 보였지만, 땅 못지않게 까다로웠다. 20년 전 희생자들의 마지막 순간을 힘들게 했던 눈은 이제 그들을 찾으러 온 사람들마저 그에 버금가게 괴롭혔다. 내부에 숨겨둔 것을 강탈당하지 않으려는 듯 눈은 조심스레 만물을 뒤덮고 있었다. 그러나 익숙해진 탓인지, 장군에게는 이 은밀한 저항마저 자연스러웠다. 자연스럽지 못한 것은 오히려 땅과 눈으로부터 이제는 그들과 친밀해진 유해를 빼앗겠다고 고집을 피우는 장군 자신이었다.

뜻밖의 악운이 닥치기 전에 여기서 떠나게 해주십시오, 장군은 이따금 마음속으로 기도를 올렸다. 자신은 일단의 군대가 오롯이 빠져 있는 깊은 잠을 흔들어놓기 위해 먼 곳에서 온 사람이었다. 지도와 명단을 손에 든 그는 이들을 덮고 있는 흙에 쇠붙이 연장을 내리치고 있었다. 이런 방해를 정작 그들이 원하는지 아닌지도 모르는 채.

구불구불 이어지는 길은 매번 산 정상을 휘돌다가 다시 낮게 이어지곤 해서 빙글빙글 돌고 있다는 인상을 주었다. 전날 갔던 길을 똑같이 가는 느낌이었고, 계속 가다 보면 잔인하게도 원점으로 되돌아와 결국 아무 데도 이르지 못하게 될 것 같은 기분에 사로잡히곤 했다. 이정표들은 일부가 잘렸거나 한 번 뽑혔다 급하게 다시 설치되는 바람에 비스듬하거나 거꾸로 된 모양새여서, 그는 이제 이정표에 적힌 숫자는 믿지 않게 되었다. 그랬다. 이제 임무가 끝나가는 시점에서 때때로, 특히 어둠이 내릴 무렵이면, 이 산에서 다시는 못 나가는 게 아닐까 하는 두려움이 일었다.

그들은 개들이 우글거리며 짖어대는 마을들에서 마지막 두 밤을 보냈다. 그리고 마지막 군인을 땅속에서 꺼내야 할 날이 밝았다. 우울한 예감이 그를 사로잡았다. 적어도 이 사람은 땅에 그대로 두어야 하는 게 아닐까. 두 해에 걸쳐 별의별 소동을 다 겪고 몹쓸 취급을 받은 땅이 이런 보상을 요구하고 있다는 확신이 들었다.

확신이 너무나 강한 나머지, 신부나 알바니아인 기사의 시선이 거북하게 느껴지지만 않았어도 좀 더 일찍 달아날 핑계를 생각해냈을 것이다. 이 알프스 엽보병의 묘를 열지 않은 채로.

그는 언 땅에 곡괭이를 내리치는 토목공들을 얼빠진 사람처럼 바라보았다. 토목공들은 쉴 새 없이 양손을 비벼댔다. 그 손과 연장으로 그들이 일단의 군대를 발굴했다는 사실에 장군은 새삼 주목했다.

마지막 곡괭이 소리가 폭발음처럼 귓전을 울렸다. 잠시 뒤 기사가 먼 데서 소리를 질렀다. "1미터 63! 명단과 일치합니다!"

땅에 좀 더 너그러운 태도를 보이지 못했다는 아쉬움이 어느 정도 가라앉았다. 어쩌면 땅에게는 이런 온정이 필요하지 않은지도 몰랐다. 땅은 그들이 찾아내지 못한 수십 명의 군인을 아직 간직하고 있었다. 무슨 일이 닥치든, 동일한 임무를 띤 다른 일행이 이곳에 파견된다 한들, 땅은 여전히 자신의 몫을 움켜쥐고 있을 것이었다……

그런 식으로 장군은 마음을 진정시키려 애썼다. 그러나 길가에 '낙석 주의'라고 쓰인 표지판이 보이자 대번 두려움이 되살아났다. 라디오에서 흘러나오는 음악이나 뉴스도 머릿속에 싹트는 터무니없는 망상들을 몰아내지는 못했다. 그중에서도 그토록 힘들게 모은 이 군대를 모두 제자리로 돌려보내야 할지도 모른다는 생각이 가장 분별없었다. 그렇게 되면 그는 신부와 함께 다시 우울한 순례 길에 올라야 할 것이었다. 언덕에서 언덕으로, 계곡에서 계곡으로, 유골들을 원래 있던 자리로 돌려놓기 위해.

이런 불안한 생각에서 벗어나려고 장군은 머리를 흔들었다. 아니야, 이 일은 이제 완전히 끝났어! 그는 하마터면 이 소리를 입 밖에 낼 뻔했다.

실제로 그날은 마지막 날이었고, 그들은 이제 산을 내려오고 있었다. 그때까지 녹아내릴 기미가 전혀 보이지 않던 단단한 눈이 고도가 낮아질수록 부드러워지기 시작했다. 더 아래 계곡에서는 오래된 친구 같은 비가 그들을 맞았다.

얼마 안 있으면 그는 집에 돌아가 있을 것이었다. 남은 일은 다른 이들이 돌볼 것이며, 작업은 완수될 터였다. 그의 임무는 이번 여정과 더불어 마무리될 것이었다. 이제 양국 회계사들과 시 대표들이 테이블에 둘러앉아 완수된 작업의 총 결산을 시도하겠지. 복잡한 계산서를 비롯해 처리해야 할 청구서와 영수증이 수북이 쌓여 있을 거고 이 모두가 최종 보고서의 작성과 함께 종결될 거야. 그러고 나면 작은 연회가 마련되고 그곳에서 짤막한 공식 소견 발표가 있겠지. 이후에는 전사한 군인들의 영혼을 달래기 위한 대미사가 집전될 테고. 신문마다 이 임무가 유종의 미를 거두었음을 알리는 기사를 실을 테지. 수백 명의 성가신 기자들 앞에서 또 한 차례 기자회견을 해야 하겠군.

그사이 이름 모를 목수들이 수많은 작은 관을 짜놓겠지. 의정서 제

17조 b와 d 부속서에 명시된 대로. 나무상자, 이중 베니어판, 규격은 70×40×30cm, 흰 페인트칠에 번호는 검은색.

티라나 근교 공터 한복판에 자리한 창고에서는 해진 헐렁한 외투를 걸친 카론*이 마지막으로 손끝에 입김을 불어가며 장부를 펼칠 것이다. 커다란 개가 위협적인 모습으로 문 앞을 지키는 가운데 시청에서 파견된 일꾼들이 각각의 관에 비닐 가방을 조심스레 내려놓겠지. 소대, 중대, 연대, 여단, 사단이 이 무수한 관 속으로 사라져 들어갈 것이다. 이 군인 무리 속에 낀 길 잃은 여자도 다른 군인들과 동일한 취급을 받겠지. 여자의 해골과 남자의 해골을 구별할 수 있는 사람은 해부학자밖에 없을 테니까.

관을 실은 수송 트럭들은 두러스를 향해 달릴 것이다. 그곳에서 모든 운송물이 중장비를 갖춘 큰 선박으로 옮겨지고, 몇 톤의 인과 칼슘으로 축소된 군대는 본국으로 이송될 것이다.

연안에 부려진 관들은 저마다 정해진 주소로 발송되겠지. 아마도 수많은 가족들이 부두에 나와 유해를 기다릴 것이다. 이 순간을 기점으로 군대는 완전히 해산되겠지. 우편물 수송 차량이나 트럭, 버스, 큰 리무진이나 소형 승용차, 오토바이나 자전거, 혹은 그냥 사람의 등에 실려. 올림피아 상표의 이 가방들은 다시는 만나지 못할 곳으로 어지러이 흩어질 것이다.

반면 찾아내지 못한 유해는 알바니아에 남아 있을 것이다. 어쩌면 나중에 다른 장군이 지휘하는 또 다른 일행이 찾아와 새로운 발굴 작

---

* 그리스 신화에서 죽은 자들을 저승으로 보내준다는 뱃사공.

업을 개시할지도 모른다. Z대령을 선두로 약 마흔 구의 유해가 아직 남아 있으니까. 이 새로운 팀 역시 그 불행한 자들의 유해가 하나씩 모두 수습될 때까지 끝없이 이어지는 고단한 여정을 되풀이하겠지. 그 일행을 이끌게 될 장교는 나를 어떻게 생각할까? 선임자들을 두고 흔히 그러듯 암암리에 비난할까? 아니면 겸허하게 고개를 숙일까? 조심하게, 그는 마음속으로 이 미지의 대령 혹은 대위(마흔 명의 사내를 위해 또 한 명의 장군을 파견할 거라고는 아무래도 상상하기 어려우니까)에게 말하곤 했다. 조심하라고, 친구, 4만 명의 군대로도 해내지 못했을 일을 길 잃은 이 마흔 구의 시신이 해낼 수도 있으니까!

길은 올라올 때와 마찬가지로 산 둘레를 굽이돌며 내려갔다. 길이 점점 큰 환형을 그리며 아래로 이어지자 장군은 만사가 결국엔 순조롭게 해결될 것 같은 느낌을 받았다. 그의 마음속에 다시 평화가 깃들 것이었다.

내려오면서 장군은 가끔씩 뒤를 돌아보았다. 산들이 시야에서 점점 더 멀어져갔다. 들쭉날쭉한 부분들이 흐려져 덜 위협적으로 보였다. 너희가 휘두르는 영향력도 이제 끝이다. 난 벗어났어, 너희에게서 벗어났다고! 산들을 바라보는 그의 시선은 이렇게 말하는 것 같았다. 그러다 정신이 가물가물해지면서 또다시 어렴풋한 공포에 사로잡히곤 했다.

하지만 다시는 저 위로 돌아가지 않을 것이다.

다시는!

마지막 공포가 엄습한 것은 일행이 마침내 평원에 이르렀다고 생각하는 순간이었다. 부릉대는 차 소리에 그는 퍼뜩 정신을 차렸다. 놀랍게도 그토록 고대했던 들판이 아닌 가파른 고개가 눈앞을 가로막고 있었다. 그들이 탄 차는 내려가는 게 아니라 골짜기를 힘겹게 기어 올라가고 있었다. 장군은 운전수에게 소리를 지를 뻔했다. 멈춰! 대체 우릴 어디로 데려가는 건가? 다시 산으로 가는 건가? 그러나 옆에 앉은 신부의 평온한 얼굴을 보자 기세가 꺾이고 말았다. 장군은 협로를 따라 이어지는 가파른 암벽에서 멍하니 시선을 뗄 수 없었다. 그들은 어떤 출구를 찾아가듯 이 협로를 따라가고 있었다.

진정해! 그는 두세 번 자신을 타일렀다. 알바니아에서는 어딜 가나 길들이 가파르게 오르내리는 모습을 볼 수 있잖아.

산골짜기 같은 곳으로 진입하는 순간 그는 또 한 번 이 사실을 확인했다. 저 아래 산중턱에 인가가 있는 큰 마을이 보였다. 일행은 그곳을 향해 빠른 속도로 내려가기 시작했다.

장군이 정신을 차린 이후 잠깐 사이에 악몽이 꼬리를 물듯 이 순례길의 최종적인 고통이 번개처럼 빠르게 머리를 쳐들었다. 산들은 그를 보내주는가 싶더니 마지막 순간 그들 왕국의 경계지대에서 그를 왔던 길로 되돌려 보내고 있었다. 혹시 산속에 있는 동안 무슨 잘못을 범한 건 아닐까? 아주 오래된 의식 절차를 위반한 건 아닐까? 잘못을 보상하기 위해 지금이라도 어떤 행동을 취해야 하는 건 아닐까? 찾아낸 군대의 일부를 돌려주어야 할까? 아니면…… 아니면 나 자신이 인질로 남아 이 군대를……

신경이 곤두서는군. 그는 인가의 굴뚝들에서 시선을 떼지 않은 채 생각했다. 마음속에 평화가 다시 깃들도록 하는 데 이것들보다 나은 진정제는 없어 보였다.

"마을이군요." 마찬가지로 주의 깊게 밖을 내다보던 신부가 말했다.

"큰 마을이에요." 장군이 덧붙였다. "저기서 밤을 보내야 할 것 같습니다."

그들은 어둠과 더불어 마을로 내려왔다.

열흘 만에 처음으로 장군의 얼굴에 환한 미소가 번졌다. 마침내 끝이 난 것이다. 오늘 밤을 여기서 보내고 내일이면 티라나로 떠날 것이다. 며칠 뒤엔 집에 가 있겠지. 장군은 즐거운 기분을 되찾았다. 여전히 불안정하긴 했지만, 행복감이 미지근한 물결처럼 그를 찾아들었다.

마을 가로등에는 아직 불이 들어와 있지 않았다. 넓은 진흙길을 달리는 차를 아이들이 떼 지어 쫓아왔다. 차 앞에서 파닥이는 작은 다리들이 앞 유리창을 통해 보였고, 몸을 돌리자 또 다른 아이들이 따라오는 모습이 보였다. 장군의 입가에 미소가 떠올랐다. 아이들은 장군에게 흥미를 느끼는 것 같았고, 신부는 보는 둥 마는 둥 했다. 이 관심이 오로지 그가 입은 군복 때문이라 해도 장군은 우쭐해지지 않을 수 없었다.

마음속 깊은 곳에서 아직 꿈틀대는 명예욕이 조심스레 고개를 쳐들었다.

시끄러운 행렬은 그렇게 마을을 가로지른 뒤 협동조합 위원회 건물 앞에서 멈춰 섰다. 운전수와 기사가 급히 현관 앞 계단을 올라갔다. 곧이어 트럭이 차 뒤에 멈춰 섰고 인부들이 하나씩 땅 위로 뛰어내렸다. 그러나 트럭은 아이들 안중에 없었다. 아이들은 컴컴한 좌석에 꼼짝 않고 앉아 있는 두 남자를 보려고 차창에 얼굴을 찰싹 붙이고 승용

차 안을 기웃거렸다. 두 남자 중 한 명이 담배를 피우고 있다는 것 외에 밖에서는 아무것도 분간할 수 없었지만, 그래도 아이들은 차 주위를 빙빙 돌며 놀라움과 호기심이 가득한 앳된 얼굴을 차창에 바싹 갖다 대곤 했다.

"이 마을에서 Z대령이 사라진 것 같습니다." 신부가 말했다.

"그럴 수도 있죠." 장군이 맞장구쳤다.

"그 일에 대해 알아봐야겠습니다. 시도는 해봐야죠."

장군은 두세 차례 담배연기를 내뿜은 뒤 천천히 또박또박 말했다.

"솔직히 말해 전 대령을 찾고 싶은 생각이 별로 없습니다. 오늘 밤엔 죽은 자를 찾아 나설 마음이 전혀 생기지 않는군요. 저로서는 이긴 시련이 끝나는 게 그저 기쁠 따름입니다. 그런데 신부님은 기어이 절 새로운 사건에 끌어들이려 하시는군요!"

"하지만 이건 저희의 의무입니다……"

"압니다, 알고 있어요. 그래도 지금 당장은 그런 생각을 전혀 하고 싶지 않습니다. 우리한텐 중요한 밤이니까요. 모르시겠어요? 축제의 밤이에요! 절 가만 내버려두셨으면 좋겠습니다. 따뜻한 물에 목욕을 하는 것, 그게 오늘 밤 제 가장 큰 관심사예요. 목욕을 할 수만 있다면 제 군대, 제 왕국의 절반이라도……"

장군은 이루 말할 수 없이 상쾌한 기분이었다. 끔찍한 환상처럼 떠올리곤 했던 길고 고된 여정이 드디어 막을 내린 것이다. 그 여정은 순례의 길과는 전혀 거리가 멀었다. 암흑과도 같은 죽음을 가로지른 행군이었다고 할까. '겨울 여행이 우리네 삶이라네. 한밤의 겨울 여행!'이라는 스위스 병사들의 옛 노랫말처럼.

장군은 양손을 비볐다.

그는 털끝 하나 다치지 않고 빠져나온 것이다. 가증스럽고 무뚝뚝한 그 산들을 이제 먼 곳에서 무덤덤하게 바라볼 수 있었다.

"당당하고 고독한 한 마리 새처럼……" 한 귀부인이 그에게 무사 귀환을 축원하며 던졌던 이 말도 더는 또렷이 기억이 나지 않았다.

기사가 협동조합 위원회 건물에서 다시 나왔다.

"저 집에서 주무시랍니다." 발코니가 딸린 작은 집을 가리키며 그가 말했다.

10분 뒤, 장군은 발코니에 나와 목재 난간에 팔을 괴고 서 있었다. 방에서는 신부가 짐가방을 푸는 중이었다. 자그마한 정원으로 둘러싸인 이층집 발코니에 서니 마을 한 귀퉁이가 보였다. 인근 우물가에서 달그락대는 양동이 소리와 여자들의 목소리, 소들의 고적한 울음소리, 이제 막 틀어놓은 라디오 소리…… 광장에서 사방을 뛰어다니며 노는 아이들의 고함 소리도 여전히 들려왔다.

이날 밤 장군이 알바니아 마을의 그 독특한 냄새를 들이마시려 하지만 않았어도, 이 밤 역시 다른 모든 밤처럼 별다른 기억을 남기지 않은 채 지나갔을 것이다. 감지될 듯 말 듯 미묘하면서도 이제는 익숙해져 다른 어떤 냄새 속에서도 구별해낼 수 있을 것 같은 그 냄새. 신부는 Z대령과 관련된 정보를 수집하러 나갔고, 장군은 발코니 난간에 몸을 기댄 채 여자들이 우물에서 차례로 물을 길어 올리는 모습을 지켜보고 있었다. 만사가 더없이 평범하고 순조롭게 흘러갔다. 멀리 마을 한복판에서 들려오는 북소리와 바이올린 소리가 청아한 신비로움과 매혹을 어둠 속 가득 퍼뜨리고 있었다.

그 독특한 북소리로 미루어 이 지방의 전통 결혼식이 치러지고 있음을 장군은 짐작할 수 있었다. 지금 같은 늦가을이 아니었다면 이 시끄러운 소리는 분명 주변 풍광과 짜증스러운 부조화를 이루었을 것이다. 알바니아 농부들은 보통 가을에 추수가 끝난 다음 결혼식을 치른다는 말을 책에서 읽은 적이 있었다. 신부와 그는 벌써 두 해째 이 계절에 이 마을 저 마을을 다니는 중이었다. 이미 겨울의 문턱으로 들어선 지금은 이런저런 이유로 연기되었던 때늦은 결혼식만 치러졌지만, 작업이 시작되던 무렵만 해도 거의 날마다 결혼식 장면을 목격하곤 했다.

밤이면 빗소리 사이로 북을 치는 소리와 때로는 명랑하고 때로는 몽상적인 바이올린 선율이 귓전에 와 닿곤 했다. 담요에 머리를 묻고 그 소리에 귀 기울이노라면 밖에 세워둔 트럭에 생각이 미쳤다. 폭우가 밤새도록 검은 덮개 위로 내리치겠구나. 그러면 이 이국땅이 얼마나 낯설게 느껴지던지. 길가에 심어진 나무들보다―나무는 그저 나무일 뿐이니까―자신이 더 이방인 같았다. 저녁이 다가오면 방울소리를 울리는 송아지들이나 양 떼 혹은 양치기 개들보다 자신이 훨씬 이방인 같은 존재라 여겨진 게 사실이었다.

그 저녁도 여느 저녁과 똑같이 지나갔을 것이다. 장군이 머릿속에서 이런 생각들을 곱씹은 뒤 신부가 Z대령에 대해 하는 소리를 듣지 않았다면 말이다. 신부는 자신이 조합 회관에 갔다가 마을 사람들과 한 테이블에 앉게 된 사연을 들려주었다. 또 대령의 실종에 대해 그들에게서 들은 이야기와 잇달아 그의 마음속에 싹튼 의혹에 대해 털어놓았다. 그러나 장군은 신부의 말을 더 경청할 생각이 없었다. 더없이 유쾌한 기분에 젖어 있었기 때문이다.

"그만하세요." 그는 벌써 세 차례나 같은 말을 하고 있었다. "그걸로 충분합니다! 지금 우리에게 필요한 건 잠깐의 휴식과 기분전환이에요. 안 그렇습니까?"

신부는 대답을 자제했다.

"이렇게 멋진 저녁엔 약간의 음악과 코냑 한 잔 정도면……"

"하지만 어딜 가시게요? 조합 회관 말고는 카페도 없는데. 거기가 어떤 곳인지 아시잖습니까……"

그러나 신부의 말이 채 끝나기도 전에 장군은 깜짝 놀랄 제안을 했다. 신부는 동의하지 않았다. 그렇게 딱 잘라 반대의사를 표명하기는 처음이었다. 그러자 장군은 이번 임무의 수장은 자신이며 설령 그 제안이 신부의 마음에 안 들더라도 명령을 따를 수밖에 없음을 상기시켰다.

"우린 이 임무에 자부심을 갖고 있습니다. 그건 신부님도 여러 번 되풀이하신 말씀 아니던가요? 한데 이 영광스러운 임무를 우리가 완수한 겁니다. 오늘 저녁엔 저도 기분전환을 하고 싶어요. 음악을 듣거나 연극을 보거나 뭐 그런 거 말입니다! 이 나라 결혼식 광경은 큰 볼거리라고 신부님도 말씀하셨죠. 아니면 그저 장례식 광경에 대해 언급하신 건가요? 아무래도 좋습니다. 중요한 건 오늘 저녁만은 기분전환을 하고 싶다는 겁니다. 장례식이 있다면 가보는 것도 괜찮겠죠. 어쨌거나 이 농사꾼들과 함께 있는 게 거북하진 않을 겁니다! 알바니아인들이 손님을 맞는 방식은 강박에 가깝다고 신부님이 말씀하셨죠. 그러니 우리가 푸대접을 받을 위험은 없어요."

신부는 냉정한 눈으로 그를 주시했다. 장군은 침묵이 들어서지 못하도록 쉴 새 없이 말을 했다. 그러나 결국 침묵이 끼어들고 말았다.

신부가 결혼식이 치러지고 있다고 생각되는 쪽으로 팔을 뻗으며 천천히 말했다.

"안 됩니다. 거기 가면 안 돼요. 우린 상중이니까요. 그들을 저버려선 안 됩니다……"

우릴 저버리지 마십시오…… 이것은 아주 오래된 청원이었다. 1년 반 동안 장군의 귓전에 맴돌았던, 때로는 희미하고 때로는 강렬했던 청원. 그들은 그가 곁에 있어주기를 원했고, 그는 그들을 위해 삶을 포기했었다. 몇 시간만이라도 그들에게서 벗어나려 하면 그때마다 투덜대는 소리가 어렴풋이 들려왔다. 그는 그들의 장군이었으니까. 하지만 오늘 저녁만은 그가 그들에게 반항하고 있었다.

이런 생각이 들자 옴짝달싹도 할 수 없었다…… 장군이 자신의 군대에 반기를 들다니…… 보통은 그 반대로, 군대가 지휘관에게 대항해 일어서지 않던가…… 하지만 이 총체적인 숙명 안에서는 만사가 뒤죽박죽이었다.

신부의 팔은 여전히 같은 방향을 향해 있었다.

"난 그 무엇도, 그 누구도 저버리지 않습니다. 단지 좀 쉬고 싶을 뿐이에요."

장군은 쉰 목소리로 이렇게 말한 뒤 상대의 답변을 기다리지도 않고 비옷을 걸치고 밖으로 나갔다.

신부도 그의 뒤를 따라갔다.

20장

결혼식은 마을 한복판에 있는 집에서 치러지고 있었다. 멀리서부터 장군과 신부는 그 강렬한 불빛을 알아보았다. 불빛 사이로 보이는 빗줄기는 더한층 세차게 느껴졌다. 악천후에도 불구하고 그 집 대문은 활짝 열려 있었고 널찍한 현관에는 사람들이 몰려 있었다. 집으로 이어지는 좁은 길은 오가는 인파로 활기를 띠었고 소곤거림과 다양한 소리로 온통 술렁였다. 두 남자는 커다란 검정 비옷으로 몸을 감싼 채 말 없이 걷기만 했다. 성큼성큼 물웅덩이를 철벅이며 걷는 장군의 무거운 발소리와 한결 가볍고 날렵한 신부의 발소리가 골목길 안에 울려 퍼졌다.

두 사람은 활짝 열린 문 앞에서 잠시 발길을 멈추었다. 현관에서는 잔치 복장을 차려입은 몇몇 젊은이가 담배를 피우며 낮은 목소리로 이야기를 나누고 있었다. 두 사람은 현관으로 들어섰다. 장군이 앞장을 서고 신부가 뒤를 따랐다. 복도는 여자와 아이 들로 붐볐고, 무척 떠들썩했다. 북소리가 멈추었고, 안쪽에서 남자들의 목소리가 들렸다. 그 순간 복도에 작은 무리가 형성되는가 싶더니 둘의 방문을 알리러 한 사람이 넓은 방으로 들어갔고, 잇달아 한 노인이 깜짝 놀란 표정으로 그들을 맞으러 나왔다. 노인은 가슴에 손을 갖다 대며 인사를 한 뒤 그들이 비옷을 벗도록 도왔고, 그것들을 마을 사람들이 입고 온 큰 외투 곁에 걸었다. 이 노인이 집주인이었다. 두 사람이 노인의 안내를 받고 방으로 들어서자 방 안에 있던 사람들이 일제히 술렁이기 시작했고, 목을 길게 빼며 서로 수군거렸다. 마치 한 줄기 세찬 산들바람이 숲을 훑고 지나가자 난데없이 수만 가지 색채가 차례로 되살아나는 것 같은 분위기였다.

장군은 눈앞에 벌어진 광경에 자신이 그토록 안절부절못하리라고는 예상치 못했다. 처음에는 냉정을 상실한 나머지 움직이는 알록달록한 점들밖에 보이지 않았다. 따귀라도 세게 한 대 얻어맞아 눈앞에 무수한 별이 반짝이는 것 같았다.

누군가 그를 탁자까지 안내했다. 그가 할 수 있는 일이라고는 주변의 움직이는 점들을 향해 당황스러운 표정으로 인사하고 미소 지으며 앞뒤 안 맞는 말을 중얼대는 게 전부였다.

다시 북이 울리고 바이올린이 날카로운 첫 음을 뽑아내자 하객들이 일어나 춤을 추기 시작했다. 그제야 그는 비로소 마음을 좀 가라앉힐 수 있었다. 유리잔 부딪는 낭랑한 소리가 들리는 가운데 곁에 있는 누군가가 장군의 모국어로 귀띔해주었다. 잔을 들어 올리세요…… 그는 시키는 대로 했다. 같은 목소리가 그에게 계속해서 무언가를 설명해주었지만 아직은 아무것도 이해할 수 없었다. 이처럼 갈팡대는 자신의 모습이 놀랍기만 했다.

이제 잔치는 거대한 무척추동물과도 같이 힘차게 숨을 내쉬고 꿈틀대고 웅얼거리고 춤을 추면서 뜨겁고 들척지근하고 탁한 숨결로 대기를 가득 채우고 있었다.

어느 정도 시간이 지나서야 장군은 완전히 정신을 차릴 수 있었다. 아이들이 고요한 즐거움이 감도는 눈을 반짝이며 그를 빤히 바라보는 게 느껴졌다. 서로 머리를 맞대고 그가 있는 쪽을 손가락으로 가리키는 것으로 보아 그가 입은 군복의 단추나 계급장을 세고 있는 낌새였다. 아이들은 무언가 의논을 하다 생각이 안 맞는지 작은 머리를 가로젓곤 했다.

장군의 눈에 주변의 사물들이 조금씩 식별되어 들어오기 시작했다. 콧수염을 길게 기른 노인들이 소파에 책상다리를 하고 앉아 긴 파이프 담배를 피우며 근엄한 태도로 이야기를 나누고 있었다. 흰 드레스를 차려입은 우아한 신부의 얼굴에는 동요의 빛이 역력했고, 땀에 흠뻑 젖은 신랑은 사방에 얼굴을 내밀고 다니며 손님들을 맞이하고 대접했다. 방 구석구석에는 웃고 소곤대는 일밖에 모를 것 같은 젊은 처녀들의 모습도 보였다. 그녀들의 자태는 비밀스러운 기쁨을 보장하고 있었지만, 그것이 온전하게 실현되는 일은 결코 없을 것이었다. 알 건 다 안다는 표정의 젊은이들이 담배를 피우는 사이 구릿빛 피부의 악사들은 땀을 뻘뻘 흘리고 있었다. 여자들은 하나같이 분주한 모습으로 이 방 저 방을 오갔다. 그런가 하면 검은 옷을 차려입은 노인들은 창백한 성상(聖像)처럼 일렬로 나란히 앉아 있었다. 세월의 흔적이 고스란히 새겨진 얼굴과, 자애로움과 감동이 서린 눈을 하고서.

사람들의 다리가 날렵하게 움직였고, 북소리의 울림에 맞추어 발꿈치들이 규칙적으로 마룻바닥을 때렸다. 그가 다녀온 알프스의 눈처럼 새하얀, 무수한 주름이 들어간 치맛자락들이 사락사락 스치는 소리. 수식어가 많은데도 일단 통역되니 그 의미가 몽땅 사라져버리는 축배사의 긴 문장들. 남자들은 산중의 짧은 황혼녘을 상기시키는 투박한 노래를 불렀고, 여자들은 남자들이 부르는 노래의 건장한 어깨에 다소곳이 의지해 그 곁에서 영원히 이어질 듯한, 길게 늘어지는 비장한 노래를 불렀다. 장군은 이제 이 모두를 좇고 있었다.

그러나 그는 그 무엇에도 생각을 집중하지 못한 채 주변을 두리번거렸다. 그리고 누구에게 보내는지 모를 미소를 끊임없이 지으며 술을 마셔댔다.

난 자네가 어느 군 소속인지 모르네. 군복은 늘 그게 그거 같거든. 이젠 너무 늙어 차이점을 배울 수도 없어. 하지만 자네가 외국인이고, 우릴 죽인 군대의 일원이라는 건 분명해. 척 보면 알 수 있지. 행색을 보아하니 자넨 침략을 업으로 삼고 있군. 내 삶을 망가뜨리고, 날 지금처럼 불행한 노파로 만들어놓은 사람이야. 이 낯선 결혼식에 와서 한구석에 앉아 이런 말이나 중얼대는 늙은이로 말일세. 아무도 내가 자네한테 하는 말을 듣고 있지 않아. 여기 모인 모두가 기쁨에 들떠 있고, 난 이 잔치를 망칠 생각이 없네. 정말이야. 이 구석에 앉아 나지막이, 아무도 못 듣게 아주 나지막이 말하는 것도 그 때문이야. 한데 무엇이 자넬 이 결혼식에 오도록 충동질한 거지? 어떻게 여기까지 발걸음을 옮길 생각을 했지? 자넨 거기 탁자에 앉아 멍청한 웃음만 흘리고 있군. 이젠 그만 일어서게. 어깨에 외투를 두르고 빗속을 걸어 자네가 온 곳으로 돌아가! 자네가 불청객이라는 걸 모르겠나? 가증스러운 인간 같으니.

여자들은 여전히 노래를 불렀다. 한 줄기 따스한 숨결과 잔잔한 감동이 장군의 가슴을 적셨다. 빛과 음향에 잠겨 휴식을 취하는 듯한 기분이었다. 이 빛과 음향이 따스한 샘물처럼 머리 위로 흘러넘쳐 그의 몸을 덥히고 묘지의 흙을, 곰팡내와 시체 냄새를 풍기는 흙을 말끔히 씻어내주었다.

현기증이 가시자 장군은 말이 하고 싶어졌다. 말에 실컷 취하고 싶었다. 그는 신부를 찾아 두리번거렸다. 신부는 장군과 조금 떨어져 맞은편 탁자에 앉아 있었다. 신부의 얼굴에 당황한 기색이 역력했다.

장군이 신부 쪽으로 몸을 기울이며 말했다.

"거봐요. 아무 일 없잖습니까."

신부는 대답을 하지 않았다.

순간 장군의 몸이 뻣뻣하게 굳어졌다. 주변 사람들의 시선이 침묵의 화살처럼 날아와 그에게 꽂히는 것 같았다. 그러나 가슴에 달린 주머니와 견장 위로 빗발쳐오는 시선의 화살도 그의 눈을 건드리지는 못했다. 남자들이 쏘는 어둡고 무거운 화살. 젊은 처녀들이 쏘는 날렵하면서도 반짝거리는 경계의 화살.

'상처를 입었어도 당당한 한 마리 새처럼 날아올라……'

"흥미롭잖습니까?" 그가 신부에게 다시 물었다. 신부는 여전히 입을 다문 채, 그래서요? 하는 눈빛으로 그를 바라보기만 하다가 시선을 돌렸다. "이 사람들은 우리에게 존경을 표하고 있어요." 장군이 말을 이었다.

"죽음은 어딜 가나 존중되는 법이죠."

"죽음이라…… 그게 우리 얼굴에 쓰여 있는 건 아니잖습니까……" 장군이 응수했다. 미소를 지으려 했지만 뜻대로 되지 않았다. "전쟁은 오래전에 끝났습니다. 과거는 잊혔고요. 이 결혼식에 참석한 누구라도 해묵은 증오심을 품고 있을 리 만무해요."

신부는 묵묵부답이었다. 장군은 더 이상 그에게 말을 걸지 않기로 마음먹었다. 그 순간 신부의 검은 수단 자락이 눈앞에서 춤을 추기 시작했다.

신부는 분명 스스로를 불청객이라 느끼고 있는 것 같군. 나 역시 그런 게 아닐까? 쉽지 않은 대답이었다. 어찌 됐든 이미 엎질러진 물이 아닌가. 우린 여기 왔으니까. 불청객이든 아니든 지금 자리를 뜨는 것은 쉽지 않아 보였다. 자리에서 일어나 어깨에 비옷을 두르고 빗속으로 나가는 것보다 기관총 세례를 받으며 후퇴하는 일이 더 쉬울 것 같았다……

자네가 이 결혼식의 불청객이라는 건 알고 있겠지. 여기 자넬 저주하는 누군가가 있다는 걸 자네도 감지할 거야. 어머니의 저주는 반드시 끝장을 보는 법이네. 사람들이 자네에게 아무리 존경을 표한다 해도 이곳에 발을 들여놓아선 안 되었다는 걸 자네도 눈치 챘을 거야. 자신을 속이려 해봐야 소용없네. 잔을 들어 올리는 자네 손이 떨리고 있군. 눈길에 감도는 그림자를 보면 자네가 느끼는 공포를 짐작할 수 있지.

북이 다시 울려대기 시작했다. 클라리넷이 하소연을 시작하자 바이올린 소리가 그 뒤를 이었다. 또 다른 하객들이 외투가 흠뻑 젖은 채 뒤늦게 도착했다. 범람한 강 때문에 도중에 발이 묶여 한참을 기다리고 나서야 올 수 있었던 이 사람들은 미리 와 있던 사람들과 차례로 가볍게 포옹한 뒤 큰 탁자에 둘러앉았다.

이들에게 결혼식은 성스러운 의미를 띠는 것 같았다. 그렇지 않고서야 그런 악천후를 무릅쓰고 밤중에 여행을 하지는 않을 것이었다. 비가 억수처럼 퍼붓고 있을 텐데! 참호 하나도 제대로 팔 수 없을 것 같은 밤이었다. 순식간에 구덩이 절반쯤 빗물이 차버릴 테니까.

자넨 자네 나라 사람들의 유해를 수습하러 왔다는 것 같더군. 벌써 상당수 찾아냈고 앞으로도 수없이 찾아낼지 몰라. 어쩌면 그들 모두를 찾아낼 수도 있겠지. 하지만 알아두게. 그중 한 명은 세상 끝날 때까지 찾아낼 수 없다는 것을 말일세. 그에겐 손을 댈 수 없을 거야. 내가 영원히 내 딸과 남편을 볼 수 없는 것처럼. 자네가 절대로 찾아낼 수 없을 그 사람 이야기를 하고 싶어 못 견디겠군! 내가 그러지 않는 건, 잔치를 즐기러 온 사람들의 마음을 울적하게 만드는 심술궂은 노인이 되고 싶지 않아서야. 그 앤 내 딸이고, 난 그 애 어머니였어. 이런 옛말이 있지. 그대, 어머니가 되었으니 불행이 그대를 덮치노라…… 내게도 그런 일이 닥쳤으니 난 정말 복도 없는 여자야! 그날 밤도 비가 하염없이 내렸지! 오늘 저녁보다 더 세차게. 사방이 빗물로 넘쳐났어. 구덩이를 팔 수도 없었던 게, 빗물이 구덩이 절반을 채워버렸거든.

물은 송진처럼 시커멓고 어둠 속에서 솟구치는 것 같았지. 그래도 난 구덩이 하나를 팠어. 하지만 그 말은 하지 않겠네. 자네는 물론 다른 이들의 기쁨도 망치고 싶지 않으니까. 빌어먹을!

　장군은 담뱃불을 붙였다. 노인들이 들고 있는 길고 굵직한 검은색 회양목 파이프에 비해 이 담배는 이상하리만큼 옹색하고 비루하게 느껴졌다. 노인들은 대화에 리듬을 부여하기라도 하듯 다갈색으로 눌은 손에 든 파이프를 뻐끔거리며 이야기를 나누었다.

　초저녁에 현관에서 그를 맞았던 집주인 노인이 그의 곁에 와 앉았다. 다른 노인들처럼 파이프를 꽉 쥐고 있었고, 두꺼운 검정색 모직 웃옷에 붙어 있는 노란 리본 끝에는 메달이 달려 있었다. 농부들의 가슴에 달린 것을 종종 본 기억이 있기에 장군도 그 메달을 잘 알고 있었다. 그의 눈에는 각 메달 뒷면에 전사한 자신의 군대 병사의 창백한 모습이 새겨져 있는 것 같았다. 그는 노인의 주름진 얼굴에 대고 미소를 지어 보였다. 옹이가 많고 온통 갈라졌어도 수액이 가득한 나무줄기를 생각나게 하는 얼굴이었다. 아까 장군에게 잔을 들어 올리라고 귀띔해주었던 남자가 그의 곁에 앉아 노인의 첫 마디를 통역해주었다. 집주인은 그와 이야기를 나누러 오지 못한 점을 사과했다. 계속 몰려드는 손님들을 하나하나 맞이하느라 어쩔 수 없었다고.

　장군은 공손히 머리를 끄덕이며 의례적인 답변을 되풀이했다. 노인은 입을 다물고 천천히 파이프를 빨더니 차분한 목소리로 장군에게 물었다.

　"어디서 오셨소?"

장군이 대답을 하자 노인은 생각에 잠긴 듯한 표정으로 고개를 저었다. 누구나 아는 큰 도시였지만 노인에게는 금시초문이라는 것을 알 수 있었다.

"부인과 아이들이 있겠지요?" 노인이 다시 물었다. 장군이 그렇다고 하자 노인이 말했다. "그분들의 장수를 빕니다!"

노인은 또 한 차례 파이프 연기를 내뿜었는데 그러자 이마에 깊은 주름이 팼다. 노인은 할 말을 생각해내려는 것 같았다. 장군은 이 밤 자신도 알기 두려운 어떤 말을 노인이 할 것 같다는 인상을 받았다.

"당신이 왜 이 나라에 왔는지 알고 있습니다." 집주인이 너무도 차분한 음성으로 말을 이었는데, 순간 장군은 심장에 비수가 박히는 느낌이었다. 도발적인 언사로 변질될 위험이 있기에 이날 저녁 장군이 처음부터 두려워했던 화제였다. 이 나라에 온 이유를 그 스스로 잊으려고 노력했던 것은 그렇게 하면 상대도 잊을 수 있을 거라는 환상을 품었기 때문이었다. 이날 밤만은 단순한 여행객이 되고 싶었다. 유구한 민족의 흥미로운 풍습에 관심이 동해 나중에 자기 나라로 돌아가면 친구들에게 그것에 대해 들려주겠다고 마음먹는 그런 여행객이고 싶었던 것이다. 그러나 결국 두려워했던 일이 닥쳐 그 빌어먹을 소재가 대화에 끼어든 것이다. 장군은 이곳에 온 것을 후회했다.

"하긴, 전사한 자국 군인들의 유해를 수습하는 건 좋은 일이죠. 신의 피조물들은 모두 자신이 태어난 땅에 묻혀야 합니다."

노인의 말에 장군은 고개를 끄덕여 동의를 표했다.

노인은 파이프를 흔들어 재를 떨고는 그것을 응시하며 말했다.

"날씨가 험했겠군요."

장군은 다시 고개를 끄덕였다.

노인이 깊은 한숨을 내쉬며 입을 열었다.

"사방이 비와 죽음이라는 말처럼……"

수수께끼 같은 표현이었지만, 달리 통역해달라고 부탁할 용기는 낼 수 없었다.

잠시 뒤 집주인은 무겁게 몸을 일으키고는 속속 도착하는 하객들을 맞아야 한다며 양해를 구했다.

장군은 안도의 숨을 내쉬며 다시 술을 마셨다. 유쾌한 기분이 되돌아왔다. 도발적인 사태의 위험도 사라진 듯싶었다. 이제 걱정 없이 잔치의 분위기를 따라가며 마음껏 술을 마실 수 있을 것 같았다.

그는 벌써 혀가 꼬인 듯한 소리로 다시 한 번 신부에게 말했다.

"보셨습니까? 저들은 우릴 존경해요. 제가 말했잖습니까. 과거는 잊혔어요. 안 그렇습니까?"

그러자 신부가 대답했다.

"이런 상황에선 관습에 따른 존경과 진짜 존경을 구별하기가 쉽지 않습니다."

"장군들은 어딜 가나 존경을 받는다니까요." 장군은 이렇게 말하며 포도주를 또 한 잔 가득 부어 마셨다. 그리고 짓궂은 표정으로 신부의 얼굴에 자신의 얼굴을 바싹 갖다 대며 말을 이었다. "한 가지 생각이 떠올랐어요. 일어나서 저들과 함께 춤을 추고 싶군요."

신부는 어이가 없다는 표정이었다.

"진심으로 하시는 말씀입니까?"

"그럼요, 안 될 게 있겠습니까?"

신부가 신경질적으로 머리를 가로저으며 대답했다.

"오늘 밤엔 장군님을 이해할 수 없군요."

그러자 장군이 발끈해서 소리쳤다.

"날 응석받이 어린애 취급하지 마시오. 제기랄, 날 가만 내버려둬요! 누구의 구속도 받고 싶지 않으니까. 난 즐기고 싶단 말이오!"

"소리가 너무 큽니다! 사람들이 듣겠어요."

"장성들을 통제하려 드는 이 역겨운 관행이 언제쯤 사라질지 궁금할 뿐입니다!"

신부는 손으로 이마를 짚었다. 우리에게 없는 게 바로 그 관행입니다! 라고 말하는 듯이.

"난 일어서겠어요. 결심했습니다."

"장군님은 이 춤을 출 줄 모르시지 않습니까. 웃음거리가 되고 말 겁니다."

"천만에요. 아주 간단한 스텝이에요. 게다가 누가 날 우습게 본단 말입니까? 이 촌사람들이요?"

신부는 손을 다시 이마로 가져갔다.

오늘 저녁 자넨 회관에서 그자에 관한 정보를 얻은 것 같더군. 아마 오래전부터 헛되이 그자를 찾아 헤맸다지? 그 망측한 대령을 찾으려 안간힘을 쓰는 이유가 뭔가? 그자가 자네 친군가? 그렇군. 그런 관심을 쏟는 걸 보면 그게 분명해. 저녁 내내 마을 사람들에게 묻고 다녔다지. 하지만 그자가 이 근방 어딘가에 묻혀 있다는 걸 아는 사람도 정확한 장소는 짐작 못 할 거야. 자넨 그자를, 자네 친구를 데려가지 못할 거야. 내 삶을 비탄에 빠뜨린 그 파렴치한 인간을 말일세. 당장 떠나게. 자네도 그자처럼 저주받은 인간이야! 물론 이 순간 자넨 어린 양처럼 순한 척하고 있지. 하지만 난 자네가 몰래 무슨 일을 꾸미는지 알아! 자네 동료들이 그랬던 것처럼 어느 날 군대를 끌고 이 나라로 달려와 집집마다 불을 지르고 우릴 학살할 생각인 게지. 이 결혼식에 오지 말았어야 했네. 이리로 오면서 두 무릎이 떨리는 걸 느꼈어야지. 너무도 끔찍한 운명을 맞은, 넋이 나간 이 불쌍한 노파 때문에라도 말일세. 한데 결국 어떻게 됐지? 원무 속에 끼어들 모양이로구먼! 뻔뻔하게도 자리에서 일어나려는 것 같군. 입가에 미소까지 흘리면서! 그래, 자넨 일어서고 있어. 사람들이 자넬 맞아들이는군! 기다리게! 무슨 짓을 하는 겐가? 도를 넘은 행동이야! 신성모독이란 말일세!

북소리가 다시 대포 소리처럼 울려댔다. 클라리넷이 아까처럼 탄식을 뱉어내자 바이올린 여러 대가 여자의 목소리처럼 가느다란 소리로 가세했다. 방 한복판에 파랑돌의 무늬가 그려지기 시작했다. 두 사람에서 세 사람, 그리고 점점 더 많은 사람이 춤에 합류했다.

장군은 원무를 지켜보았다. 그리고 신부를 보았다. 다시 원무를 지켜보다가 또 신부를 보았다. 원무, 신부, 원무⋯⋯

장군이 자리에서 일어섰다. 올 것이 오고야 만 것이다. 그는 그 자리에 선 채 술 취한 남자처럼 좌우로 흔들렸다. 불의 고리처럼 보이는 원무 속으로 끼어들 태세를 갖추고. 장군은 두세 차례 팔을 뻗었다가 손바닥을 덴 사람처럼 곧 오므렸다. 눈앞에서 원무가 팽이처럼 돌았다. 춤을 주도하는 노인이 무릎을 굽혀 거의 쭈그리고 앉은 자세를 취하더니 다시 일어나 바닥을 탁탁 발로 두드렸다. 마치 이렇게 하는 거

요, 언제나 이렇게 하는 거요! 라고 말하는 듯이. 노인은 흰 손수건을
빙글빙글 돌렸다가 파트너의 손을 놓고 한쪽 발끝으로 빙그르 돌았
다. 또 한 번 무릎을 굽혀 다리가 낫으로 잘린 것처럼 쓰러질 듯하더
니 다시 일어섰고, 뒤이어 벼락을 맞은 양 쓰러졌다가 천둥소리가 나
자 곧 되살아났다. 북은 점점 더 정신없이 울려댔고, 클라리넷은 거인
의 목구멍에서 솟구치는 오열과도 같은 소리를 더 절절히 쏟아냈으
며, 바이올린의 현들이 격렬하게 떨렸다. 북소리가 점차 빨라졌고, 이
제는 탄식 너머로 커다란 바위들이 산꼭대기에서 굴러 떨어지는 것
같았다. 계속 서 있던 장군은 이 경이로운 광기의 폭발을 지켜보며 현
기증에 사로잡혔다. 시간이 얼마나 흘렀는지 가늠할 수 없었다. 땀에
젖은 연주자들의 얼굴이 한순간 베일 사이로 보이듯 명멸했다. 움직
이는 표적을 겨냥하는 고사포처럼 클라리넷의 아랫부분이 상하로 흔
들렸고, 춤을 추며 황홀경에 빠진 사람들의 감긴 눈이 보였다. 곧이어
북소리가 멎었고, 팽팽하던 현들이 마법에 걸린 듯 느슨해졌다.

　잔치는 대성공인 것 같았고, 그렇게 밤늦도록 이어질 낌새였다. 그
러나 춤추던 사람들이 제자리로 돌아온 순간, 한 줄기 신음이 시끌벅
적한 소음을 꿰뚫었다. 장군은 느닷없이 가슴이 조여드는 느낌이었
다. 소음은 잠시도 멎지 않았지만 이 절규를 못 들은 사람은 하나도
없었다. 그 소리의 장본인이 니체 할멈일 것이라고는 아무도 상상하
지 못했지만 말이다.

　노파는 작게 신음하며 흐느끼고 있었다. 갑자기 쥐죽은 듯 고요가
깃들어, 이 오열 사이로 간간이 끼어드는 발작적인 딸꾹질 소리마저
들렸다. 그러나 정적은 한순간뿐이었다. 잇달아 사람들이 달려와 노

파의 주위를 분주히 오갔고 누군가를 불렀다. 그러자 알 수 없는 이유
로 흐느껴 울던 노파가 다소 누그러졌다.

　장군을 비롯해 노파 곁에 있지 않았던 사람들이 생각한 대로 노파
가 정말로 진정되었다면, 만사가 잘 해결되고 장군도 밤늦도록 남아
있었을 것이다. 그러나 니체 할멈은 다시 울기 시작했다. 그 무엇도
노파를 달랠 수 없을 것 같았다. 되레 노파는 다시 신음 소리까지 냈
다. 노파 주위에서 웅성거림이 일었으나 잔치의 들뜬 분위기에 찬물
을 끼얹듯 이 신음 소리가 일체의 소리를 압도했다. 다른 이들이 노파
곁으로 서둘러 모여들었다. 사람들이 신경을 쓸수록 노파의 신음 소
리도 더 예리해지는 느낌이었다. 악사들이 다시 연주를 시작했지만
니체 할멈이 더한층 비통한 절규를 내뱉자 악기들도 겁을 먹은 듯 조
용해졌다. 노파를 에워싼 무리가 무슨 강력한 힘에 밀린 듯 움직이는
것이 보였다. 마침내 노파는 자신의 몸을 붙들고 있는 사람들을 뿌리
치고 앞으로 뛰쳐나왔다. 장군은 처음으로 바싹 여윈 창백한 그 얼굴
과 눈물로 부어오른 휘둥그런 눈, 작고 가냘픈 몸을 가까이서 볼 수
있었다.

　"왜 저러는 거죠? 어쩌자는 겁니까? 왜 저렇게 우는 겁니까?" 장군
은 문득 정신을 차리고 물었다.

　아무도 대답을 하지 않았다. 사람들이 노파를 쫓았다. 두 여자가 노
파의 팔을 잡고 달래며 제자리로 데려가려 했지만 노파는 울부짖으며
장군 앞에 와 버티고 섰다. 증오로 일그러진 노파의 얼굴을 대면한 장
군은 그 이유를 짐작할 수 없었다. 노파는 무어라 외친 뒤 갖은 몸짓
을 해가며 그의 얼굴에 대고 고래고래 소리를 질렀다. 장군은 밀랍처

럼 창백한 낯빛이 되어 노파 앞에 못 박힌 듯 서 있었다. 곧 사람들이 노파를 뒤로 끌어당기는 바람에 이 광경은 오래 지속되지 않았다. 노파는 사람들을 뿌리치고 재빨리 문 쪽으로 걸어가 나가버렸다.

장군은 꼼짝 않고 자리에 남아 있었다. 니체 할멈이 한 말을 아무도 그에게 통역해주지 않았다. 그러나 거기 모인 사람들은 외국인 사제가 알바니아어를 안다는 사실을 몰랐다. 눈물을 터뜨리고 만 새색시를 사람들이 에워쌌다. 안주인은 핏기가 가신 얼굴로 성호를 그었다.

"제가 경고했잖습니까." 신부가 말했다. "이곳에 오는 게 아니었어요."

"대체 이게 무슨 일입니까?" 장군이 물었다.

"지금은 말씀드릴 수가 없군요. 나중에 설명드리겠습니다."

"신부님이 옳았습니다. 제가 너무 경솔했어요."

처음에는 시끄럽고 알록달록한 작은 숲처럼 보였던 사람들의 무리가 이제 그의 눈에 우울한 겨울 숲처럼 비쳤다. 사람들의 머리와 팔, 손과 긴 손가락이 폭풍우에 잎이 떨어진 가지처럼 이리저리 흔들렸다. 이 모든 것 위로 메마른 까마귀 울음소리를 내며 불안감이 감돌았다.

"저 사람들이 왜 우리네 결혼식에 온 거지?" 한 젊은이가 말했다.

"쉿! 그런 말 하면 안 돼."

"하면 어때?" 다른 한 명이 소리쳤다. "뻔뻔스럽게 춤추는 데도 끼려고 했잖아."

"그래도 저들을 쫓아 보낼 순 없어. 그건 우리 조상들의 풍습이야."

"무슨 풍습? 불쌍한 니체 할멈에게 조상들의 풍습이 무슨 의미가 있어?"

"쉿! 저 사람들이 들으면 안 돼."

그러자 또 한 명이 끼어들었다.

"걱정 마. 너무 시끄러워서 설령 알바니아어를 안다 해도 들리지 않을걸."

실제로 장군과 신부는 아무 이야기도 듣지 못한 채 그들을 둘러싼 얼굴들을 하나씩 살펴보고 있었다. 장군은 남자들과 젊은이들을 바라보다가 곧 여자들에게로 시선을 옮겼다. 커다란 검은 숄로 몸을 감싼 여자들을 보니 고대의 합창단이 떠올랐다.

장군은 공포심에 사로잡혔다. 어째서 이곳에 왔더란 말인가? 무슨 말도 안 되는 변덕이 일었던 것일까? 이제까지는 큰 문제가 없었다. 어딜 가든 법이 함께했고, 법의 보호를 받았다. 그런데 오늘 저녁 그는 엄청난 위험을 무릅쓰고 만 것이다. 어떻게 감히 신부와 단둘이 이 결혼식에 올 생각을 했단 말인가! 이곳은 법과 규범이 미치지 못하는 곳이었다. 두 사람에게 무슨 일이 닥쳐도 누구에게도 책임을 물을 수 없을 것이었다.

"갑시다. 당장 여기를 떠납시다."

장군이 불쑥 이렇게 말하자 신부도 동의했다.

"네, 그래요! 우린 심한 모욕을 당했습니다. 그 노파가 우릴 두고 끔찍이도 무례한 말을 했어요."

"그렇다면 떠나기 전에 저들에게 해명을 해야겠군요. 그런데 노파가 정확히 뭐라 했습니까?"

신부가 그 말을 하려는 순간 집주인이 그들에게 다가왔다.

"앉으십시오." 그는 탁자 쪽으로 팔을 뻗으며 이렇게 말한 뒤 시중

드는 여자들에게 손짓을 했고 그러자 여자들이 라키와 비스킷을 가져왔다. 장군과 신부는 서로 바라보기만 하다 노인을 향해 돌아섰다. 노인이 말했다. "있을 수 있는 일입니다. 그러니 부디 남아 계십시오. 앉으세요."

두 사람은 다시 앉았다. 이제 사람들이 자신들을 덜 주목한다는 느낌이 들었다.

이제 이 넓은 공간에는 어느 정도 질서가 되돌아왔고, 사람들도 탁자 주위에 다시 자리를 잡았다. 저녁 내내 건배를 할 때마다 곁에서 통역을 해주었던 남자도 장군 곁으로 와 앉았다. 이 남자가 장군에게 사정을 설명해주었다. 넋이 나간 니체 할멈은 지난 전쟁으로 미망인이 되었는데, 남편은 Z대령이 이끄는 부대의 보복 작전 중에 교수형에 처해졌다고 했다. 남자는 Z대령이 그 불쌍한 여자의 딸을 자기 텐트에 들게 했다는 이야기도 들려주었다. 열네 살이 채 안 됐던 이 딸은 동틀 무렵 귀가하다 집에 닿기도 전에 우물에 몸을 던졌다고. 대령이 실종된 것은 다음 날 밤이었다. 소녀가 죽은 사실을 몰랐던 대령은 그녀를 다시 보러 그 집에 간 것 같았다. 대령이 집 앞에 세워둔 보초병은 필요 이상으로 대령의 볼일이 길어진다 싶었지만 새벽까지 움직이지 말라는 명령을 받은 상태였다. 다음 날 아침 보초병이 집 안에 들어가 보니 아무도 없었고, 그 후 대령에게 무슨 일이 있었는지는 누구도 알 수 없었다. 티라나로 긴급 소환되었다는 주장을 비롯해 다양한 추측이 나돌았지만 막상 그의 대대 장교들은 침묵을 지켰다. 그리고 다음다음 날 부대는 그 지역을 떠났다.

이 모두가 토막 난 문장으로 이야기되었다. 사이사이 끊어지는 불

명료한 문장들이 망치질하듯 장군의 머릿속을 두드려댔다.

그사이 악사들이 다시 연주를 시작했지만, 처음에는 춤을 추려고 일어나는 사람이 아무도 없었다. 그러다 여자들이 먼저 마음을 먹었고, 저마다 자신만 제외하고 다른 이들은 방금 전 니체 할멈이 벌인 사건을 잊어버린 것 같다고 생각했다.

장군은 넋 나간 사람처럼 그 무엇에도 생각을 집중하지 못한 채 앉아 있었다. 그의 시선이 신부의 시선과 다시 마주쳤다.

"노파가 무슨 말을 했는지 알고 싶습니다."

신부가 잿빛 눈으로 빤히 바라보자 장군은 마음이 불편해졌다.

"그 노파는 장군이 Z대령의 친구라고 믿고 있었습니다. 장군을 보는 것만으로도 감정을 추스를 수 없었던 것이지요."

"나를 Z대령의 친구라고 여긴단 말입니까?"

"네. 그리 말하더군요."

"대체 왜일까요? 우리가 저녁 내내 Z대령의 신상을 묻고 다녀서 그랬나 보군요." 장군이 혼잣말을 하듯 생각에 잠긴 목소리로 말했다.

"그럴지도 모르죠." 신부가 무뚝뚝하게 대답했다.

장군은 표정이 더 어두워졌다. 이제 그의 눈과 귀에는 주변 상황이 전혀 들어오지 않았다. 장군이 불쑥 입을 열었다.

"일어서야겠습니다. 일어서서 사람들에게 공식적으로 발표할 겁니다. 난 Z대령의 친구가 아니고, 대령이 한 짓을 군인으로서 혐오한다고요!"

"그게 무슨 소용입니까? 이 촌사람들의 비위를 맞추시려는 건가요?"

"아니요, 우리 군대의 명성과 명예를 위해서입니다."

"우리 군대의 명성이 어느 알바니아 노파가 모욕했다고 더럽혀지는 것입니까?"

"그래도 한 여자의 손에 죽어야 할 정도로 우리 장교들 모두가 타락하지는 않았다는 걸 설명해야 하지 않겠습니까!"

신부는 눈썹을 치켜 올리며 천천히 이야기했다.

"우린 판단을 내리기 위해 여기 온 게 아닙니다. 판단은 신께서 하십니다."

장군이 다시 입을 열었다.

"저들은 내가 진짜 대령의 친구라고 믿는 것 같습니다. 사람들이 날 쳐다보는 모습이 안 보이십니까? 주변을 둘러보세요. 저들의 눈을……"

"두려우십니까?"

장군은 난폭한 눈길로 신부를 노려보았다. 신부에게 호된 말을 쏘아붙일 작정이었다. 그 순간 북소리가 그를 덮쳤고 그는 말을 삼켰다.

사실 장군은 두려웠다. 일시적인 기분에 취해 경거망동을 한 것 같았다. 이제 조심스레 자리를 떠야 했다. 하지만 Z대령이 자신과 관계가 없다는 것을 당장 밝혀야만 했다. 장화에 붙은 진흙덩이를 떨어내듯 Z대령을 털어내버려야 했다.

그러고 보니 주변 분위기는 정상으로 돌아온 것 같았다. 하지만 겉보기에만 그랬을 뿐, 무척추동물의 내부에서 무언가 끓어오르고 있다는 것이 느껴졌다. 사람들의 눈길과 귀엣말로 그 모두를 감지할 수 있었다. 뿐만 아니라 문 뒤 현관 입구에는 사람들이 갖고 온 장총이 커다란 외투들과 함께 벽에 나란히 걸려 있었다. 알바니아인들의 결혼식에서는 살인 행위가 심심찮게 일어난다고 신부가 귀띔해준 적도 있었다.

더 늦기 전에 곧바로 행동을 취해야 했다. 너무 갑작스레 떠나면 술취한 손님이 장군의 등에 대고 방아쇠를 당길 수도 있었다. 개들은 상대가 달아나면 더 미친 듯이 쫓아오지 않던가. 자리를 뜨기는 해야겠지만 신중을 기해야 했다.

장군은 주변에서 분주히 움직이며 춤추고 웃는 이 무리를 또 한 차례 정신 나간 눈빛으로 둘러보았다. 그러다 일렬로 앉아 있는 노파들에게 시선이 멈추었다. 고개를 살짝 기울인 채 의연한 표정으로 잔치 내내 꼼짝 않고 앉아 있는 그들은 변하지 않는 무대장치 속의 영원한 합창단이었다. 장군은 지쳐 고개를 숙이고 입을 다물었다.

둔탁한 북소리에 이어 클라리넷의 비통하고도 쉰 절규가 사람들 사이를 꿰뚫고 지나갔다. 탁자에 앉은 남자들이 노래를 흥얼댔다. 장군의 머릿속에 산 정상을 감싸는 석양의 모습이 다시 떠올랐다. 잇달아 고개 숙인 여자들의 애절한 노랫소리가 들려왔다. 사랑하는 남자의 포옹을 받고 헐떡이는 여자의 거친 숨소리처럼 숨 막히는 이 노래 사이사이로 남자들의 목소리가 끼어들었다.

"떠나려면 지금이 적시인 것 같습니다."

장군이 말하자 신부도 동의했다.

"지금 아니면 못 떠날 겁니다."

"조용히 일어섭시다."

"아주 조용히."

"사람들 눈에 너무 띄어선 안 돼요."

"먼저 일어서십시오. 저도 따르겠습니다."

"무엇보다 천천히 해야 합니다."

자정이 가까워오고 있었다. 잔치는 한창 무르익었고, 니체 할멈은 사람들의 뇌리에서 거의 사라진 상태였다. 그런데 이 두 이방인이 자리에서 일어서려는 순간 노파가 다시 나타났다. 맨 처음 알아챈 사람은 아마도 장군이었을 것이다. 노련한 사냥꾼이 정글에서 호랑이의 접근을 눈치 채듯 장군은 노파의 존재를 느낄 수 있었다. 사람들이 문가에서 부산을 떨고 귀엣말을 하는 것을 보자 곧 장군의 마음속에서 외침이 터져 나왔다. 노파가 저기 있다! 그는 얼굴이 창백해짐을 느꼈다. 노파는 이제 울지 않았고 목소리도 들리지 않았지만 그녀가 거기 문 앞에 있다는 것을 누구나 감지할 수 있었다. 악단이 계속 연주를 했지만 아무도 귀 기울이지 않았다. 입구에 작은 무리가 형성되었다. 니체 할멈이 다시 온 이유를 아무도 짐작하지 못했다. 노파의 겉모습 때문인지 아니면 애원을 해서인지는 몰라도 사람들은 길을 비켜주었고, 노파는 방 안으로 들어와 웅성대는 인파 가운데 섰다. 흠뻑 젖은 몸에 진흙이 잔뜩 묻어 있었고, 얼굴은 죽은 사람처럼 창백했다. 어깨에는 자루 하나를 짊어지고 있었다.

장군은 저도 모르게 일어나 노파 쪽으로 걸어갔다. 노파가 찾는 사람이 자기라고 짐작하며 선수를 친 것이다. 멀리서 적의 낌새를 맡은 짐승이 도망을 치는 대신 그 목소리에 홀려 적이 있는 곳까지 달려가듯이.

사람들이 그들 주변에 빽빽이 모여들었다. 하나같이 어리둥절한 표정이었다. 니체 할멈은 장군 앞에 버티고 서서 그를 뚫어지게 바라보왔다. 그가 아닌 그의 그림자를 보는 듯한 불확실한 눈길이었다. 노파는 발작적인 기침을 해가며 갈라진 음성으로 그에게 몇 마디 던졌지만, 장군은 '브데키예', 즉 죽음이라는 말밖에 이해할 수 없었다.

"저분이 하는 말을 통역해주십시오!" 장군은 구조를 요청하는 사람처럼 소리를 질렀다.

하지만 아무도 그의 요구를 들어주지 않았다. 그는 주위를 돌아보다 신부와 눈이 마주쳤다. 신부가 다가와 장군에게 설명해주었다.

"자기가 예전에 우리 편 고위 장교 한 명을 죽였다고 하네요. 장군이 지난 전쟁 때 죽은 이들의 유해를 수습하러 온 사람이 맞는지 묻고 있어요."

"그렇습니다, 부인." 장군이 억양 없는 밋밋한 목소리로 대답했다.

그는 이 가공할 여자 앞에서 머리를 꼿꼿이 쳐들기 위해 온 힘을 다해 몸을 긴장시켰다.

니체 할멈이 몇 마디를 덧붙였지만 시끄럽게 웅성대는 소리에 묻히는 바람에 신부는 알아듣지 못했다. 그리고 여자들이 놀라 비명을 질러대는 사이, 누가 말릴 틈도 없이 노파는 장군의 발밑에 그때까지 짊어지고 있던 자루를 던져놓았다. 신부는 더 이상 아무것도 통역할 필요가 없어졌다. 어떤 통역도 사족에 불과했다. 이제 만사가 명료해졌고, 그 무엇도 이보다 더한 의미를 지니지 못했다. 시커멓고 아직 축축한 진흙덩이가 두껍게 뒤덮인 자루, 둔탁한 소리를 내며 바닥에 던져진 이 자루보다 더 끔찍해 보이는 것은 없었다. 겁에 질린 여자들은 얼굴을 두 손으로 가린 채 물러섰고, 나이가 가장 많은 노파들도 아연히 한숨을 내쉬며 성호를 그었다.

"그자를 집 문 앞에 묻은 거였어요!" 누군가가 외쳤다.

"불쌍한 니체!"

노파는 느닷없이 사람들에게 등을 돌리더니 흠뻑 젖은 흙투성이 몸으로 이곳에 왔을 때처럼 그렇게 가버렸다. 아무도 노파를 붙들 생각을 하지 못했다. 올 것이 오고 만 것이었으니까.

장군은 마룻바닥에서 눈을 뗄 수 없었다. 소란스러움과 고함 소리, 끔찍한 광경에 얼이 빠져 있었다. 난데없이 장군 자신도 이유를 알 수 없는 깊은 침묵이 감돌았다. 그런 침묵이 전혀 없었다 해도 장군은 똑같은 느낌을 받았을 것이다. 그의 발치에, 거기 있는 모든 사람 앞에, 어두운 반점 하나가 묵묵히 모습을 드러내고 있었다. 누덕누덕 기운 자국이 있는 낡은 자루였다. 누군가 일을 처리해야 해! 장군은 정적 속에서 천천히 몸을 숙였다. 떨리는 양손으로 자루의 목을 움켜잡고 진흙이 잔뜩 묻은 그대로 자루를 들어올렸다. 그리고 다시 내려놓았다. 그는 비옷을 꿰어 입고 다시 자루를 들어 이번에는 어깨에 짊어졌고, 이 짐에 눌려 허리가 구부러진 굴욕적인 모습으로 그곳을 나왔다. 지상의 온갖 수치와 근심거리를 등에 진 기분이었다.

등 뒤 누군가의 입에서 흐느낌이 새어 나왔다.

21장

장군은 앞장서서 진창을 걸어갔다. 신부가 그 뒤를 따랐다. 좁은 길을 걸어 올라가니 마을 광장이 나왔는데 오래된 성당을 돌고 난 뒤 어둠 속에서 갑자기 길을 잃고 말았다. 두 사람은 한 마디도 나누지 않고 왔던 길로 되돌아갔다. 장군이 계속 앞장을 섰다. 마을 우물과 회관 앞을 지난 다음 성당을 따라 걸었지만, 그들이 걸어 내려온 집은 여전히 보이지 않았다. 두 차례나 그들은 같은 지점으로 돌아와 머리 위로 검은 윤곽을 드러내고 서 있는 마을 종탑 앞에 이르렀다. 바람이 몹시 심하게 불었다. 폭풍우에 종들이 흔들리며 난데없이 울려댈 것 같았다.

어깨에 짊어진 자루를 쥔 손은 뻣뻣이 굳어 있었다.

당신이 너무도 가볍게 느껴져, 베티! 어느 날 저녁 그가 공원에서 내게 말했어요. 우린 서로를 꼭 감싸 안고 걸었죠. 결혼식을 이틀 앞둔, 후텁지근하고 관능적인 가을밤이었어요. 오후에 내린 비로 공원 오솔길마다 군데군데 작은 물웅덩이가 나 있더군요. 그는 나를 아이처럼 품에 안고 되풀이해 말했어요. 당신이 정말 이렇게 가벼운 걸까, 아니면 이 순간의 행복이 너무 커 그런 느낌을 받는 걸까? 그의 무거운 군화가 조심성 없이 물웅덩이를 밟자 거기 비친 달의 영상이 무수히 작은 물방울이 되어 흩어졌죠. 당신을 평생 이렇게 품 안에 안고 싶어, 베티. 그래, 이렇게…… 그는 내 머리칼에 입을 맞추며 걸어가면서 쉴 새 없이 되뇌었어요. 당신은 정말 가볍군, 베티!

지금은 당신이 가벼울 차례군. 세상에 당신보다 가벼운 사람은 없어. 기껏해야 3, 4킬로그램 정도야. 그런데도 난 등골이 휘는 것 같아!

두 사람은 한참을 더 헤맸고, 술 취한 남자들처럼 퀭한 눈빛으로 마을을 여러 차례 돌았다. 머리 위로 그 시커먼 모습을 끊임없이 드러내곤 하는 성당으로부터 가능한 한 멀어지려고 애를 썼다. 그러다 칠흑 같은 어둠 속에서 간신히 알아본 그들의 차 보닛에 부딪힐 뻔하고서야 걸음을 멈췄다.

차를 숙소 바로 앞에 세워둔 것을 떠올리고는 장군이 먼저 대문을 열고 들어갔다. 문짝이 저절로 찰카닥 닫혔다. 몇 발짝을 걸어 현관문을 열고 집 안으로 들어서자마자 그는 바닥에 자루를 내던졌다.

장군은 곧바로 희미한 라이터 불빛에 의존해 요란하게 층계를 올라갔고, 방에 들어서자 젖은 비옷을 바닥에 내동댕이친 뒤 옷을 입은 채로 침대에 몸을 던졌다. 잠시 뒤 방문이 열렸다 도로 닫히고 누군가 다른 침대에 몸을 던지는 소리가 났다.

신부군, 장군은 생각했다.

잠을 청하려 했으나 헛일이었다. 이런저런 생각들을 어느 정도 정리해보려고도 했지만 뜻대로 되지 않았다.

자야 해, 장군은 마음속으로 되뇌었다. 자야 해. 자야 한다고! 밖에 세워둔 저 트럭처럼 편안해져야 해. 어떡하든 잠을 자야지!

그는 눈을 꼭 감았지만 소용이 없었다. 닫힌 눈꺼풀에 힘을 줄수록 어둠은 힘을 잃어갔다. 때로는 하늘 한 모퉁이가, 때로는 푸르스름하게 펼쳐진 먼 해변이 빛의 반점과 띠를 이루며 밤의 이곳저곳을 침범하고 있었다.

완벽한 어둠이 필요해, 장군은 생각했다. 잠이 들려면 구름 한 점 없는 캄캄한 밤이어야 했다.

그러나 푸른색, 하얀색, 연보라색 띠들과 붉고 노란 반점들은 사라질 줄 몰랐다. 머리를 어느 쪽으로 돌리든 몇 센티 떨어진 암흑의 한복판에 그것들이 존재했다.

그는 자리에서 일어나 약을 한 알 삼키고 다시 누웠다. 그러나 살짝 잠이 들려는 순간 깜짝 놀라 눈을 떴다. 저편 광장 너머에서 북소리가 다시 들려왔다.

그 빌어먹을 결혼식이 계속되고 있는 걸까? 저곳에서 무슨 일이 벌어지는 거지?

그는 소리를 듣지 않으려고 담요 밑에 머리를 묻었다. 소용없었다. 머릿속에서 요정 이야기에 나오는 작디작은 존재가 장난감 병정들의 손에 들려 있을 법한 작은북을 울려댔다. 아무리 귀를 틀어막아도 이 난쟁이 요정은 그곳에 책상다리를 하고 앉아 북을 치고 또 쳤다. 리듬에 맞추어 규칙적으로 쉴 새 없이 북을 쳐댔다. 둥, 둥, 두두두두둥, 둥, 둥……

병사들이 종대로 서서 이 북소리에 맞추어 행진하는 것만 같았다.

나의 대군이 행진하고 있어!

그는 벌떡 일어나 소리를 질렀다.

"그만!"

다시 베개를 베긴 했지만 금세 다시 일어나 신부를 불렀다.

"신부님! 아, 신부님! 대령, 일어나세요!"

신부가 깜짝 놀라 잠에서 깨어났다.

"무슨 일입니까?"

"한시바삐 이곳을 떠납시다. 일어나세요!"

"떠난다고요? 어디로요?"

"티라나로요."

"하지만 아직 캄캄한 밤입니다!"

"상관없어요. 그래도 떠납시다."

"무슨 일입니까?"

마룻바닥에 장군의 군화가 부딪는 소리가 났다.

"안 들려요? 북소리가 안 들립니까? 저곳에선 모든 게 계속되고 있어요. 불길한 예감이 듭니다."

"두려우십니까?" 신부가 다시 물었다.

"네. 이제라도 저들이 이 집 앞으로 몰려와 악령을 쫓기 위해 북을

262

칠 것 같아요."

장군은 라이터를 켜서 짐가방을 싸기 시작했다.

"떠납시다." 신부도 동의했다.

장군이 가방을 닫으며 중얼댔다.

"춤을…… 저들과 춤을 추려 했는데, 그게 재앙을 초래할 뻔했어
요…… 세상에, 무슨 이런 나라가!"

그곳에 가지 말아야 했어, 장군은 생각했다. 절대로 가선 안 되었다
고!

"단 한 번의 춤이 죽음의 무도가 될 뻔했어요!" 장군이 목청을 돋우
어 말했다.

신부는 알아들을 수 없는 몇 마디를 내뱉으며 투덜댔고, 두 사람은
방에서 나왔다. 장군의 군화 밑에서 나무 계단이 규칙적으로 삐걱거렸
다. 그는 곧장 마당으로 나와 대문 쪽으로 걸어갔다. 신부가 좀 미적대
는 것 같아 뒤를 돌아보자 어깨에 짐을 둘러멘 그의 모습이 보였다.

자루!

두 사람은 거리로 나왔다. 비는 그쳤고 어둠도 아까처럼 짙지 않
았다.

"몇 시입니까?" 신부가 물었다.

장군이 라이터를 켰다.

"4시 반입니다."

"곧 날이 새겠군요."

어디선가 첫닭이 울기 시작했다. 차가운 바람이 인근 산에서 불어
왔다. 저만치 트럭이 시커먼 윤곽을 드러내고 서 있었다.

그들은 차가 있는 곳에 멈추어 서서 동쪽 하늘을 바라보았다. 동틀 녘 하늘은 붓으로 흰 물감을 여러 겹 덧입힌 것 같았다. 이 덧칠이 검은 밤을 흡수해 점차 차갑고도 축축한 잿빛을 띠었다.

"다른 사람들은 저기 묵었습니다." 신부가 맞은편 집을 턱으로 가리키며 말했다.

"운전수를 깨워요. 내가 몸이 안 좋아서 당장 티라나로 떠나야 한다고 말하세요."

신부가 인접한 마당 문을 밀었다. 그러자 다른 마당에 있던 개 한 마리가 짖어댔고, 잇달아 또 한 마리가, 잠시 뒤에는 마을의 모든 개들이 짖어댔다.

그러나 이런 개 짖는 소리도 여전히 장군의 귀에 들려오는 북소리와 멀리서 웅성대는 사람들의 목소리를 막지 못했다.

마당 문이 다시 삐걱대더니 신부가 나왔다. 어깨 위에는 여전히 자루를 짊어진 채였다.

저 자루를 포기하지 못하는군!

장군이 이런 생각을 하는 동안 신부가 말했다.

"옷을 입고 있어요. 곧 나올 겁니다."

"개들 좀 보십시오!" 장군이 말했다.

"네, 어느 마을이나 똑같습니다. 한 마리가 짖기 시작하면 다른 개들도 모두 따라 짖죠."

짖을 테면 짖으라지, 난 상관 안 해, 장군은 생각했다. 저 개들이 우리 트럭에 뭐가 있는지 눈치 채면 죽어라고 울부짖을 테지. 정말 가관이겠군!

"무슨 바람이 이리도 거센지!" 신부가 투덜댔다.

개들이 하나씩 차례로 잠잠해졌다.

멀리서 암소 우는 소리가 꿈속에서처럼 들려왔다.

마당 문이 다시 삐걱대더니 어스름한 빛 속에 운전수가 모습을 드러냈다. 갑자기 찬 밤공기를 들이마셔서인지 기침을 해댔다. 그가 차 문을 열자 장군이 차에 올라탔다.

"앞좌석 문을 열어주세요."

신부가 말하자 운전수는 시키는 대로 하며 물었다.

"그게 뭡니까?"

"자루인데, 쓰일 데가 있을 겁니다."

운전수는 자루를 곁에 두고 넘어지지 않도록 발로 눌렀다. 뒤이어 신부가 뒷좌석에 자리를 잡았다.

차가 출발했다.

전조등 빛줄기가 길 양편 어두운 울타리를 훑어내고는 대로 위에 펼쳐졌다. 차가 움직이자 장군은 외투로 몸을 포근히 감싸고 구석에 웅크린 채 눈을 감았다. 이제는 부드럽게 웅웅대는 엔진 소리 외에 아무 소리도 들리지 않았다. 장군은 오직 한 가지, 자고 싶다는 욕구밖에 없었다. 그러나 결혼식에서 일어난 일들이 세부사항 하나하나까지 머릿속에 떠오르는 것을 어찌해볼 도리가 없었다.

자야 해, 그는 마음속으로 되뇌었다. 더는 아무것도 기억하고 싶지 않아. 저곳에 다시는 발을 들여놓지 않을 테다……

그러나 생각은 이미 결혼식 광경으로 돌아가 있었다. 그는 비옷을 벗었고, 탁자에 자리를 잡았다. 모두 그를 기다렸다는 듯 그곳에 모여 있었다. 이처럼 그들에게로 돌아가는 것이 스스로를 해방시킬 수 있는 유일한 길인 것 같았다. 어쩌면 그들에게도 그것만이 장군을 떨쳐버릴 수 있는 유일한 방법일지 몰랐다.

공포에 사로잡힌 그는 그 끔찍한 노파가 다시 나타나기 전에 눈을 떴다.

밖은 아직 캄캄했다.

나른하게 졸던 도로가 전조등 불빛을 받고 화드득 깨어나 잠깐 사이 밤의 혼돈에서 벗어나는가 싶더니 다시 어둠 속에 잠겼다. 도로 양편으로 간간이 새하얀 이정표가 불쑥 나타나곤 했다. 왠지 소름이 끼치는, 기분 나쁜 하얀빛이었다. 장군의 머릿속에 묘석이 떠올랐다.

곁에서는 신부가 턱을 가슴에 묻은 채 졸고 있었다.

운전수가 갑자기 브레이크를 밟는 바람에 깜짝 놀란 신부는 앞좌석에 머리를 부딪히고 말았다.

"무슨 일이죠?" 신부가 어리둥절해서 물었다.

장군은 여전히 멍한 모습으로 밖을 내다보았다. 차는 어느 다리 어귀에 서 있었다. 다리 아래로 물 흐르는 소리가 들렸다.

"차를 왜 세운 겁니까?" 신부가 물었다.

운전수는 엔진에 대해 언급한 뒤 차 문을 쾅 닫으며 밖으로 내려섰다.

전조등의 나란한 빛줄기가 다리의 양쪽 난간 사이를 비추었다. 운전수가 차 보닛을 열어 몸을 구부리고 엔진을 살펴보더니 연장을 가지러 왔다. 그는 거치적거리는 자루를 잡아당겨 밖으로 끌어낸 뒤 좌석을 들어올렸다.

장군도 자기 쪽 차 문을 열고 내려 자동차 주위를 성큼성큼 돌아다녔다. 신부는 자기 자리에 꼼짝 않고 남아 있었다. 운전수가 욕설을 내뱉으며 무언가를 가지러 다시 왔다. 장군은 두 번이나 자루에 걸려 넘어질 뻔했다.

저 자루, 불쑥 생각이 미쳤다. 이미 우릴 파멸시킬 뻔했던 자루가 아니던가. 이제까지 별 탈 없이 지나왔는데 난데없이 이 불길한 자루가 나타났고 그 후 모든 일이 꼬이기 시작한 것이다!

"이 자루가 우리한테 액운을 안겨주고 있어요!" 장군이 언성을 높이며 말했다.

"무슨 말씀이시죠?" 신부가 물었다.

"이 자루가 우리에게 불행을 가져다준다고요!"

장군은 되풀이해 말하며 난폭하게 자루를 걷어찼다. 자루는 데굴데굴 굴러 저 아래 흐르는 물속으로 풍덩 빠지고 말았다.

"무슨 짓입니까?" 신부가 소리를 지르며 급히 차에서 내렸다.

"저 자루가 불행의 원인이에요." 장군이 숨을 몰아쉬며 외쳤다.

"신의 가호로 겨우 찾아낸 겁니다! 2년 동안 우리가 찾아 헤맸던 거란 말입니다!"

"압니다. 하지만 우린 하마터면 목숨을 잃을 뻔했어요." 장군이 지친 음성으로 투덜댔다.

"방금 무슨 짓을 하셨는지 알기나 합니까?" 신부가 버럭 소리를 지르며 재빨리 손전등을 켰다.

"버리려 했던 건 아닙니다. 그저 발로 걷어찼을 뿐이에요."

장군의 음성에 낙담과 자책이 묻어 있었다.

두 사람은 다리 가장자리로 다가가 찰랑대는 물소리가 올라오는 아래쪽을 내려다보았다. 손전등 불빛이 가파른 강둑을 희미하게 비추었다.

"아무것도 보이지 않는군요."

장군이 운전수에게 다가가며 말했다. 세 사람은 함께 강 밑바닥을 살펴보았다.

"강물에 떠내려갔을 겁니다." 장군이 중얼댔다.

신부는 화가 난 눈길로 그를 쏘아보고는 손전등을 이리저리 움직였다. 계곡 아래로 내려가는 길을 찾는 것 같았다.

장군은 차로 돌아왔다. 다리 난간 앞에 몸을 기울인 채 잠시 서 있던 신부도 돌아왔다.

차가 다시 출발했다.

이 순간 자루는 악몽 속을 헤매듯 캄캄한 물속에서 맴돌고 있을 것이었다. 장군은 이정표를 더는 보고 싶지 않아 눈을 감았다. 그리고 잠을 청했다.

22장

그 주도 끝나가고 있었다. 그들이 알바니아를 떠나기 바로 전날이었다. 장군은 느지막이 일어나 덧창을 열었다. 흐린 아침이었다.

10시가 가까워오고 있었다. 미사는 11시 15분, 연회는 4시 반쯤 시작될 예정이었다.

침대 머리맡 탁자에는 고국에서 온 신문, 잡지를 비롯해 편지와 전보가 수북했다.

특히 편지가 많았다. 예전에 받았던 것처럼 온갖 사연과 지명은 물론, 가파른 지대나 작은 숲의 약도가 들어 있는 편지들이었다. 한편 신문 기사들의 내용은 그 제목만으로도 짐작 가능했다. '일단의 군대를 발굴하다' '어둠의 나라로부터 돌아오는 장군의 귀국 임박' '유족들에 대한 정부의 약속' ……

그는 어느 한 대목에 눈길을 멈추는 일 없이 이 종잇장들을 잠시 훑어봤고, 숨을 깊이 들이쉰 다음 외투를 걸치고 밖으로 나갔다. 그리고 천천히 계단을 걸어 내려와 로비에 깔린 부드러운 양탄자를 가로질렀다. 그는 접수계 직원에게 지배인을 불러달라고 부탁했다. 잠시 뒤 지배인이 나타났다.

"오후 늦게 소연회가 있다는 연락 받으셨습니까?"

"네, 4시 반까지 3번 홀에 준비해놓겠습니다."

신부를 보았는지 장군이 묻자 외출 중이라는 답변이 돌아왔다.

로비와 접수계는 활기로 가득했다. 전화 두 대가 쉴 새 없이 울려댔고, 승강기 앞은 짐가방을 발치에 둔 사람들로 북적였다. 흑인 몇 사람이 커다란 가죽 안락의자에 앉아 있었고, 아가씨 둘이 인솔하는 중국인 무리가 레스토랑으로 들어갔으며, 북유럽 출신이 틀림없는 금발의 젊은 여자 둘이 전화교환대 앞에서 기다리는 중이었다.

장군은 평소에 커피를 마시던 라운지로 들어갔으나 빈 테이블이 없었다. 그가 이 호텔에 머무르는 동안 외국인들이 이렇게 북적대기는 처음이었다.

발길을 돌려 라운지 밖으로 나가다가 손에 짐가방을 들고 정문에서 로비로 들어오는 아프리카인들과 마주쳤다.

바깥에는 커다란 소나무들 밑에 수많은 차들이 주차되어 있었다.

이 무슨 야단법석이지? 그는 현관 앞 계단을 내려온 뒤 오른쪽으로 방향을 틀어 정부 청사 건물들이 자리한 대로를 따라 올라갔다.

스칸데르베그 광장에 이르자 작은 공원을 빙 둘러 꽂아둔 깃발들이 바람에 펄럭이는 모습이 보였다. 높다란 전신주들과 정부 청사 건물의 정면, 문화성 건물의 기둥마다 전등이 달려 있었고 구호로 가득한 플래카드도 걸려 있었다.

이 나라의 국경일이 이틀 뒤라는 사실이 문득 떠올랐다.

보도는 산책 나온 사람들로 넘쳐났다. 영화 포스터가 얼핏 눈에 띄었지만, 정신이 멍한 상태라 몇 걸음 못 가 벌써 제목이 생각나지 않았다.

손목시계를 보니 11시였다.

미사를 보고 나서 표를 사야겠군, 하고 생각하며 장군은 왼쪽으로 방향을 꺾었다. 카페 '스투덴티' 바로 뒤에 자리한 은행 앞 버스 정류소는 여행객들로 혼잡했다. 그곳이 시외로 연결되는 노선의 종착역이었다. '데 프로푼디스'*가 불릴 성당은 한 정거장 떨어져 있었으므로 장군은 남은 거리도 걷기로 마음먹었다. 그는 도로 중앙에 나 있는 보행자용 평지를 걸어갔는데, 그사이에도 대령의 유해와 관련된 생각이 끊임없이 되살아나곤 했다.

그 모든 일이 어떻게 닥쳤는지 더 이상 기억이 나지 않았다. 망연자실하고 비참한 기분이었다는 것밖에는. 엄청나게 무거운 것에 영혼이 짓눌린 듯한 느낌이었다. 그러나 돌이켜 생각하니 너무나 어처구니없는 행동이었다.

어찌 되었든 자신이 한 행동을 바로잡을 방법이 있을 것이었다. 신부와 의논할 작정이었다. 대령처럼 신장이 1미터 82센티인 군인은 수없이 많았으니까. 치아 문제도 어렵잖게 처리할 수 있을 것 같았다.

---

* '심연으로부터' '절망의 구렁텅이에서'라는 의미의 라틴어로, 시편 제130편의 첫머리 말이자 이 시편의 통칭이다. 죽은 이들을 위한 애도가로 쓰인다.

게다가 누가 대령의 유해를 두고 의심을 품겠는가? 생각할수록 이 문제에 관한 한 신부와 의견의 일치를 볼 수 있겠다 싶었다.

곧이어 그는 Z대령과 신장이 동일한 군인들을 기억해내려 애썼는데 쉽지 않았다. 유해 발굴 작업을 하는 동안 기사가 "1미터 82요!"라고 외칠 때마다 그는 대령의 신장과 같군, 생각했었다. 그러나 이 순간만은 그중 한 명도 머릿속에 떠오르지 않았다.

영국인 비행사에 생각이 미쳤다. 한 지방도로에 난 바퀴자국 아래서 우연히 찾아냈으나 그 자리에 다시 매장해야 했던 사람이었다.

그러고 보니 일기를 썼던 그 병사도 떠올랐다. 그자도 1미터 82였지. 그의 유해를 대령의 유해 대신 가져갈 경우 어떤 일이 벌어질지 상상해보았다. 이 졸병의 유해를 대령의 가족과 친지들이 어떻게 맞을 것인지를. 장엄한 장례식이 치러지고 장례 행렬이 엄숙하게 따를 것이다. 상복을 입은 베티는 고인의 노모를 부축하며 눈물을 흘릴 테고, 이 노모는 사람들에게 쉴 새 없이 아들 이야기를 하겠지. 그런 다음 불쌍한 병사의 유골은 그를 살해한 자의 화려한 무덤 속에 안치될 것이다. 조종이 울리고, 어느 장군이 추도사를 낭독할 테지. 모든 것이 그렇게 천리에 어긋나는 방식으로 진행되어, 만사가 모욕이요 기만이자 신성모독이 되고 말 것이다. 유령이나 영혼이 정말로 존재한다면 이 병사는 그날 밤 당장 무덤에서 일어나겠지!

아니야! 장군은 생각했다. 다른 유해를 찾아보는 게 낫겠어. 그런 유해가 분명 또 있을 테니.

그는 발길을 재촉했다. 곧 미사가 시작될 시각이었다. 성당은 이미 모습을 드러냈다. 도로에 면한 아름다운 현대식 건물이었다. 성당의 좁은 광장 앞에는 보도를 따라 다양한 자동차 회사의 근사한 리무진이 세워져 있었다.

외교 사절단이 와 있었다. 장군은 서둘러 대리석 계단을 올라가 성당 내부로 들어섰다. 미사가 막 시작된 참이었다. 장군은 오른편에 있는 성수반에 손가락을 적셔 성호를 긋고 측랑 쪽으로 가 앉았다. 그런 다음 신부를 주시하며 강론에 귀 기울였으나 한 마디도 의미를 파악할 수 없었다. 비슷한 상황에서 흔히 보게 되는, 사방에 쳐놓은 검은 장막만 눈에 들어왔다. 성가대 앞에는 역시 검은 천으로 덮인 빈 관이 놓여 있었다. 검은 장막과 사람들의 검은 복장이 촛불의 희미한 빛을 흡수하는 데다 벽 구멍이 훌쩍 높은 곳에 뚫려 있어 빛이 스테인드글라스를 통해서만 들어오는 탓에 성당 안은 실제보다 훨씬 어둡고 냉랭하게 느껴졌다.

신부는 죽은 군인들의 영혼을 위해 기도했다. 불면으로 한층 파리해진 얼굴에 지치고 불안해 보이는 눈매였다. 외교관들은 진지하고 굳은 표정으로 경청하고 있었다. 양초 냄새와 뒤섞인 어렴풋한 향수 냄새가 중앙 홀에 감돌았다.

장군 앞에 앉은 한 여자가 조용히 울기 시작했다.

이제 신부의 목소리가 중앙 홀 끝에서 끝까지 장엄하게 울려 퍼지고 있었다.

"그들에게 영원한 안식을 주소서."

여자가 더 크게 흐느끼며 가방에서 손수건을 꺼냈다.

"또한 끝없는 빛을 그들에게 비추소서!" 신부는 십자가상을 향해 눈길을 들며 계속 기도를 외었다.

신부의 목소리가 한층 깊고 장엄하게 울려 퍼졌다.

"그들이 편안히 쉬게 하소서!" 그의 기도가 성당 안 구석구석까지 메아리쳐 울렸다.

"아멘!" 부제가 받았다.

잠깐 사이 장군은 불 밝힌 초가 지글대는 희미한 소리를 들은 것 같았다.

그들에게 평화로운 안식을 주소서! 장군은 소리 없이 되뇌었다. 그러자 느닷없이 감정이 북받쳐왔다.

무릎을 꿇은 참배자들 앞에서 신부가 면병과 성배를 차례로 들어 올린 뒤 죽은 이들의 영혼의 구원을 위해 빵을 먹고 포도주를 마시는 동안, 돌연 장군의 눈앞에 죽은 병사들의 모습이 떠올랐다. 양철 식기를 손에 든 수많은 병사들이 강낭콩 수프가 끓는 큰 가마솥 앞에 줄을 서서 저녁 배식을 기다리고 있었다. 마지막 석양에 그들의 사발과 철모가 진홍빛으로 반짝였다.

영원한 빛을 그들에게 비추소서! 무릎을 꿇은 장군의 입술 사이로 기도가 계속 새어 나왔다. 정신이 나간 듯한 우울한 시선은 대리석 바닥에 고정된 채로.

종이 울리자 모두 자리에서 일어섰다.

"미사가 끝났으니 가서 복음을 전합시다!" 신부의 목소리가 울려 퍼졌다.

"하느님 감사합니다!" 부제가 덧붙였다.

사람들이 출구 쪽으로 걸어 나갔고, 차에 시동을 거는 소리가 연달아 들려왔다. 바깥으로 나오자 외교관들의 리무진이 하나씩 떠나는 모습이 보였다. 그는 성당 바로 앞에 있는 정류소에서 버스를 기다렸고, 버스에 오르자 맨 안쪽 커다란 뒷유리창 근처로 들어가 섰다.

"표를 받습니다, 승객 여러분!" 여자 차장이 외쳤다.

장군은 '표'라는 말을 알아들었고, 자기도 요금을 내야 한다는 사실을 문득 깨달았다. 그래서 호주머니를 뒤져 100레크짜리 지폐 한 장을 꺼냈다.

"잔돈 없으세요?"

그는 차장의 말을 이해했다기보다 짐작하고 머리를 가로저었다.

"3레크예요." 차장이 손가락을 펴 보이며 말했다. "잔돈으로 3레크가 없으세요?"

장군은 다시 머리를 가로저었다.

"이 사람은 외국인이에요." 키가 큰 청년 하나가 차분한 음성으로 차장에게 말했다.

"그런 건 제가 알 바 아니죠." 여자가 거스름돈을 세며 대답했다.

그러자 차장 옆에 앉아 있던 노인이 끼어들었다.

"미국에서 돌아온 우리나라 사람이 틀림없어. 개중엔 알바니아어를 완전히 잊어버린 사람들도 있지."

"아녜요, 할아버지. 외국인이에요. 분명해요." 청년이 차분한 어조로 주장했다.

"내 말이 맞아." 노인도 물러서지 않았다. "척 보면 알 수 있지. 우리나라 사람이야."

장군은 사람들이 자기 이야기를 하고 있고, 그를 미국인으로 착각한다는 것을 짐작했다.

그들은 장군의 코앞에서 계속 다투었으며, 그가 있건 말건 전혀 개의치 않고 장군을 향해 손가락질까지 해댔다.

맙소사. 설령 내가 그림자래도 이보단 정중히 대했겠지!

이런 생각을 하는 동안 장군은 문득 이 사람들과 자신은 물리적으로나 정신적으로 완전히 다른 두 세계, 서로에 대해 철저하게 무지한 두 세계에 속해 있다는 사실을 깨달았다. 그러자 머리끝부터 발끝까지 온몸이 얼어붙는 느낌이었다.

버스가 중앙은행 앞에 서고 승객들이 내리는 사이 그는 다시 노인과 시선이 마주쳤다.

"올 라잇(All right)!" 노인은 그에게 미소를 지으며 이렇게 내뱉은 뒤 흡족한 표정으로 멀어져갔다.

장군은 버스를 기다리는 시골 사람들 틈을 헤집고 나가 대로에 이르렀다.

디버르 거리는 인파로 붐볐다. 특히 식사가 제공되는 맥줏집과 인민 백화점 앞이 그랬다. 백화점 앞을 지나는 순간 기념품을 하나 사야겠다는 생각이 떠올랐다.

그는 진열창을 바라보며 미적거리다 안으로 들어갔다. 진열대 위에 가득 놓인 자질구레한 장식품들을 하나씩 찬찬히 살펴보았다. 이런 작은 민속 공예품들을 보면 늘 마음이 동하곤 했다.

우리 군인들이라면 알바니아를 떠나며 어떤 기념품을 선택했을까? 장군은 자문해보았다. 외국에서는 누구나 비슷비슷한 잡동사니들을 사게 마련이지만 말이다. 그들이 보내는 전보도 대개 비슷하고, 편지도 예외가 아니다.

느닷없이 난쟁이 요정이 머릿속에서 북을 치기 시작했다. 처음에는 아주 천천히, 그러다 더 빨리, 더 빨리, 점점 더 빨리. 하지만 이제 요정은 책상다리로 앉은 게 아니었다. 서 있었고, 또렷했고, 검은색 테두리를 두른 붉은 제복에다 챙 없는 모자를 쓰고 반짝이고 있었다. 동시에 그 요정은 진열장 안에 들어 있었고, 거기서도 북을 치며 서 있었다. 장군은 이 반짝이는 도자기 요정에게서 눈을 뗄 수 없었다.

그가 손가락으로 그쪽을 가리키자 젊은 여점원이 물었다.

"북치는 산사람요?"

장군은 고개를 끄덕여 보였다.

점원은 진열장에서 물건을 꺼내 포장한 뒤 그에게 내밀었다.

"18레크 20입니다."

그는 값을 지불하고 나와 바리카데스 거리 쪽으로 걸어갔다.

23장

둥, 둥, 두둥둥……

"헬로!"

장군은 뒤를 돌아보고 깜짝 놀랐다.

"헬로!" 장군도 답했다.

사령관이 호텔 앞 보도에 서 있었다. 늘 그렇듯 외투의 왼쪽 소매는 커다란 호주머니 속에 넣어져 있고, 하나밖에 없는 손에 파이프가 들려 있었다.

"어떻게 지내십니까?"

사령관은 입에서 파이프를 떼고 내뿜은 연기를 눈으로 좇았다.

"무엇보다도, 벌써 오래전 일이지만 그래도 작년에 있었던 사건에 대해 사과드려야겠네요. 장군님의 항의가 저희 쪽에 전달되었죠. 하지만 제겐 아무 책임이 없다는 걸 믿어주십시오. 정말이지 유감스럽게 생각합니다."

장군은 멍한 눈길로 상대를 바라본 뒤 물었다.

"그럼 누구의 잘못이란 말씀입니까?"

"제 부관입니다. 그 사람이 그런 혼란을 초래한 겁니다. 한데 어디좀 앉을 수 없을까요? 자세히 말씀드리겠습니다."

"아쉽게도 지금은 시간이 없군요. 하지만 잠시 서서 이야기할 순 있습니다."

"아닙니다. 그 이야기는 오늘 저녁으로 미루는 게 낫겠어요. 그건 그렇고, 장군님이 맡으신 임무는 어떻게 됐습니까?"

"힘들었습니다. 이미 말씀드린 대로죠. 거의 다닐 수 없을 만큼 도로 사정이 안 좋았습니다."

"알고 있습니다."

"설상가상으로 토목공 한 명이 죽었고요."

"죽어요? 왜요? 사고가 났습니까?"

"아닙니다. 감염이었어요."

"무슨 감염인데요?"

"그게 분명치 않아요. 뼛조각 때문이거나 금속 파편이 원인일 수도 있고."

사령관은 흠칫 놀라는 기색이었다.

"유가족에게 틀림없이 보상금이 돌아가겠군요."

장군은 머리를 끄덕였다. 그리고 잠시 침묵한 뒤 입을 열었다.

"그렇게 많은 산은 본 적이 없습니다!"

"그게 다가 아닐 겁니다……"

"아닙니다. 저희 일은 끝났어요. 그게 마지막 작업이었습니다."

"끝났다고요? 좋으시겠습니다! 전 아직 더 찾아다녀야 하는데……"

"사방이 산이더군요. 젊은 남녀들이 그곳에 계단식 밭을 일구고 있던데, 보신 적이 있으십니까?"

"그럼요. 땅을 쉴 새 없이 파고 또 파더군요."

"새 땅을 개간해서 곡식을 심으려는 거죠."

"심지어 어떤 곳에선 철도변 땅뙈기에도 씨를 뿌리던데요."

"어디든 씨를 뿌리고 있어요. 지금 있는 경작지만으로는 충분치 않은 것 같습니다."

"경제 봉쇄를 겪고 있으니까요. 소련에서 밀 수출을 중단했잖습니까."

"그렇습니다. 그래서 우리가 유해를 수습해 가는 걸 보며 좋아하는 거예요!"

"실제로 시신을 발굴하고 난 빈 묘에는 즉시 씨가 뿌려집니다. 땅의 탈영웅화라고나 할까요!"

장군은 웃음을 터뜨렸다.

"그런데 하시는 작업은 진전이 있습니까?"

"지지부진해요. 근 18개월을 사방으로 뛰어다녔는데 지금까지 별 성과를 못 봤습니다."

"좀 전에 사건이 있었다고 말씀하셨죠?"

"수많은 사건이 있었습니다." 사령관이 한숨을 쉬며 말했다. "그것만으로는 모자랐는지 몹시 기분 나쁜 일도 당했고요."

"무슨 일인데요?"

"아주 추악한 일이었습니다. 제가 혼자라는 걸 눈치 못 채셨습니까? 그보다 먼저 묻고 싶군요. 같이 계시던 신부님은 어디 계십니까?"

"위에 있습니다. 방에 있을 거예요."

상대는 냉소를 지으며 말했다.

"전 혹시 무슨 안 좋은 일이라도…… 저희 시장은 난처한 꼴을 당할 위기에 처해 있거든요."

"그분께 무슨 일이 있었는데요?"

"본국으로 급히 소환됐어요. 시장 때문에 벌써 몇 주째 작업을 중단한 상태죠."

사령관은 이렇게 설명하며 상대가 관심을 보이기를 기다렸다. 그러나 장군이 정신을 딴 데 팔고 있는 듯싶자 같은 말을 되풀이했다.

"추악한 일이에요……"

"작업 비용을 빼돌린 건 아닌가요?" 결국 장군이 이렇게 묻고 말았다.

"더 안 좋은 일입니다. 훨씬 심각한 일이 일어났어요."

그렇게 해서 장군은 이미 오래전에 눈치 챘던 일의 내막을 상세히 전해 듣게 되었다. 유족들이 친지의 유해를 찾아내는 이들에게 보상을 하겠다고 약속했고, 어떡해서든 이 행운을 놓치지 않으려고 사람들이 탐욕을 부리게 되었다는 것. 결국 한 유골에 가짜 이름이 붙여지면서 사기 행각이 시작되었고, 잇달아 거짓이 꼬리를 물게 되었다. 그러던 어느 날……

장군은 점차 상대에게서 사건의 전모를 끌어낼 수 있었다.

"그래서 어떻게 됐나요?"

사령관은 손짓으로 답변을 대신했는데, 사필귀정이라는 의미 같았다.

"올 것이 오고 말았지요. 첫 번째로 유해를 받은 유족이 의심을 품은 겁니다. 이런 경우 무슨 일이 벌어지는지 아시죠? 일단 소문이 시작되면 순식간에 퍼져 걷잡을 수 없게 되죠. 조사단이 구성되고, 기자들이 추문을 파헤치고, 야당에선……"

"알겠습니다." 장군은 일말의 동정심도 묻어 있지 않은 목소리로 말했다. "그러니까 신원을 알 수 없는 군인의 유해에 당신들이 찾아내야 할 군인의 이름을 갖다 붙인 거군요."

"제가 한 게 아니에요. 다른 사람들이 한 일입니다!"

"물론 그렇겠지요."

"장군님이 하신 방식대로 하지 않은 게 불찰이었어요. 저희는 군인들을, 다시 말해 그 유골을 한데 모아다 본국으로 보내지 않고 그때그때 조금씩 연달아 보냈거든요. 저희도 장군님네처럼 했다면 그처럼 지저분한 난장판은 절대 벌어지지 않았을 겁니다."

"난장판 이상이군요……" 장군이 힘주어 덧붙였다.

그러자 장성이라면 누구나 두려워할 만한 상황이 자신도 모르게 머릿속에 그려졌다. 부하들이 흩어지고, 해체의 기미가 보이고, 사병들이 탈영하고, 장교들이 신분을 감추기 위해 계급장을 떼어내고, 급기야 전체 부대원이 혼란에 빠지는 일 등등. 하지만 이 모두는 꽁꽁 얼어붙은 군대에는 절대 닥칠 수 없는, 살아 있는 자들의 군대에서만 일어날 수 있는 일이었다. 그런데 바로 이런 상황을 상대편 사령관은 경험한 것이었다.

그 순간 자신이 고국에 있을 당시 가졌던 마지막 기자회견이 떠올랐다. 사방에서 플래시가 터지는 가운데 기자들의 질문이 더한층 도발적으로 들렸다. 장군님, 장군님께서는 이번 임무의 과정 하나하나를 성공적으로 수행하기 위해 아주 상세한 정보들을 보유하고 계신다던데요. 개인적으로 이 명단들의 정확성을 믿으십니까? 병사들의 신장과 관련된 수치들을 믿으세요?…… 그들은 '명단'이나 '수치'라는 말을 되풀이하면서 이 어휘들을 관료주의 정신과 군 책임자들의 무신경함쯤으로 치부했다.

더러운 자식들, 기생충 같은 인간들! 그는 마음속으로 욕설을 퍼부었다. 이 명단과 수치 덕분에 난 내 군인들을 찾아다니며 길을 잃지 않을 수 있었단 말이다! 정말이었다. 그들 모두가 자기 자리를 지키고 있었다. 장교, 사병, 전령, 정찰병, 군종신부, 죽음의 부름에 응답이라도 하듯 "여보세요! 여보세요!" 소리를 지르다 쓰러진 듯한 통신병들까지.

"정말이지 추악한 일이에요!" 장군이 긴 침묵을 깨고 말했다.

상대는 멍한 표정으로 계속 그를 바라보다가 입을 열었다.

"이젠 진저리가 납니다. 저는 이제 완전히 혼자나 다름없습니다. 내일 떠나신다니 정말 부럽군요!"

장군은 담뱃불을 붙였다.

"특히 해 질 무렵, 시간이 한없이 길게 느껴집니다. 사방을 헤매다니다 텐트 속에서 잠을 청할 때보다 더 마음이 우울해져요."

“어쩔 수 없는 일이죠!”

“1년 반 동안 우린 이 산 저 산, 이 계곡 저 계곡을 쉴 새 없이 다녔습니다. 지질학자의 역할을 톡톡히 해냈죠. 그런데 결과가 뭡니까? 이런 난처한 상황에 처하고 말았잖습니까!”

“그렇습니다. 지질학자라는 말이 맞아요.”

“그런데 우리가 어떤 종류의 광물을 찾고 있는지 생각 좀 해보세요! 죽음이 뿜어내는 물질이에요……”

격앙된 사령관의 말을 듣는 장군의 입가에 미소가 떠올랐다.

“이만 가봐야겠습니다.” 장군이 손목시계를 보며 말했다. “오늘 일과가 꽉 차 있어서요.”

“붙잡지 않겠습니다, 장군님. 저녁에 다시 뵐 수 있으면 좋겠군요.”

“근처에 있을 겁니다. 일이 끝나는 대로 호텔로 돌아올 생각이니까요.”

장군은 담배를 버리고 승강기를 타러 가다가 갑자기 돌아서서 사령관 쪽으로 걸어왔다.

“그 열한 명을 위해 무언가 조처를 취할 수 없을까요?” 장군이 물었다.

사령관은 어깨를 으쓱하며 대답했다.

“힘들어요. 아주 힘든 일입니다.”

“아니, 왜요? 유해를 받은 가족들의 주소를 갖고 계시잖습니까.”

사령관이 쓸쓸한 미소를 지었다.

“말이야 쉽죠. 하지만 생각해보십시오. 가족들에게 유해를 돌려달라고 하면 난리가 날 겁니다!”

“단지 그 이유 때문입니까?”

“그것 말고도 더 있어요. 법적 차원의 복잡한 다른 문제들에 비하면 그건 아무것도 아닙니다. 어쨌거나 그 문제에 대해서는 오늘 저녁에 더 이야기해보죠.”

“알겠습니다.” 장군은 이렇게 말하고 승강기 안으로 들어갔다.

24장

모임이 끝난 것은 5시 15분이었다. 참석자들이 모두 자리를 뜰 때까지 기다리던 장군은 신부와 단둘이 남게 되자 코냑 두 잔을 단숨에 들이켠 뒤 신부에게 인사도 하지 않고 홀을 나갔다.

형식적인 절차가 또 하나 끝났군. 거리로 나온 그는 안도의 숨을 쉬며 생각했다. 분위기는 다소 냉랭했지만 어쨌든 모두 끝났어!

장군은 자국 국민과 수많은 어머니들을 대신해 알바니아 정부가 이번 작업에 제공한 온갖 편의에 감사를 표했다. 비행기에서 내릴 때 그들을 맞이했던 알바니아 대표단도 이에 답해, 자신들은 우호적인 관계를 맺고 싶은 국민에 대해 인도적 의무를 이행했을 뿐이라고 설명했다. 곧이어 건배가 있었다. 크리스털 잔이 가볍게 부딪치는 소리 너머로 멀리서 으르렁대는 대포 소리가 들리는 것 같았다.

이 희미한 소리는 그 누구도 없애버리지 못할 거야, 장군은 생각했다. 굳이 고백을 하지 않을 뿐 여기 있는 모두가 깨닫고 있는 사실이니까.

그는 길을 따라 바삐 걸어가는 군중 사이로 천천히 발걸음을 옮겼다. 윙윙대는 도시의 소음과 뒤섞인 이국의 언어가 사방에서 들려와 귓전을 울렸다.

스칸데르베그 광장에서는 노천 연주회가 열리고 있었다. 그는 인파 사이를 헤집고 들어가 좀 더 잘 보려고 발끝으로 섰다. 뒤쪽에서는 두 대의 조명장치가 군중의 등으로 빛을 쏘아 보내고 있었고, 더 먼 곳에서는 윙윙대는 발동기 소리가 들렸다. 영화를 찍고 있는 게 분명했다.

장군은 정신이 멍한 채로 단상 위 무용수들의 규칙적인 움직임을 지켜보았다.

그곳, 투명한 크리스털 잔 너머에서 대포 소리가 들려왔어, 장군은 마음속으로 되뇌었다. 대포 소리뿐만이 아니었다. 타닥거리는 기관총 소리, 짤그락대는 총검 소리, 저녁 수프를 배식할 때 사발이 쟁그랑대는 소리. 이 모든 소리가 잔 부딪는 소리 너머에서 들려온다는 것을 저마다 깨닫고 있었다. 모두가 그 소리를 듣고 있었다……

조명장치가 뿜어내는 희고 강렬한 빛줄기 탓에 잠깐 눈이 아팠다. 이 순간 무수한 머리들이 어두운 반점처럼 광장에 묘한 분위기의 그림자를 드리우고 있었다. 그는 난데없는 전율을 느끼며 군중을 헤치고 빠져나왔다. 조명이 계속 움직이며 기다란 띠 같은 눈부신 빛을 흔들어댔고, 불안해진 사람들이 머리를 돌리자 그 그림자 역시 사방으로 흔들렸다.

그곳에서 벗어난 장군은 공원을 따라 호텔로 이어지는 거리를 걸었다.

그는 두 국가와 국민을 대표하는 사람들이 몇 병의 술과 과일 조각을 사이에 두고 마주 앉아 있던 모습을 다시금 떠올려보았다.

우리 사이에 가로놓인 게 이것뿐인가? 처음 건배를 하는 순간 문득 장군의 머리를 스친 생각이었다. 알록달록한 이 술병들과 연안지대의 과수원과 포도밭에서 수확한 탐스럽고 신선한 과일들. 이게 전부인가?

그러자 달빛에 희끄무레하게 드러나 보이는 길 양편으로 펼쳐진 과수원과 포도밭이 저녁 땅거미 속에 잠겨 있는 모습이 머릿속에 떠올랐다. 멀리서 개 짖는 소리가 적막하게 들리고, 더 멀리 반짝이는 목동의 횃불이 보였지.

"전보가 하나 와 있습니다." 접수계 직원이 그의 방 열쇠를 내밀며 말했다.

"고맙소."

그러고 보니 최근 들어 고맙다는 말이 입에 배어 있었다.

노란 종이 위에 '지급(至急)'이라는 작은 글자가 보였다. '숭고한 임무 완료 소식 들음. 대령 관련 정보 원함. Z대령의 가족.'

피가 머리로 쏠리는 느낌이었다. 관자놀이가 터질 듯 팔딱거렸다. 마음을 간신히 진정시키고 천천히 승강기 쪽으로 걸어가 안으로 들어섰다.

어쩌다 이런 일에 휘말리게 된 걸까? 그는 거울 속 자신을 들여다보며 생각했다.

창백하고 초췌한 얼굴, 이마에 가로로 뚜렷이 새겨진 깊은 주름 세 개. 가운데 주름이 다른 두 주름보다 좀 더 길었다. 타자수가 보고서 하단에 타이핑해 넣는 선들을 연상시키는 주름이었다.

넌 완전히 지쳐 있어. 빈 껍데기뿐이야.

그는 이런 생각을 하며 방 안으로 들어가 불을 켰다. 맨 먼저 눈길을 끈 것은 도자기 인형이었다. 침대 머리맡 탁자에 쌓인 편지와 전보 더미 위에서 북을 치는 작은 산사람.

그는 몸을 눕히고 잠을 청했다.

바깥에서 폭죽 터지는 소리가 들렸다. 불빛이 덧창 사이로 들어와 천장과 벽에 울긋불긋한 무늬를 수놓았다. 그러자 사령부의 어느 널찍한 방에 있는 자신의 모습이 떠올랐다. 20년도 더 지난 일이었다. 그때 그는 징병심사위원회의 길쭉한 탁자에 다른 장교들과 나란히 앉아 있었다. 그들이 신병들의 엑스선 사진을 양손으로 펼쳐들고 역광에 비추면 머리 위로 거무스레한 늑골이 연달아 지나갔다. 뒤이어 지친 듯한 목소리가 냉정한 한 마디, 단 한 마디를 내뱉었다. 합격! 늑골 사이에 작은 반점이 보여도 보통은 '합격'이었다. 반점이 너무 커서 간과할 수 없을 때에만 '불합격'이었다. 온종일 그런 식이었다. 그러고 나면 매일 머리를 박박 민 신병들이 곧바로 병영으로 보내졌고, 그곳에서 전쟁이 막 시작된 전선으로 파견되었다.

덧창을 통과한 조각난 빛의 띠가 머릿속에서 끊임없이 맴돌았다. 그는 더 이상 아무것도 보고 싶지 않아 눈을 감았다. 그러나 눈꺼풀을 닫기 무섭게 사령부의 휑뎅그렁한 방이 한층 또렷이 떠올랐다. 긴 탁자 앞에 서 있는, 양초처럼 하얀, 새하얀 알몸의 신병들이 보였다.

장군은 자리에서 일어났다. 저녁식사 시간이었다. 신부를 찾으러 복도로 나왔지만 신부는 외출 중이라는 말을 전해 들었다. 방으로 되돌아온 그는 접수계에 전화를 해 사령관이 호텔에 들어왔는지 확인했다.

장군은 복도에서 그의 방으로 오고 있는 사령관과 마주쳤다. 두 사람은 느린 걸음으로 말없이 대리석 계단을 내려왔다. 아래층 로비는 오전처럼 활기가 넘쳤고, 두 대의 전화가 계속해서 울려대고 있었다.

라운지에서 두 사람은 간신히 앉을 자리를 찾았다. 대로 쪽으로 난 창 너머로 산책을 나온 사람들이 보였다. 하늘로 쏘아 올린 불꽃이 찬란하게 펼쳐졌다가 공원의 어두운 나무들과 군중 위로 색색의 눈처럼 쏟아져 내렸고, 그러다 순식간에 꺼져버리면 더한층 깊은 어둠만 남았다.

한 명은 라키를, 다른 한 명은 코냑을 시켰다.

지하 나이트클럽에서 악단의 연주 소리가 들려왔다. 오르내리는 손님들로 나무 계단이 쉴 새 없이 삐걱거렸다.

두 사람은 건배를 한 뒤 술을 마셨다. 그리고 한참 동안 침묵을 지켰다. 장군이 술잔을 다시 채웠다. 그렇게 술을 마시는 게 대화를 나누는 것보다 더 쉬워 보였다.

밖에서는 여전히 불꽃이 터지고 있었고, 그 빛이 때때로 그들이 앉은 창가를 비추었다.

"승리를 자축하고 있군요!" 장군이 입을 열었다.

"그러네요."

두 사람은 하늘이 환히 밝혀지는 모습을 지켜보았다. 무수한 불빛으로 반짝이는 거대한 붉은 군모가 땅으로 내려오다 말고 차갑게 식어 어둠의 품속으로 사라지는 느낌이었다.

"우린 고약한 임무를 떠맡은 겁니다!"

두 사람은 머릿속으로 또 한 번 따져보고 있었다. 전쟁, 그리고 뒤이어 닥친 이 음산한 순례 여행 중 어느 쪽이 더 큰 시련인지를.

장군은 군복 호주머니 속에 쑤셔 넣은 상대의 빈 소매를 응시했다.

그래, 당신도 전쟁에 참여했다 이 말씀이군! 그는 마음속으로 몰래 투덜댔다.

"전쟁의 정수라고나 할까요." 한쪽 팔이 없는 사령관이 입을 열었다. "유해 말입니다. 화학반응의 침전물처럼 마지막에 남는……"

시를 쓰는군! 장군은 기분이 상해 쓴웃음을 지었다. 그리고 술잔을 채우며 말했다.

"아시다시피 진주 조개잡이들은 너무 깊이 잠수해 들어가는 바람에 폐가 파열되는 경우가 있죠. 우리가 맡은 임무가 그래요. 심장이 터질 듯한 기분입니다."

"맞습니다! 한없이 우울한 작업이죠."

"완전히 지쳐버렸어요." 장군이 말했다.

상대는 한숨을 쉬었다.

"전쟁의 망령이 우릴 굴복시킨 겁니다. 전쟁 자체에 굴복했다면 어땠을까요?"

"전쟁에요? 차라리 그게 나았을지 모르죠."

두 사람은 전쟁과 그 분신을 두고 또 한 번 입장을 개진했지만, 어느 쪽이 나은지는 여전히 결론을 내릴 수 없었다.

지하 나이트클럽에서는 여전히 음악 소리가 올라왔다. 커피메이커가 모형 기관차처럼 때때로 휘파람 소리를 냈다.

"우리가 처음 만난 날 저녁에 말씀드린 그 경기장을 기억하십니까?" 사령관이 말했다.

"선수권 대회가 끝날 때까지 작업을 시작할 수 없었다던 그 경기장 말인가요?"

"맞습니다!"

"네, 어렴풋이 기억이 나는군요. 그래서 가장자리부터 파기 시작했다고 하셨죠? 계단식 시멘트 좌석에 빗물이 줄줄 흘렀다는 이야기도 하셨고요."

"그렇습니다. 묘혈이 검은 반점처럼 축구장과 농구장 주변에 가득 흩어져 있었죠. 긴 계단식 좌석엔 빗물이 흘러넘쳤고요. 하지만 제가 드리고 싶은 말씀은 그게 아니라……"

"그게 아니면 뭡니까?"

"한 아가씨가 그곳에서 약혼자가 훈련을 받는 오후 내내 기다렸다는 이야기를 해드렸죠?"

"그러고 보니 그런 애길 한 것 같은데, 생각이 잘 안 나네요."

"매일 오후 그 아가씨가 왔어요. 비가 오는 날이면 후드를 머리 위로 뒤집어쓰고서, 경기장 한구석 관람석 기둥 사이에 남아 있었습니다. 경기장에서 뛰고 있는 약혼자를 눈으로 좇으면서 말이지요."

"네, 이제 기억납니다! 푸른 비옷을 입었다던가요?"

"네, 예쁜 푸른색 비옷을 입고 있었죠. 눈은 더 맑은 푸른색이었어요. 좀 차가워 보였지만, 그보다 예쁜 눈은 본 적이 없는 것 같아요. 여자는 날마다 그곳에 왔습니다. 우린, 우린 계속 땅을 팠고요. 결국 묘혈이 경기장을 완전히 에워싸게 됐죠."

"그래서 어떻게 됐습니까?" 장군이 무심한 목소리로 물었다.

"아무 일도, 어떤 특별한 일도 없었어요. 저녁 무렵이 가까워오면 젊은이들은 훈련을 마쳤고, 그중 한 명이 그녀에게 다가가 팔로 어깨를 감쌌죠. 그렇게 두 사람은 부둥켜안은 모습으로 떠났어요. 그 순간이면 전 주위가 휑해지는 느낌을 받았습니다. 마음이 한없이 서글퍼지면서 세상이 황량하고 무의미하게만 보였어요. 어둡고 텅 빈 그 경기장처럼 말입니다. 제 나이에 그런 생각이 들다니, 믿기십니까?"

한심하기 짝이 없군그래, 장군은 생각했다.

상대가 이야기를 계속했다.

"살다 보면 그런 일도 있는 법이죠. 전혀 예기치 못한 순간에 머릿속에 말도 안 되는 몽상이 싹트는 겁니다. 절벽 가에 피어나는 한 송이 꽃처럼 말이죠! 제가, 외국인 장교이고 불구인 데다 나이까지 많은 제가 무얼 할 수 있었을까요? 오로지 동포들의 유해를 수습하러 이 나라에 온 제가 무얼 할 수 있었겠습니까? 이 젊은 현지 여자를 제가 어쩌겠습니까?"

"어쩌지 못하겠죠. 아무것도 할 수 없을 겁니다. 하지만 그 여잘 생각하는 건 자유예요. 공상은 누구나 할 수 있는 일이니까요. 특히 여자와 관련해서는 말이죠. 저 역시 지난여름 해변에서……"

그러자 상대가 말을 잘랐다.

"때로 전 그처럼 허탈 상태에 빠지는 걸 그 여자 탓이라 여겼습니다. 그녀 생각을 너무 많이 해서라고. 그래도 그런 우울한 감정은 이해가 되지 않더군요. 제 마음을 흔들어놓은 건 그 아가씨라기보다 다른 무엇이었어요. 형언할 수 없는 막연한 무언가가 그 여자를 매개로…… 이해가 되십니까?"

"알 것 같습니다. 그런 식으로 당신 마음을 흔들어놓은 건 그녀의 젊음, 생명의 발현이었겠죠. 우린 너무 오랫동안 하이에나처럼 킁킁대며 사방으로 죽음을 찾아 헤맸습니다. 굴속에 숨어 있는 녀석을 나오게 하려고 갖은 수를 다 써가며…… 그러다 결국 세상에 존재하는 모든 아름다운 것들을 잊게 된 겁니다…… 그래요, 지난여름 해변에서, 이미 말씀드렸다시피, 저도……"

"어떻게 이 나이에……!" 상대가 다시 말을 잘랐다.

장군은 하마터면 분노를 터뜨릴 뻔했다. 자기 이야기만 떠벌리는 인간들은 용납할 수가 없었다. 경기장의 계단식 관중석, 푸른 비옷을 입은 아가씨…… 그는 몇 번이고 지겹게 되풀이되는 이야기를 이를 악물고 들어주지 않았던가.

아, 사랑에 빠져 한숨이나 짓는 남자 같으니!

그 순간 그는 깨달았다. 지난여름 해변에서 자신이 경험한 일에 대해…… 설령 상대가 말할 기회를 준다고 해도…… 이야기하고 싶은 생각이 전혀 없다는 것을. (그해 여름 해변에서 겪은 작은 연애사건을 한때 진심으로 믿은 적도 있었지만, 공기처럼 가볍고 순수한 이 경험은 지금 상대가 무관심을 보이자마자 이슬처럼 사라져버렸다.) 결국 심정을 토로해볼 기회마저 영영 잃고 만 것이었다. 그런 생각이 들자 은밀한 분노가 꿈틀댔다.

어디 두고 보겠어! 그는 마음속으로 투덜댔다. 당신은 그 별것도 아닌 당신의 마음 상태에 누군가 관심을 가져주기를 원하지. 타인의 마음엔 콧방귀나 뀌면서…… 내 시시한 연애담은 듣고 싶지 않단 말씀이지? 그렇다면 다른 식으로 당신을 깜짝 놀라게 해주겠어. 결혼식에서 본 노파, 노파가 들고 있던 흙투성이 검은 자루와 울부짖던 소리, 그 모두가 아직 내 머릿속에 생생히 남아 있으니까.

"어느 날 저녁, 여기 사람들 결혼식에 갔었습니다. 자리에서 일어나 그들과 함께 춤을 추려고 했죠." 장군이 불쑥 입을 열었다.

그러나 상대는 이번에도 장군이 이야기할 기회를 주지 않았다.

"그런데 말입니다, 머리털이 희끗희끗하고 팔도 하나 없는 제가 한 달 뒤 이 도시로 돌아와 어떻게 했는지 아세요? 어느 날 오후 혼자 그 경기장에 갔습니다. 평소에 선수들이 훈련을 하던 시각이었죠. 하지만 경기장은 닫혀 있었어요. 그날은 훈련도 없었습니다. 그래도 제가 부탁을 하니까 수위가 문을 열어주더군요. 경기장은 그 어느 때보다 우울하고 황량했어요. 묘혈은 모두 메워진 상태였지만 땅 표면에 마치 수술 자국처럼 흔적이 아직 남아 있더군요. 경기장을 돌다가 관람석 기둥이 있는 곳에 이르렀습니다. 그 아가씨 자리였어요. 그 순간 저는 이루 말할 수 없이 쓸쓸한 기분에 사로잡혔죠. 저의 삶 전체가 기다랗고 휘어진 그 축축한 계단식 좌석에 짓눌리는 것 같았습니다. 텅 빈 잿빛 좌석들이 빙글빙글 돌며 멈출 줄을 몰랐어요. 제 이야길 듣고 계십니까?"

"네, 듣고 있어요. 저는 듣기만 할 뿐입니다!"

장군은 그렇게 대답하며 생각했다. 꼴좋군!

그리고 적개심 가득한 마음으로 상대에게 앙갚음하기에 적합한 순간을 초조하게 기다렸다. 이제 니체 할멈도 이 유령들의 보복 군단에 들어와 있는 것 같았다. 우리 둘이 함께 맞섭시다, 장군이 노파에게 몰래 속삭였다. 우리가 진흙과 비에 맞섰던 것처럼 말입니다!

"제가 어느 결혼식에 참석해 춤을 추려고 일어섰다는 이야기를 하고 있었습니다……"

그때 호텔 직원이 그에게 다가와 무언가를 내밀었다.

새로 온 전보였다.

"쉴 새 없이 전보를 보내는군요." 장군이 힘주어 말했다. "이러면 무언가 일이 해결되리라 생각하는 거죠! 이 나라의 한 노파가 어느 날 저녁 결혼식에서 제게 무어라 했는지 아십니까? 제가 그 자리에 온 이유가 그네들이 아들을 어떻게 결혼시키는지 보아두었다가 나중에 다시 와서 그 아들들을 죽이기 위해서라더군요!"

"끔찍한 얘기군요."

"끔찍한 얘기라고요? 아, 이걸 끔찍한 얘기라고 생각하십니까? 잇달아 닥친 일에 대해 알면 무어라 하실까요?"

"전 모르는 일입니다."

"계속 모르시는 게 좋을 겁니다."

"그럼 술이나 마십시다. 장군님의 건강을 위해! 무사히 고국으로 돌아가시길 기원합니다. 장군님이 부럽습니다!"

"고맙습니다."

장군은 취기가 도는 것을 느꼈다. 조금 전의 불쾌한 감정도 다소 가라앉아 있었다. 니체 할멈 이야기로 돌아갈 생각이었는데, 이상하게도 감염으로 죽은 인부 이야기가 다시 나왔다.

"이미 하신 얘깁니다." 상대방이 지적했다.

"그가 죽었다는 것도 아십니까?"

"압니다." 그런 이야기는 별로 놀랍지 않다는 것을 보여주려는 듯 그가 장군을 빤히 바라보며 말했다.

이미 하신 얘깁니다, 이미 하신 얘깁니다…… 장군은 혼자 되뇌었다. 하지만 당신은 경기장 이야기를 귀에 못이 박히도록 되풀이했지. 난 그저 듣기만 했고!

라운지가 차츰 비어가고 나이트클럽으로 내려가는 계단이 삐걱대는 소리도 잠잠해졌다. 그래도 음악 소리는 계속해서 들려왔다.

"그 신부님은 어떻게 되셨습니까?" 사령관이 갑자기 물었다.

"저도 잘 모릅니다. 근처 어딘가에서 이 전보들에 답장을 쓰고 있겠지요."

상대는 놀란 표정으로 다시 장군을 바라본 뒤 무슨 일이 있었는지 물으려다 그만두었다.

그 순간 장군은 무슨 간청이라도 하려는 듯 상대방의 어깨 쪽으로 몸을 숙였다. 그리고 잠시 머뭇거리다 마음을 다잡고 말했다.

"그 경기장 이야기는 제발 그만하십시오…… 푸른 비웃이니 뭐 그런 이야기도……"

"약속하겠습니다, 장군님…… 알았어요. 경기장 얘기는 다시 꺼내지 않겠습니다……"

그러자 장군이 다시 말을 이었다.

"언젠가 노래를 한 곡 들었는데 처음엔 그 내용이 도발적으로 들리더군요. 그런데 그건 아주 오래된 연가였어요……"

"그렇습니까?" 상대가 무심한 어조로 받았다.

"가사가 대략 이렇더군요. '오 당신, 귀여운 한코, 새벽처럼 아름다운 당신, 무덤 사이를 걷지 마요. 죽은 자들을 일으켜 세울 테니……'"

"정말로 그런 느낌을 풍기는군요……" 사령관이 중얼댔다.

두 사람은 한참 동안 이런저런 잡담을 나누었는데, 전쟁과 묘지가 끊임없이 대화에 끼어들었다.

우리의 생각 하나하나에는 임시 묘석처럼 보이는 작은 양철 푯말이 세워져 있지, 장군은 생각했다. 비문이 지워져 간신히 읽히는 녹슨 작은 철판. 바람이 불 때마다 달그락대는 판. 언젠가 묘비와 십자가 들이 모두 서쪽으로 휘어 있는 계곡을 본 적이 있었다. 왜 그렇게 모두 같은 방향으로 구부러져 있는지 묻자 마을 사람들이 설명해주었다. 늘 같은 방향으로 부는 바람 때문이라고……

라운지가 거의 비어갈 무렵 또 한 차례 전보가 도착했다. 장군은 직원의 손에서 전보를 받아들고 발신지도 확인하지 않은 채 개봉했다.

그러나 이 전보 역시 먼젓번 것처럼 끝까지 읽기도 전에 구겨 재떨이에 던졌다.

"오늘 저녁엔 아주 이상한 전보들을 받으시는군요……"

장군은 아무 대답도 하지 않았다.

상대가 한숨을 내쉬며 덧붙였다.

"밤에 받는 전보는 질색이에요."

지하에서는 여전히 음악 소리가 올라왔지만, 나무 계단을 오르내리는 사람은 점점 뜸해졌다.

"몇 시나 됐습니까?" 사령관이 물었다.

"곧 자정입니다."

두 사람은 다른 무언가를 기원하며 잔을 들었으나 장군은 잘 알아듣지 못했다.

무엇을 위해 건배하건 상관할 바 아니지! 그런 건 저 사람이나 신경 쓰라지……

그사이 니체 할멈이 다시 머릿속에 떠올랐다.

당신은 그 노파에게서 벗어났다고 생각했겠지. 장군은 몰래 상대에게 외쳤다. 헤헤, 당신은 날 따돌린 줄 알았을 거야. 착각이야. 당신도 그 여자한테서 도망치지 못 해!

"묻고 싶은 게 하나 있습니다." 장군이 사령관의 귀 쪽으로 몸을 기울이며 말했다. "신부와 건배를 해본 적이 있습니까?"

"신부하고요? 아뇨. 기억나는 건 전혀 없네요. 손에 장을 지지겠다고까지 말할 수는 없겠지만!"

장군은 큼직한 외투 호주머니 속에 쑤셔 넣어진 빈 소매에 다시 눈길이 쏠리는 것을 어찌할 수 없었다.

손도 하나밖에 없는 주제에 모험심이 너무 강하군……

"그래요. 기억나는 건 없습니다." 사령관이 되풀이해 말했다.

장군은 고개를 끄덕이고는 생각에 잠긴 얼굴로 말했다.

"그게 인생이죠. 하루는 비를 맞으며 여행을 하고, 다음 날은 신부와 건배를 하고. 안 그런가요?"

"그래요, 그렇고말고요."

"정말로 저와 생각이 같으십니까?"

“왜 저를 의심하시죠?”

“죄송합니다. 괜한 질문을 했네요.”

“괜찮습니다.”

<h1 style="text-align:center">25장</h1>

재떨이에 시선을 박고 있던 장군은 흠칫 놀라는 기색이었다.

"왜 그렇게 혼자 중얼거리십니까?"

상대편에서 무어라 웅얼거리고 있다고 생각하던 차라 장군은 뜻밖의 질문을 받고 깜짝 놀랐다.

"그 빌어먹을 결혼식에서 누가 한 말이 떠올랐습니다. '사방이 비와 죽음이다……'"

상대가 어이가 없다는 듯 휘파람을 불었다.

"제가 존경하는 신부님께서, 대령의 신분이며 통역관이자 한 여자의 정부고 그밖에 또 뭔지 모를 신부님께서 나중에 설명해주시더군요. 이 속담은 거기서 끝나지 않는다고."

상대가 또 한 차례 휘파람을 불었다.

"'사방이 비와 죽음이다, 그러니 다른 걸 찾게나……' 제발 그 휘파람 좀 그만 부세요…… 그러니까 이 말에는 질책이랄지 경고 같은 게 들어 있는 거죠…… 하지만 우리 같은 사람들은 다른 건 할 줄 모릅니다. 석유나 크롬이나 고대 조각상을 찾는 사람들도 있지만, 우린 불행하게도 이것밖에 할 줄 몰라요. 그렇지 않습니까? 스탠더드 모르테 컴퍼니*에 속해 있는 우리 같은 사람들은 말이죠. 안 그런가요? 하하하!"

상대는 어안이 벙벙한 채로 듣고 있었다.

"일이 아주 복잡해졌어요." 장군은 몽상에 잠긴 표정으로 말을 이었다. "크롬이나 석유 회사까지 끼어드니……" 잠시 뒤 그가 덧붙였다. "자정이 지났군요. 라운지 문을 닫아야 할 거예요."

"제가 봐도 그런 것 같군요."

"제 방으로 올라가시겠습니까? 좀 더 이야길 나누게요. 이렇게 함께하게 되어 얼마나 기쁜지 모릅니다, 사령관님."

"저 역시 그렇습니다."

그들은 비틀대며 저마다 술병을 하나씩 손에 쥔 채 호텔 계단을 올라갔다.

"소리를 죽이세요." 장군이 낮은 소리로 말했다. "알바니아인들은 일찍 잠자리에 드니까요."

"열쇠를 이리 주십시오. 손을 떠시는 것 같네요."

"소리를 내지 말아야 합니다."

---

* 이탈리아어로 '모르테(morte)'는 '죽음'이라는 뜻이다. 자동차 회사 이름인 '스탠더드 모터 컴퍼니(Standard Motor Company)'를 패러디한 것으로 보인다.

"하지만 저는 소리가 있어야 합니다!" 사령관이 외쳤다. "정적이 무섭습니다. 우리가 지금 치르고 있는 전쟁은 무성영화처럼 조용하니까요. 차라리 대포 소리라도 들렸으면 좋겠어요. 그러고 보니 무슨 연극 대사를 외는 것 같네요. 안 그렇습니까?"

"쉿! 누가 기침을 했어요."

"방 열쇠를 이리 주십시오. 이거야말로 귀머거리에다 벙어리 전쟁이군요! 정말이지 죽은 자들의 전쟁이라 할 만해요."

"들어가십시오. 앉으세요. 이렇게 제 방으로 모시게 되어 영광입니다."

"저도 그렇습니다. 장군님과 함께해서."

광막하게 펼쳐진 죽음…… 장군은 생각에 잠겼다.

두 사람은 감상에 젖은 채 탁자에 마주 앉아 서로를 바라보았다. 장군이 술잔을 채웠다.

"우린 꼭 라키와 코냑을 홀짝이며 앉아 있는 두 마리 철새 같군요." 사령관이 혼란스러운 표정으로 더듬거리며 말했다.

장군이 머리를 끄덕였다. 두 사람은 한참 동안 그렇게 말없이 앉아 있었다.

"우린 자루 때문에 다퉜습니다." 장군이 마침내 눈살을 찌푸리며 입을 열었다.

그는 무언가를 정확히 기억해내려 애쓰는 사람처럼 상대를 빤히 바라보았다. 그런 다음 속내를 털어놓듯 작은 목소리로 말했다.

"제가 그를 허공에 던져버렸거든요!"

"하지만 신부님은 지금 방에 계시다고 좀 전에 말씀하셨잖습니까!"

"제가 말하는 건 자루예요! 신부님 얘기를 하는 게 아닙니다!"

"아! 알겠습니다. 그렇겠죠."

"신부님은 제가 자루를 물속에 던지지 못하게 막으려 했어요. 전 정말이지 그 해골을 없애버리고 싶었는데 말입니다."

"그러셨군요. 하기야 그깟 자루 하나가 뭐 중요하겠습니까?" 사령관은 이렇게 말한 뒤 담배연기를 한 차례 내뿜었다.

"맞습니다. 신부님한테도 그 사실을 인지시켜주세요!

"그래서 그분을 허공으로 걷어차버린 겁니까?"

"아니, 그분이 아니라니까요! 자루를 그렇게 한 겁니다."

"아! 죄송합니다."

옛날 옛적, 차 한 대와 트럭 한 대가 빗속을 달리고 있었지…… 장군은 머릿속에서 전개되는 생각을 입 밖에 내어 말했다.

"옛날 옛적, 차 한 대와 트럭 한 대가 빗속을 달리고 있었지……"

"뭐라 하셨나요?" 상대방이 물었다. "장군님, 운송업도 하십니까?"

"아뇨. 이건 손녀딸에게 들려줄 두 번째 이야기의 첫 부분입니다."

"아! 이야기를 수집하고 계신가요?"

"그렇습니다."

"그러실 줄 알았습니다. 저 역시 민간에 나도는 옛이야기에 늘 관심을 가져왔습니다."

"이 이야기들은 아주 중대한 문제를 제기하고 있어요."

"풀리지 않는 문제죠!"

"갈피를 잡을 수 없다는 편이 맞겠군요."

"그만하면 됐어요!" 사령관이 불쑥 말을 잘랐다.

장군은 어리둥절한 표정으로 상대를 빤히 바라보았다. 그러다 곧 다른 데로 정신이 팔렸다.

"'기러기 떼가 날아가고 있었다'라는 노래를 아세요? 어느 날 밤 이상한 꿈을 꿨어요. V자 형태의 묘지가 하늘을 날고 있는 겁니다……"

"재미있는 꿈이네요."

장군은 또 한 번 상대를 물끄러미 바라보다가 말을 이었다.

"저희 쪽 사망자 가운데는 신부가 네 명 있습니다."

"저희 쪽엔 한 명도 없습니다." 상대가 침울한 얼굴로 받았다.

"그쪽엔 매춘부도 없겠죠!"

"네. 매춘부도 없어요."

"그렇다고 서운해하진 마세요. 아직 찾아낼 시간이 있을 테니."

"그럴지도 모르죠. 땅속엔 없는 게 없으니까요. 그런데 욕실이 어디입니까?"

"문 뒤에 있습니다."

장군은 탁자 앞에 한참 동안 혼자 앉아 있었다. 마침내 사령관이 돌아와 말했다.

"언젠가 한 계곡에서 노새 해골이 우리 군인들 유해에 뒤섞여 있는 걸 찾아낸 적이 있습니다."

사령관은 느릿느릿 힘겹게 말을 이어갔다. 취기로 안색이 창백했다.

"무능한 장교들 같으니라고! 난 그들이 겪은 패배의 잔해를 수습하러 온 겁니다!" 장군이 소리쳤다.

"그들을 모욕하지 마십시오. 쉬운 임무가 아니었으니까."

"우린 더 힘든 일을 하고 있잖습니까."

"그럴지도 모르죠."

"발굴 보고서 104번, B형……" 장군이 웅얼댔다.

두 사람은 잠시 침묵을 지켰다.

"노새 해골은 사람의 것과 아주 다르더군요. 누구라도 한눈에 알아볼 정도였어요."

"그렇겠죠. 사람의 해골은 507개의 뼈로 이루어져 있으니까요."

"정확한 수치가 아니에요." 사령관이 어두운 표정으로 말했다. "꼭 그렇진 않단 말씀입니다. 저만 해도 그보다 수가 적으니까요."

"그럴 리가!"

"하지만 사실입니다. 저는 뼈 몇 개가 없어요. 불구니까, 장애인이니까요."

"자, 자, 그렇게 괴로워하지 마세요."

"전 장애인입니다. 제 말을 믿지 않으시는 것 같은데, 그렇다면 당장 보여드리죠!"

그는 한 손으로 외투를 벗느라 애를 먹었다. 장군이 그의 어깨를 잡고 말했다.

"이러지 마세요. 쓸데없는 짓이에요! 사령관님 말씀을 전적으로 믿습니다. 용서하십시오. 제가 큰 실수를 저질렀군요. 형편없는 사람이라……"

"아니, 보여드려야겠어요. 장군님은 물론 이 사실을 믿지 않는 사람들 모두에게 당장 보여드리겠습니다!"

"쉿! 누가 노크를 한 것 같아요."

둘은 입을 다물었다. 정말로 노크 소리가 들렸다.

“이 시각에 누굴까요?”

“전 한밤중에 누가 문을 두드리면 겁이 납니다.” 사령관이 말했다. “전선으로 급히 떠나던 밤에도 누군가 저렇게 제 방문을 두드려댔죠. 똑! 똑! 똑! 전쟁에서 돌아왔을 땐 문도 제대로 열기 어려웠어요. 한 손으로 문을 열어보긴 처음이었으니까요……”

장군이 비틀대며 걸어가 문을 열었다.

호텔 직원이 새로운 전보를 가져온 참이었다.

“오늘 밤, 장군님은 정말 수수께끼 같으시네요. 야밤의 이 전보들도 길조처럼 보이지 않고요.”

“또 그들에게서 온 전보군요. 그 사람들 좌불안석인 것 같아요.”

순간 그의 머릿속에서 백색 전화기들이 울려댔다. 여보세요! 여보세요! 여보세요! 그들이 서로 전화 통화를 하고는 자기들 집을 나와 미친 사람들처럼 상대의 집으로 달려가고 있었다.

장군은 대령의 집에 모인 그들을 어렴풋이나마 상상해보았다. 그들은 지인들에게 소식을 알리느라 여념이 없다. 계단 꼭대기에 팔을 활짝 벌린 노부인이 보이고, 베티는 공포에 질려 침대에서 벌떡 일어난다. 그들 모두가 중얼대고 있었다. 가엾은 사람, 그 사람은 아직 그를 찾아내지 못했어. 가엾은 사람!

난 가엾은 사람이 아닙니다, 베티! 장군은 머릿속에서 이렇게 항변하고는 목청을 돋우어 말했다.

“그 사람들, 뜬눈으로 밤을 지새울 겁니다!”

“무엇 때문에요?” 사령관이 물었다.

“자루 때문이죠.”

"제가 조언을 드리자면, 그걸 돌려주고 이 일에도 종지부를 찍으십시오. 그런 일은 조심하시는 게 좋아요!"

염병할! 장군이 혼자 중얼댔다.

그는 전보를 구겨 바닥에 던지며 말을 이었다.

"전 신부님이 염탐꾼이 아닌가 싶습니다."

"충분히 그럴 수 있죠. 물론 손에 장은 지질 수 없지만."

두 사람은 잠시 입을 다물었다. 덧창 뒤로 희끄무레한 빛이 어렴풋이 보였다.

"날이 새고 있군요." 장군이 말했다.

밖에서 발코니에 떨어지는 빗소리가 가느다랗게 들려왔다.

"저는 전보가 무섭습니다." 사령관이 얼빠진 듯한 음성으로 되뇌었다. "늘 기분 나쁘고 비밀스러운 무언가가 숨겨져 있으면서 다른 사항들은 빠져 있거든요. 기억이 나네요. 한번은 전선에서 한 참모부 장교가 오래전에 죽은 친구한테서 온 전보를 받았어요……"

"뭔가 불길한 이야기군요!"

"쉿! 소리 들으셨습니까?"

"무슨 소리요?"

"들어보세요! 아무 소리도 안 들립니까?"

장군은 귀를 기울였다.

"빗소리예요."

"아니, 그거 말고요."

멀리서, 아주 멀리서 규칙적인 소리가 희미하게 들려왔다. 곧이어 짧고 날카로운 목소리가 터져 나오더니 다시 빗소리만 들렸다.

"이게 무슨 소리죠?"

"발코니로 나가봅시다." 장군이 이렇게 말하며 자리에서 일어섰다.

발코니 창을 열자 차고 습한 밤공기가 얼굴을 후려쳤다. 먼 데서 나는 규칙적인 소리도 더 또렷하게 들렸다.

두 사람은 발코니에 서 있었다. 약한 가랑비가 내리고 있었다. 차가운 네온 불빛이 비치는 대로는 창백한 모습이었고, 호텔 앞 공원은 마치 어둡고 음산한 덩어리 같았다.

사령관이 해쓱한 낯빛으로 중얼거렸다.

"저깁니다. 보세요!"

고개를 돌린 장군은 소스라치듯 놀랐다. 대로 저편 끝, 대학 건물이 자리한 쪽에서 거대하고 어두운 여러 개의 방진(方陣)을 이룬 군대가 그들을 향해 다가오고 있었다.

희미하던 발소리는 이제 한층 또렷이 들렸다. 명령을 내리는 짧고 날카로운 목소리가 밤의 어둠 속에서 냉랭하게 울려 퍼졌다.

두 장성은 난간에 팔꿈치를 괸 채 그 방향을 주시했다. 군대가 다리 가까이 다가오자 차가운 빛을 발하는 젖은 총검과 군모를 비롯해 병사들의 긴 대열과 칼을 빼든 장교들, 중대와 대대 사이의 빈 공간을 알아볼 수 있었다. 무거운 군화 밑에서 땅이 흔들렸고, 무뚝뚝한 명령이 총검 부딪는 소리처럼 울려 퍼졌다.

군대는 멈추지 않고 다가오고 있었다. 이제 대로는 군인들로 가득 찼고, 그들의 군모를 비추는 가로등 불빛은 붕괴되어가는 세상의 빛처럼 차갑고도 신비롭게 느껴졌다.

"군대예요. 무슨 일일까요?" 사령관이 물었다.

"이 나라 군대입니다. 내일 있을 열병식 연습 중인 게 분명해요."

"국경일 열병식 말입니까?"

"물론입니다."

멀리서 으르렁대는 엔진 소리가 희미하게 들려왔다.

"탱크네요!" 장군이 외쳤다.

작달막한 탱크 여러 대가 어둠 속에 포신을 겨눈 채 다리 너머에서 시커먼 모습을 드러냈다.

대로는 이제 온통 군대로 넘쳐났다. 철제 무기와 발을 맞춘 행진, 부르릉거리는 엔진 소리와 무뚝뚝한 명령들. 이 모든 것이 한 덩어리가 되어 스칸데르베그 광장 쪽으로 이동하고 있었다.

마지막 부대가 정부 청사 뒤쪽으로 사라지자, 텅 빈 대로는 불면의 밤을 보낸 뒤처럼 가로등 불빛 아래 고요하고 창백한 모습을 되찾았다. 두 사람은 방으로 다시 들어왔다.

"전군이 동원됐네요."

"네, 군대 전체예요."

"몸이 떨려오는군요."

"우리 둘 다 흠뻑 젖었어요."

"한잔하십시오, 장군님, 감기에 걸리겠어요."

비를 맞은 두 사람은 정신이 맑아졌다.

장군이 고개를 들고 물었다.

"저들이 행진하는 모습 보셨지요?"

"그럼요!"

"저의 군대가 생각나는군요. 검은 테두리를 두른 푸른 가방 속 우리 군인들은 어떻게 행진을 할지 궁금해요……"

"제 경우는 더 복잡하겠는데요. 무질서하고 산만한 무리만 휘하에 두고 있으니. 모두 우왕좌왕하느라……"

광막하게 펼쳐진 죽음 앞에 이르면……

장군은 몽상에 잠긴 채 이 은밀한 공포의 근원지를 자문해보았다.

"광막하게 펼쳐진 죽음 앞에 이르면……" 머릿속에서 맴돌던 생각이 입 밖으로 새어 나왔다.

"뭐라고 하셨습니까?" 상대가 물었다.

장군은 익숙하지 않은 방식으로 양손으로 머리를 감싸 쥐었다. 그에게는 생소한 자세였다. 아니, 생소함을 넘어 아주 늙은 여인들의 세계에서 유래한 듯한 자세였다.

안 돼! 그는 마음속으로 외쳤다.

장송곡 같은 음악이 흐르는 이런 단어들의 배열에 괴로워해서는 안 되었다.

그곳에 가거든…… 내 아들을…… 내 자식을 찾아주세요……

장군은 Z 백작부인과 니체 할멈이 논쟁을 벌이는 광경을 마음속에 막연히 그려보았다.

이보세요, 내 아들을 돌려줘요…… 자, 데려가시구려, 백작부인! 아들을 데리고 돌아가요……

장군은 두 여자 사이에 홀로 있었다.

"왜 제가 신부님과 다퉜는지 아십니까?" 그가 우물에서 올라온 사람처럼 숨을 몰아쉬며 말했다.

"아뇨." 사령관이 대답했다.

"유골 때문이었어요. 신장이 1미터 82센티 되는 유골 한 구가 모자랐거든요."

"별일도 아니군요!"

사령관은 이렇게 말하더니 갑자기 두 눈을 반짝이며 고개를 들었다.

"1미터 82라고요? 그 신장의 유골 하나를 저한테 사시겠습니까?"

"안 됩니다!"

"안 될 게 뭡니까? 그 키라면 우리한테 쌓여 있어요. 헐값에 하나 드리겠습니다. 단돈 100달러에."

"싫습니다!"

"같은 신장의 유골이 제겐 수없이 많은데도요! 원하신다면 1미터 92도 있어요. 2미터도 있고. 심지어 2미터 15도 있습니다! 우리 군인들이 그쪽 군인들보다 더 컸으니까요. 몇 구 드릴까요?"

"아뇨. 필요 없습니다."

사령관은 어깨를 으쓱했다.

"알아서 하세요. 전 어떻게든 도와드리려 했을 뿐이니까."

장군은 자리에서 일어나 짐가방이 있는 곳까지 힘겹게 걸어갔다. 그러고는 가방을 열어 바닥에 내용물을 쏟아놓았다. 명단과 지도, 보고서, 짧은 메모로 뒤덮인 종잇장들이 수건이나 옷가지와 뒤섞여 떨어졌다. 그 가운데 그는 서류철을 집어 들고 비틀대는 걸음으로 방을 나갔다.

대체 왜 저러는 거지? 사령관은 의아해했다.

장군은 아무도 없는 복도를 몇 발짝 걷더니 어느 문 앞에 멈춰 섰다.

여기가 분명 신부의 방이지, 장군은 몸을 숙여 열쇠 구멍으로 안을 들여다보았다. 그리고 나지막한 소리로 신부를 불렀다.

"신부님! 신부님, 제 말이 들리세요? 접니다! 화해하려고 왔어요. 대령의 문제를 두고 우리가 다툴 필요가 뭐 있겠습니까. 그깟 자루 하나 가지고 싸워서 되겠어요? 해결 가능한 일이에요, 신부님. 신부님의 대령을 우리가 복원해낼 수 있어요. 아셨죠? 누이 좋고 매부 좋은 일 아니겠습니까? 당신이 너무도 가볍게 느껴져, 베티. 이렇게 말씀하고 싶으신 거죠? 그러면 그렇게 하세요. 그건 신부님 소관이니까. 그러려면 해골이 있어야 하나요? 저한테 있습니다! 명단을 가져왔어요, 신부님. 듣고 있습니까? 보세요! 1미터 82센티짜리 군인들이 이렇게 많아요. 일어나세요. 함께 하나 골라내자고요. 제2기관총 부대에 한 명 있고요, 전차 부대에도 한 명, 그리고 또 있어요. 일어나세요. 이 명단들을 자세히 살펴봅시다. 한데 이 사람은 앞니 두 개가 없군요. 상관없어요. 치과에서 해 넣으면 되니까요. 그 밖에 두세 명이 더 있어요. 듣고 계시죠? 그래요, 이 사람들 모두 1미터 82예요. 정말이에요, 신부님. 거짓말 하는 게 아닙니다. 1미터 82, 1미터 82……그러고 보니 저도 1미터 82인 것 같군요……"

장군은 그러고도 한참 동안 문 앞에서 중얼거렸다. 몸을 숙이고 열쇠 구멍으로 방 안을 훔쳐보면서. 순간 난데없이 문이 열리더니 뚱뚱한 여자가 노기등등한 모습으로 앞을 가로막고 섰다. 여자가 멸시 어린 표정으로 내뱉었다.

"부끄럽지도 않아요? 그 나이에……"

장군은 눈이 휘둥그레졌다. 문이 코앞에서 탕 소리를 내며 닫혔고, 그는 두 팔을 늘어뜨린 채 한참을 그렇게 머물러 있었다. 마침내 그는 몸을 구부려 손에서 빠져나간 명단을 간신히 거두어 모으고는 방으로 돌아왔다.

동틀 무렵 호텔 직원이 전보를 가져왔을 때 두 사람은 여전히 술을 마시고 있었다. 장군은 전보를 개봉했지만 한 글자도 해독할 수 없었다. 잠시 손에 든 채 눈을 부릅뜨고 이맛살을 찌푸려보았지만 여전히 아무것도 이해되지 않았다. 기다란 전보용지는 새하얀 한 조각 하늘이 갈라놓은 안개의 띠처럼 보였다. 그는 용지를 구겨버리고는 비틀대며 창가로 다가가 창문을 열었다.

"신원 확인 불가!" 장군은 이렇게 외치며 종이뭉치를 밖으로 던졌다.

전보는 파닥거리며 날아가 차가운 어슴새벽 속에 떨어졌다.

마지막 장을 앞둔 장

이른 아침, 5층 야간 객실 담당 여종업원이 호텔 접수계로 내려왔다.

"이 종잇장들을 주웠어요." 여자가 타자기로 친 종이 몇 장을 내밀며 말했다. "손님이 흘리고 가신 것 같네요."

"어디서 주웠습니까?"

"복도에서요. 몇 장은 429호실 앞, 일부는 403호실 앞에서요."

접수계 직원은 놀라는 기색이었고, 이맛살을 찌푸리며 미심쩍은 표정을 지어 보였다.

"알았어요. 여기 두고 가요. 잃어버린 사람이 와서 찾아가겠죠."

그것은 타자기로 작성된 명단이었다. 수십 개의 이름에 빨간색 혹은 파란색으로 작은 가위표를 쳐놓았고, 신경질적인 필체의 메모가 가득했다.

마지막 장

눈 섞인 비가 이국땅에 내리고 있었다. 무겁고 축축한 눈송이는 비행장 건물들 앞 광장의 콘크리트에 내려앉기 무섭게 녹아버렸다. 맨흙에 내린 눈은 조금 더 오래 머물렀지만 하얗게 쌓이지는 못했다. 눈과 비가 땅에 닿는 순간 비가 눈을 압도했기 때문이다.

정장 차림의 장군은 흰 눈을 응시하며 때때로 하늘을 올려다보았다. 하늘은 자신의 자손들이 땅에 닿기 무섭게 어떤 운명을 맞는지는 아랑곳하지 않고 무수히 많은 새 눈송이를 뿌려 파멸로 내몰고 있었다.

"날씨가 춥네요." 그들을 전송하러 나온 알바니아 의원이 말했다.

"네, 정말 춥군요." 장군이 받았다.

일말의 조바심 속에 그들이 다가오는 비행기의 움직임을 좇는 동안, 스피커에서는 늦게 온 승객들에게 서둘러달라 요청하는 여자의 목소리가 나오고 있었다. 잠시 뒤 귀가 먹먹할 만큼 시끄러운 엔진 소리가 들려왔으니, 그들은 아무에게도 들킬 염려 없이 '춥네요' '네, 몹시 춥군요' '정말 춥네요' 같은 말을 반복해가며 불평할 수 있었는지도 모른다. 더는 아무 소리도 들리지 않았고, 소용돌이치는 입김 속에 그 누구도 짐작 못 할 말들이 감추어진 채, 그렇게 그들은 탑승용 사다리를 향해 걸어갔다.

바람이 쉴 새 없이 불고 있었다.

티라나, 1962~1966

통과의례적 여행에서 깨닫는 전쟁의 무의미성

조국의 비극이 탄생시킨 문학의 대가

'20세기의 고전문학 작가'라 불리며 매년 유력한 노벨문학상 후보로 거론되는 이스마일 카다레는 1936년 알바니아 남부의 지로카스트라에서 태어났다. 그는 어린 시절부터 그리스 신화를 들으며 자랐고, 셰익스피어 등 고전문학과 알바니아 구전문학에 심취하며 문학적 감수성을 키워나갔다. 고등학교 시절 시를 쓰며 작가로서의 발걸음을 시작한 카다레는 알바니아 최고 명문인 티라나 대학교에서 언어학과 문학을 공부한 뒤 모스크바의 고리키 문학연구소에서 2년여간 수학했다. 그러나 1960년 알바니아와 소련의 외교관계가 단절되자 고국으로 돌아왔고, 문학 잡지사에 근무하며 본격적인 작품 활동을 시작했다.

이스마일 카다레의 조국인 알바니아는 오랜 역사 동안 끊임없이 외세의 침략에 시달려온 발칸반도의 작은 나라이다. 기원전부터 14세기까지 로마, 비잔틴, 슬라브 제국의 지배를 받았고, 20세기 초까지는 오스만 제국의 점령 하에 있었다. 1912년 터키로부터 독립하고 1928년 조그 1세가 왕정을 선포했지만, 이 왕정은 제2차 세계대전 때 해방군을 자처하며 이 나라를 침공한 이탈리아 파시스트 군대에 의해 전복되었다. 전후 공산주의 정부가 수립되면서 알바니아는 스탈린주의를 표방하는 엔베르 호자의 독재 체제 하에 유럽에서 가장 폐쇄적인 공산주의 국가의 길을 걷게 되었다. 굴곡진 역사, 기독교와 이슬람 문화가 혼재된 문화적 특수성, 그리고 알바니아를 둘러싸고 벌어진 현대사의 면면은 이스마일 카다레의 문학에 큰 영향을 끼쳤다.

카다레 문학의 가장 두드러진 특징은 신화와 전설, 구전 민담 등이 작품의 주요 모티프로 작용한다는 점이다. 피의 복수를 정당화하는 관습법 '카눈'을 소재로 신화적 알바니아의 세계를 그린 『부서진 사월』, 인간의 꿈마저 통제하는 전제주의의 부조리를 고발하는 우화풍의 소설 『꿈의 궁전』, 호메로스의 서사시를 연구하러 알바니아를 찾은 두 외국인을 둘러싸고 벌어지는 '우스꽝스러운 비극' 『H서류』, 독재 권력에 의한 여인의 희생을 고대 그리스 신화와 오버랩시킨 『아가멤논의 딸』 등 카다레는 그리스 신화, 발칸반도에 전해 내려오는 전설과 민담 등을 차용하여 알바니아의 암울한 현실을 우화적으로 그려낸다. 그의 작품에는 시종일관 음울하고도 몽환적인 분위기가 흐르지만 풍자와 유머 역시 빠지지 않는 요소이며, 그러면서도 작가는 전제주의와 독재 체제를 고발하는 날카로운 시선을 잃지 않는다. 이런 까닭에 카다레는 알바니아라는 작은 나라의 비극적인 역사와 민족 특유의 정서를 전 세계에 알린 '문학 대사'로 평가받는다.

과거 속에서 자기 정체성을 찾는 통과의례적 여행

이스마일 카다레의 첫 장편소설인 『죽은 군대의 장군』은 작가 자신이 티라나의 다이티 호텔에서 알게 된 한 이탈리아 장교 신부와의 해후를 기초로 한 작품이다. 이 장교 신부는 『죽은 군대의 장군』에서 군인인 장군과 종교인인 신부, 두 사람의 모습으로 변형되어 나타난다.

소설은 한 나라(국명이 직접 언급되지는 않지만 작품의 맥락을 살펴볼 때 이탈리아로 추측된다)의 장군이 사제와 함께 제2차 세계대전 당시 적지였던 알바니아로 와 20년 전 그곳에서 죽은 자국 군인들의 유해를 발굴하는 과정을 그리고 있다. 낯선 땅에 묻힌 병사들의 유해를 가족들의 품으로 돌려보내야 하는 그들의 임무는 출발 전 한 귀부인이 한 말("당당하고 고독한 한 마리 새처럼 비극적인 침묵의 산 위를 날아 그 목구멍과 발톱에서 우리의 가엾은 청년들을 구해내어 오세요.")처럼 신성한 것으로 인식된다.

장군은 전사자 신상 목록에 의지해, 과묵한 신부를 유일한 동반자로 삼고 인부들과 함께 묏자리를 찾으며 유해를 발굴해나간다. 장군이 알바니아 국토를 전전하면서 죽은 자국 군인들의 유해를 찾는 작업은 일종의 자기 정체성을 확인하는 과정이다. 패자의 복수심과 과거를 다시 쓰고자 하는 비장한 바람을 품은 채, 장군은 가파른 산간지대와 황량한 평야에서 비와 안개와 추위는 물론 거칠고 무뚝뚝한 알바니아인들의 원한 어린 눈길과 맞서며 과업을 완수해간다. 그러나 그를 기다리고 있는 것은 추악하고 부조리한 전쟁의 진실이다. 전쟁 중에 탈영하여 알바니아인의 머슴으로 일했던 자국 군인의 일기장을 입수하고, 카페 주인으로부터 도시에 들어섰던 갈봇집과 관련된 이야기를 듣게 되며, 최종적으로 어느 결혼식에서 만난 한 노파를 통해 자국 국민 모두의 존경을 받던 대령이 전쟁 당시 비열한 악행을 저지른 장본인이었음이 밝혀지자, 장군은 자신의 임무에 대해 품고 있던 환상에서 완전히 깨어난다. 긍지에 찬 열정이 사그라지고 임무의 의미가 상실되는 순간 오만했던 장군의 정신세계는 와해되고 만다. 결국 묵고 있던 호텔의 어느 방문 앞에서 추태를 부리다가 "부끄럽지도 않아요? 그 나이에……"라는 멸시 어린 타박을 받는 희비극이 연출된다. 장군이 알바니아를 떠나는 순간, 숭고한 사명이라 여기고 감당했던 일체의 경험은 헛된 것이 되어 있다.

적국 장군의 눈을 통해 본 알바니아의 풍경, 전쟁의 공허

전쟁의 환상과 미망에서 깨어나는 과정을 그린 이 소설에는 적국 장군의 눈을 통해 본 종전 20년 후 알바니아의 모습이 나타나 있다. 이 민족의 성격과 전통과 역사를 거리를 두고 바라볼 수밖에 없는 외국인의 시선을 통해 카다레는 짓눌린 듯한 시공간의 분위기와 진지하면서도 음울한 인물들을 풍부한 영감과 간결한 문체로 묘사해나간다. 적국 군대 전체에 혼자 저항하는 산촌 사람, 유해 발굴 과정에서 죽음을 맞이하는 토목공 등은 투박하고 담대한 알바니아인들의 크나큰 분노와 조용한 증오를 드러낸다.

『죽은 군대의 장군』은 또한 시간에 대한 카다레의 고심이 엿보이는 작품이기도 하다. 1960년대 초라는 현시점에서 점점 과거로 거슬러 올라가 제2차 세계대전 당시가 다루어지며, 사건이 전개되는 계절은 가을과 겨울뿐 봄과 여름은 겨우 한 문장 정도로 언급되는 것에 그친다. 장군의 작업에 깃든 불안과 깊어가는 그의 정신적 공허와 상실감이 황량한 대지, 안개에 잠긴 산과 평야, 험한 지세와 끈질기게 이어지는 악천후와 함께한다. 눈과 비와 바람 속에서 시작되는 이야기는 똑같이 눈과 비와 바람과 더불어 끝난다.

이렇게 카다레는 『죽은 군대의 장군』에서 전쟁의 무의미함과 비인간성을 고발하고 있다. 전쟁과 관련된 모든 것은 애초부터 비극적인 웃음거리일 수밖에 없는 것이다.

그의 문학은 희망의 언어다

『죽은 군대의 장군』은 발표된 이후 여러 차례의 수정과 변화를 거쳐 완성된 작품이다. 『넨토리 *Nentori*』라는 잡지에 처음 발표됐을 때에는 40여 쪽에 달하는 이야기였지만, 1963년 소설로서 면모를 갖추고 알바니아에서 처음 출간됐다. 그러나 작가는 이에 만족하지 않고 1967년 개정판을 발표했다.

책이 출간될 당시 알바니아는 엔베르 호자의 폐쇄적인 독재 체제 하에 있었고, 불가리아에서 이 책이 번역 출간되어 나온 1967년은 호자가 알바니아를 무신주의 국가로 선포한 해이기도 하다. 이렇듯 공산주의 도그마가 지배적이던 나라였기에 『죽은 군대의 장군』은 1960

년대 초 '자유로운 시대'에 대한 향수를 불러일으킨다 하여 고위층의 눈총을 받는다. 이 책을 프랑스어로 번역한 유수프 브리오니는 외교관인 아버지를 따라 유년 시절부터 10여 년간 프랑스에 거주했던 알바니아인인데, 1945년 다른 많은 망명객들처럼 잿더미가 된 알바니아를 재건하기 위해 고국으로 돌아오지만 곧 '잘못된 계급'의 구성원이라는 이유로 감옥에 갇혔다. 이 수감 생활 동안 살아 있는 문명의 기억을 지키고 미치지 않기 위해 이 책을 프랑스어로 옮기기 시작했다고 한다. 이 번역본이 한 프랑스 출판사의 눈길을 끌어 1970년 프랑스에서 출간되었고 잇달아 이탈리아에서도 번역 출간되면서, 서양 문학계는 발칸반도의 작은 국가에서 탄생한 걸작에 주목하게 된다. 뒤이어 1983년에는 아이러니하게도 이탈리아에서 마르첼로 마스트로야니 주연의 영화로 만들어지기도 했다.

카다레는 20세기 고전문학을 대표하는 우리 시대의 가장 뛰어난 작가 중 한 명으로 평가받고 있다. 그는 해학과 풍자가 넘치는 문장과 다양한 문학적 장치를 활용해 직조해낸 다층 구조의 이야기를 통해 인간을 비천하고 남루한 삶에서 끌어올린다. 대표적인 개인 언어인 문학이 인간을 위한 희망의 언어가 될 수 있다는 사실을 그의 작품을 읽으며 새삼 깨닫게 된다.

이창실

1936년	알바니아 남부 지로카스트라에서 태어남. 초, 중등 교육과 정을 지로카스트라에서 마친 후 티라나 대학교에서 언어학 과 문학을 공부함.
1956년	교사 자격증 취득.
1958~1960년	모스크바에 있는 고리키 문학연구소에서 공부함.
1960년	알바니아가 소련과 외교 관계를 단절하자 알바니아로 귀국, 문학 잡지『드리타 *Drita*』에서 근무하며 작품 활동 시작.
1963년	첫 장편소설『죽은 군대의 장군 *Gjenerali i ushtërisë së vdekur*』발표.
1964년	시집『이 산들은 무슨 생각을 할까 *Përse mendohen këto male*』발표.
1968년	장편소설『결혼 *Dasma*』발표.
1970년	장편소설『성 *Kështjella*』발표. 프랑스어판『죽은 군대의 장군 *Le Général de l'armée morte*』출간. 알바니아 인민회 의 의원으로 선출됨.
1971년	장편소설『돌에 새긴 연대기 *Kronikë në gur*』발표.
1972년	알바니아 노동당 가입.
1973년	프랑스어판『돌에 새긴 연대기 *Chronique de la ville de pierre*』출간.
1975년	장편소설『어느 수도의 11월 *Nëntori i një kryeqyteti*』발표.
1977년	장편소설『위대한 겨울 *Dimri i madh*』발표.
1978년	장편소설『세 개의 아치가 있는 다리 *Ura me tri harqe*』, 『위대한 파샤 *Pashallëqet e mëdha*』발표. 프랑스어판『위

대한 겨울 *Le grand hiver*』 출간.

1980년   장편소설『꿈의 궁전 *Nënpunësi i pallatit të ëndrrave*』 발표. 오스만튀르크 제국의 수도를 배경으로 우화와 알레고리 기법을 통해 전제주의를 비판한 작품으로, 발표 즉시 출간 금지되었다. 장편소설『부서진 사월 *Prilli i thyer*』, 『누가 도룬틴을 데려왔나? *Kush e solli Doruntinën*』, 『우울한 해 *Viti i mbrapshtë*』 발표.

1981년   장편소설『H서류 *Dosja H*』 발표. 프랑스어판『부서진 사월 *Avril brisé*』, 『세 개의 아치가 있는 다리 *Le Pont aux trois arches*』 출간.

1984년   『위대한 파샤』가 프랑스어판『치욕의 둥지 *La Niche de la honte*』로 제목을 바꾸어 출간.

1985년   장편소설『달빛 *Nata më hënë*』 발표. 『성』이 프랑스어판『비의 북소리 *Les Tambours de la pluie*』로 제목을 바꾸어 출간.

1986년   프랑스어판『누가 도룬틴을 데려왔나? *Qui a ramené Doruntine?*』 출간.

1987년   프랑스어판『우울한 해 *L'Année noire*』 출간.

1988년   『콘서트 *Koncert në fund të dimrit*』 발표. 프랑스어판『콘서트 *Le Concert*』 출간. 1970년대 중국과 알바니아와의 관계를 다룬 작품으로, 1978~1981년에 집필되었으나 검열에 걸려 출간 금지되었다. 프랑스의 문학 잡지『리르 *Lire*』에서 그해 최고의 소설로 선정했다.

1989년   프랑스어판『H서류 *Le Dossier H*』 출간.

1990년   공산주의 독재 체제에 위협을 느껴 프랑스로 망명함. 프랑스어판『꿈의 궁전 *Le Palais de rêves*』 출간.

1991년   장편소설『괴물 *Përbindëshi*』 발표. 1965년 단편으로 출간

되었으나 검열에 걸려 빛을 보지 못하다가 이후 장편으로 개작하여 재출간. 프랑스어판 『괴물 *Le Monstre*』 출간.

1992년 　치노 델 두카 국제상 수상. 장편소설 『피라미드 *Piramida*』 발표. 프랑스어판 『피라미드 *La Pyramide*』 출간.

1993년 　프랑스 파야르 출판사에서 '이스마일 카다레 전집'을 출간하기 시작함(2004년까지 총 12권 출간됨). 프랑스어판 『달빛 *Clair de lune*』 출간.

1994년 　장편소설 『그림자 *Hija*』 발표(집필은 1984~1986년). 프랑스어판 『그림자 *L'Ombre*』 출간.

1995년 　장편소설 『독수리 *Shkaba*』, 에세이 『알바니아, 발칸반도의 얼굴 *Albanie, Visage des Balkans*』 발표.

1996년 　프랑스 학사원의 하나인 '아카데미 데 시앙스 모랄 에 폴리티크(Académie des Sciences Morales et Politiques)'의 평생 회원으로 선출됨. 프랑스 레지옹도뇌르 훈장 수훈. 산문집 『알랭 보스케와의 대화 *Dialog me Alain Bosquet*』, 장편소설 『스피리투스 *Spiritus*』 발표. 프랑스어판 『독수리 *L'Aigle*』, 『스피리투스 *Spiritus*』 출간.

1997년 　에세이 『천사의 사촌 *Kusheriri i engjejve*』 발표.

1998년 　단편집 『코소보를 위한 세 편의 애가 *Tri këngë zie për Kosovën*』 발표.

1999년 　소설집 『남쪽으로 날아가는 철새 *Ikja e shtërgut*』 발표.

2000년 　장편소설 『사월의 서리꽃 *Lulet e ftohta të marsit*』 발표.

2002년 　장편소설 『룰 마즈렉의 삶과 죽음 *Jeta, loja dhe vdekja e Lul Mazrekut*』 발표.

2003년 　장편소설 『아가멤논의 딸 *Vajza e Agamemnonit*』(집필은 1985년)과 그 후편 격인 『누가 후계자를 죽였는가 *Pasardhësi*』 발표. 프랑스어판 『아가멤논의 딸 *La Fille*

d'Agamemnon』, 『누가 후계자를 죽였는가 Le Successeur』
출간.

2005년   제1회 맨부커 국제상 수상. 소설집『광기의 풍토 Cështje të
marrëzisë』발표. 프랑스어판『광기의 풍토 Un Climat de
folie』출간.

2006년   에세이『햄릿, 불가능의 왕자 Hamleti, princi i vështire』발
표.

2007년   프랑스어판『햄릿, 불가능의 왕자 Hamlet, ce prince
impossible』출간.

2008년   장편소설『사고 L'Accident』(프랑스에서 먼저 출간됨), 『과
한 저녁 식사 Darka e gabuar』발표.

2009년   스페인의 아스투리아스 왕자상 수상. 장편소설『갇힌 여인
E Penguara』발표. 프랑스어판『과한 저녁 식사 Le Dîner
de trop』출간.

2010년   『사고 Aksidenti』알바니아에서 출간. 프랑스어판『갇힌 여
인 L'Entravée』출간.

지은이 **이스마일 카다레**

1936년 알바니아 남부 지로카스트라에서 태어났다. 티라나 대학교에서 언어학과 문학을 공부했고, 모스크바의 고리키 문학연구소에서 수학했다. 1963년 발표한 첫 장편소설 『죽은 군대의 장군』으로 세계적 명성을 얻었고, 이후 『돌에 새긴 연대기』 『꿈의 궁전』 『부서진 사월』 『아가멤논의 딸』 『누가 후계자를 죽였는가』 등 많은 작품을 통해 암울한 조국의 현실을 우화적으로 그려내는 자신만의 독특한 문학 세계를 구축했다. 1990년 프랑스로 망명하여 지금까지 파리에서 왕성한 작품 활동을 펼치고 있다.

옮긴이 **이창실**

이화여자대학교 영어영문학과를 졸업하고, 프랑스 스트라스부르대학 응용언어학 과정을 이수한 뒤, 이화여자대학교 통번역대학원 한불과를 졸업했다. 이스마일 카다레의 『누가 후계자를 죽였는가』 『광기의 풍토』를 비롯하여, 『영원한 것은 없기에』 『앙드레 말로』 『글렌 굴드, 피아노 솔로』 『프란츠 카프카의 고독』 『누보 로망, 누보 시네마』 『키에르케고르』 『번영의 비참』 『길모퉁이에서의 모험』 『빈센트 반 고흐』 등을 우리말로 옮겼다.

세계문학전집 081

죽은 군대의 장군

양장본 초판 인쇄 2011년 12월 13일
양장본 초판 발행 2011년 12월 23일

지은이 이스마일 카다레 | 옮긴이 이창실 | 펴낸이 강병선
책임편집 이은현 | 편집 김이선 | 독자모니터 김형철
디자인 윤종윤 이주영 | 저작권 김미정 한문숙 박혜연
마케팅 정민호 김도윤 박보람 정진아 | 온라인 마케팅 이상혁 한민아 장선아
제작 안정숙 서동관 김애진 | 제작처 (주)상지사P&B

펴낸곳 (주)문학동네
출판등록 1993년 10월 22일 제406-2003-000045호
주소 413-756 경기도 파주시 문발동 파주출판도시 513-8
전자우편 editor@munhak.com | 대표전화 031) 955-8888 | 팩스 031) 955-8855
문의전화 031) 955-3576(마케팅), 031) 955-7972(편집)
문학동네카페 http://cafe.naver.com/mhdn
문학동네트위터 http://twitter.com/munhakdongne

ISBN 978-89-546-1692-8 04860
ISBN 978-89-546-1020-9 (세트)

www.munhak.com

● 문학동네 세계문학전집은 계속 출간됩니다